天下布武

盜國物語

織田信長 上

司馬遼太郎

馬靜 譯

目次

導讀

司馬遼太郎筆下的盜國者們

〈政治的日常〉專欄作家　李拓梓

對歷史的興趣跟理解，往往是從小說開始。被稱為「國民作家」的小說家司馬遼太郎，就是帶領讀者認識一段歷史往事的那位起頭人。他筆下的人物，總是鮮豔飽滿，躍然紙上，能讓讀者在閱讀故事的時候，感受到他筆下逐漸立體起來的時代感。

《盜國物語》所描寫的，便是戰國時代的齋藤道三跟織田信長這對翁婿，以及跟兩人淵源頗深的明智光秀。甚至在下卷的「天下布武織田信長」當中，光秀的戲份佔得比信長還重，下卷就算改名「光秀篇」也不為過。無論是道三、信長跟光秀，都面臨了時代的困境。身處在室町幕府的末期，面對逐漸衰落的幕府，以及不堪用卻難以掙脫、因襲而來的政治體制，他們都試圖以自己的能力，打破環境的限制，衝出一條可行的路。這樣的背景，就是「下剋上」的時代舞台。

首創「下剋上」之先的，並非這三個人，而是關東的北條早雲，但北條家位處的關東伊豆一帶，離當時的日本政治中心京都尚屬偏遠，這樣的偏遠，使得北條家即便為關東之雄，但並沒有能力威脅京畿中樞。因此，讓「下剋上」這種篡位文化真正影響到京畿政治的，其實是居於現在東海地區名古屋的織田信秀（信長的父親），和美濃的齋藤道三。《盜國物語》即是東海這一系武士崛起的故事。

首先登場的是齋藤道三。這個故事要從室町幕府權力大衰落講起。從八代將軍足利義政（也就是躲在東山銀閣寺當中，沈迷琴棋書畫那位將軍）的繼位之爭開始，室町幕府就陷入「應仁之亂」的內戰當中，戰爭不僅波及皇室京畿，更讓諸侯各自擁兵割據，天下分崩離析。

當時許多室町幕府旗下的諸侯，因為好日子過慣了，也都跟八代將軍義政一樣，沈浸在貴族文化當中，忘了自己的武家身份。在亂世不會打仗的武家，只好僱用有能力的武士，來輔佐軍政。亂世因為老打仗，便也容易立功，於是這些爵祿功賞，給了有野心的權術家平步青雲，甚至篡奪權力的機會。就像道三之所以會投靠美濃土岐家，就是因為已經忘了怎麼打仗的土岐家，需要道三這樣的武士來幫忙打仗。

透過司馬遼太郎的健筆，讀者可以感受到已經過慣太平日子的土岐賴藝，是如何沈迷在茶器、和紙、宗教和詩詞歌舞當中，又是如何的討厭軍事跟繁雜的政治日常。正是賴藝這樣的心情，給了齋藤道三機會，也讓他能夠一步一步完成盜國任務。

不過這樣的道三，也並不是不懂風雅之人，他能夠得到土岐家的信任，正是因為他出身佛門，擁有知識才藝，才能夠逐漸在土岐家獨當一面。此外，為了往上爬，道三全力以赴，無論是指揮作戰、謀劃策略、治理國家，道三無一不是全力以赴，做足準備。道三的表現讓大家都相信，就算時代的風像是朝著「下剋上」而吹，有志者也必須要有能力跟遠見，才有辦法完成盜國之舉。

道三是一位勇於創新的人，比如在築城這件事上，他揚棄了過去以便利居住而非防衛固守的原則，在美濃的山邊築起了易守難攻的稻葉山城（大約位於現在的岐阜）。但也因為這樣的城池才能因應亂世，於是其後道三的概念就成為築城的主流，現在看見的戰國遺留城池，無一不是以像稻葉山城這樣易守難攻的設計為興建原則。

而類似自由市場概念的「樂市」、「樂座」，也是道三前無古人的創舉。在開放樂市、樂座之前，商品是有專賣權的，比如道三在從政之前賣過油，就是受控於大山崎八幡宮的專賣壟斷。這位前賣油郎深知寺廟、神社對商品專賣權的壟斷，不僅讓沒有財政來源的官方權力衰退，也導致了平安京之外的其他都市難以繁榮。因此他廢除專賣，讓天下商人都因為美濃的自由市場而來，領主再從中抽稅，讓過去被寺廟神社專賣權掠奪的利潤，改由商人和領主共同分享，商業也因為有利可圖而繁盛起來，領國自然就會國富民強。

不過道三雖然盜取了美濃，卻敵不過天命。《盜國物語》的信長篇，也就是道三在長良川被謀反的兒子義龍殺死後，司馬遼太郎就把盜國的繼承者，轉給織田信長。以運氣來說，信長是一位天命者，他以極少的兵力，在天時地利人和兼具的運氣中，攻進當時上洛的最強大名今川義元本陣，並且殺死義元，除去了心腹大患。

和岳父道三相同，信長也是一位對新事物充滿興趣的人。在被稱為「傻瓜公子」的嫡子時代，信長就經常以奇裝異服和怪裡怪氣的言行著稱，喜歡新東西、不怕錯誤，勇於嘗試，相信實踐是檢驗真理唯一的標準，這就是信長的代表個性。司馬遼太郎藉著信長對獵鷹狩獵裝束一事的描寫，描繪出信長凡事以實用為優先考量，並且熱衷於實驗求證的精神，也對比出中世紀以來的繁文縟節是如何的不合時宜。

相對於霸道勇敢、決定了便勇往直前的信長，司馬刻意用「同時性」的視角，開展了另一位人物明智光秀的故事。並刻意要凸顯光秀跟信長之間微妙的關係，來為最後兩人在本能寺兵戎相見埋下伏筆。

司馬筆下的明智光秀，是一位具有優異治理能力的官僚。他嫻熟禮儀、言詞縝密、思考周延，做決定都會考慮再三。無論在能力、品德、武功上，光秀都是當時第一流的人才。他是道三妻子的外甥，道三死後，他失去俸祿領地，靠著能力和意志力百般掙扎，為再一次站起來找出一條活路。

和道三、信長的勇於開創、靈活前進的處世之道不同，光秀的能力並非展現在開創，而是展現在治理上面。他相信秩序、信任規則，在大亂的時代中，他卻矢志想要「恢復幕府榮光」。但就是因為太相信規則，光秀的動作也往往不夠靈活，別人是志向引領行動，他的行動卻老是反過來被志向所牽制。

為了完成志向，光秀先是遊走各大名之間希望說服眾人支持將軍，卻因為大名們在戰爭中自顧不暇而苦無成效。後來他終於找到門路投靠將軍，將軍義輝卻死於非命，他沒有變通思考去留，只好從鏡子中找人，擁戴能力不怎麼樣的義昭來出任將軍。甚且，光秀又因為諸種原因，不願意投靠道三的女婿信長，錯失了許多機會。後來他幾經考慮，才發現要完成志向，必然不得不投靠信長，才做了這個遲到的決定。

可是光秀所投靠的新老闆信長，對擁立將軍的想法跟光秀並不一樣，他支持將軍，跟「復興幕府榮光」一點關係也沒有。對信長來說，支持將軍只是他要終結應仁之亂以來長年戰亂，創造和平新時代的手段。因此他雖然擁立了將軍，卻不允許將軍恢復幕府。是故，當將軍開始對信長有戒心，甚至去信諸國，聚眾想要趕走信長時，以實用主義為優先的信長，便毫不猶豫的趕走這位已經失去功能的將軍，直接終結了足利幕府的時代。

不僅僅是目標的差異，個性上，信長和光秀也有矛盾。膽大心細，看著未來的信長，和保守謹慎，審視著過去的光秀，經常會對事情有完全不同的看法。透過司馬的妙筆，讓讀者有機會在許多不同的場景下設身處地，想像光秀要如何面對這名捉摸不定的主公。值得一提的，是司馬在這些段落當中，也特別花了篇幅描述了類似的處境下，秀吉都怎麼應對的段落，來埋下最後光秀在本能寺叛變的引線，也鋪陳了秀吉終究能夠成為「天下人」的伏筆。

雖然歷史不能重來，但有時候我會想，如果光秀當初在本能寺叛變前多想一分鐘，也許他就會發現，用人唯能力優先的信長，身邊雖然擠滿能打仗的將軍，卻並沒有堪用的治理人才。等到和平降臨，需要治理人才來恢復秩序的時候，具有官僚能力的光秀地位，必然不可動搖，他又何以需要憂慮自己的地位岌岌可危？只是個性決定命運，謹慎的光秀唯一一次沒有謀定而後動，就是致命的

「本能寺之變」。他雖然順利以眾擊寡，推翻了信長，盜取了國家，卻無法在重新陷入的混亂局勢中坐穩統治者的位置，很快就在天王山被揮軍「中國大返還」的秀吉部隊所擊潰。

對司馬遼太郎來說，明智的敗亡，也意味著沒有一時半刻不打仗的戰國上半場劃下了句點。可以說《盜國物語》，是司馬遼太郎對戰國史上半段描述的必讀佳作，如果搭配描寫天下人豐臣秀吉的《太閤記》，以及描寫後秀吉時代的《關原之戰》一起閱讀，就能走進那扇司馬遼太郎為大家打開的戰國史大門了。當然，還是要提醒，小說畢竟不是歷史，只是讀者通往認識歷史的多元途徑當中的第一哩路。不過，話又說回來，如果歷史也是詮釋而來，歷史小說又未嘗不能是一種史觀的詮釋呢？

＊山城國為日本古代令制國之一，相當於今日京都府南部。
山城、大和、河內、和泉和攝津五國，合稱畿內。

【盜國物語地圖】

能登
越中
加賀
飛驒
越前
美濃
鷺山城
稻葉山城
（岐阜城）
若狹
丹後
清洲城
名古屋城
尾張
但馬
近江
三河
因幡
丹波
山城
美作
播磨
攝津
伊賀
河內
伊勢
志摩
備前
和泉
大和
淡路
讚岐
紀伊
阿波

三助

眞是個奇怪的少年。

幼名喚作吉法師，大名爲信長，本人卻毫不中意這些名字，而是自稱「三助」。一聽就像是個豪邁且生龍活虎的人，簡直就是打架時會粗暴地用袖子擦擦鼻涕捲起袖口就要衝上去的那類型。非常輕快，形象生動。

「我是三助，你們也要叫我三助公子。」

他命令道。

我就是三助。他在城外召集村童打石仗或是打水仗時豪邁地宣佈。

實際上，「三助」一詞的語感中，包含這名少年「我想這樣」的不明所以的美感。對他自取的名字，某天父親信秀問道：

「吉法師，聽說你讓大家都叫你三助。」

嗯，少年翻了翻白眼，算是回答了。信秀笑著又問：

「三助怎麼寫？」

少年蹲在地上默默想了一會兒後，拿起枯樹枝寫下「三助」兩個字。恐怕就連足輕都不會起這種名字吧，頂多是個下人的名字。

「你喜歡這個名字?」

「喜歡。」

他點點頭。這名少年好像極其喜愛這個名字。說點題外話，後來信長的次男信雄（之後的尾張清洲城主、內大臣）出生時，他爲兒子取名叫三介。信長對孩子的命名都帶有自己的喜好，長子信忠叫做「奇妙」，老三信孝則名爲「三七」，老九信貞乾脆就叫做「人」。

他的美感有別於常人，帶有某種偏好。

他的穿著、行動和日常細節都不同於常人。衣服也都是自己決定，這個三助的腦子裡，根本就沒有「世間一般是這樣」「這是慣例、習慣」等常識概念，從來不按照慣例穿衣，平時看上去就像是土匪的兒子。著窄袖便服總是露出一隻臂膀，下身穿著小廝常穿的半截裙褲，腰上掛著五、六只布袋裝著小石子和打火石，大小刀配上品味不佳的朱紅刀鞘，梳著沖天辮，用紅髮帶繫著。身爲織田家的少主確實是奇裝異服，行動起來卻是異常方便。刀鞘也好髮帶也罷，之所以喜歡火紅的顏色，也是這名少年無處發洩的鬱悶情緒的表現。該怎麼表達他的精神世界呢?找不到恰當的詞語。眞要說的話，也許只能用「前衛精神」這種曖昧的詞來形容。

然而，這名少年並不是要用奇裝異服來炫耀。他的出身尊貴，還不至於需要刻意炫耀自己。僅憑他出自尾張織田家這一堂堂的貴族名門，即使穿著再平凡，身邊的人也會阿諛奉承。

他到野外玩耍時，會和村裡的孩子一樣弄得滿身是泥。他的貼身小廝自然也會沾得一身泥。

城下的市民和百姓每逢他經過時便會悄悄議論，甚至編成小曲：

三助公子，鴨子?
還是水鳥?
三番五次，
掉到河灘。

他在城下行走時也與眾不同。幾乎是搭著侍衛的肩膀走路，邊走還邊啃著香瓜和柿子。有時候獨自一人站在街上，忘我地啃著糯米糰。

於是，家裡人和城下町的人們，都稱作他：

「傻瓜公子」。

在他們看來，此人不是傻子就是瘋子。輔佐他的家老平手政秀不免憂心的想道：

（這位少主繼位之時，織田家就要完蛋了。）

他之所以請求「美濃的蝮蛇」將愛女許配給信長，並不僅僅意圖讓織田信秀與齋藤道三和睦相處，而是出自利用蝮蛇的實力來保護信長的長遠打算。

信長愚鈍到這種地步。

又一年，這名少年突然從尾張消失了蹤跡。想必他也考慮到平手政秀的心境，留下一封信寫道：「老伯，我出外參拜一陣子便歸。」即離家出走了。

政秀發覺後幾乎昏倒，悄悄彙報了主君信秀。信秀聽後雖略有吃驚，很快就笑道：

「這樣啊。這個傢伙又在想什麼奇怪的事情吧。多看看外面也沒什麼不好。別讓家裡人知道，包括貼身的侍衛。」

少主隻身出走。此一消息一旦傳到鄰國，便有生命危險。

「這次他回來後，請主公大人好好說說他吧！」

「我又不是吉法師的輔佐，只不過是父親而已。」

「只是……」

「他的任務都交給你了，好好管教吧。」

信秀並不理會。這位父親也是頗有個性，然而要說有誰某種程度上理解這個呆瓜，這個偌大的世界上恐怕唯有信秀一人。

（也可能是天才。）

信秀心中暗想。

信長正朝著上方（京都，編按）趕路。

他只帶了一名隨從，讓隨從背著一張草席和一個草筐，看上去就像是流浪的少年。

逛完京都後，他又去了攝津。

攝津有一處叫做浪華的地方，有不少人家還有規模巨大的寺院。

四天王寺。

信長到了四天王寺，看見殿前的房檐下聚集四、五名牢人，正一邊往牆上寫字，一邊嘰嘰喳喳地議論著。

（搞什麼名堂？）

信長湊上去一看，才知道他們在議論武士的名字用哪個更好。他們都想給自己起個滿意的名字。

「名字很重要。」

其中爲首的一名落腮鬍大漢說道。他好像懂得不少字，在牆上寫了一大片。有賴定、義政、清之、興長、公明、道正、宗晴、忠之等名字。

少年瞟了一眼牆壁，有些吃驚。牆上有兩個字特別大，不正是「信長」二字嗎？雖說從文字的組合上有些特別，不過信長這個名字是父親給自己取的。

（豈能讓這些牢人搶走這個名字？）

信長決心要搶回來。他交代隨從，讓他去和鬍鬚漢交涉。

「這個名字，」信長的隨從走到走廊下，舉手指著牆壁上的字：「能不能給我們主人？」

「你是什麼人？」

眾牢人顯然嚇了一跳。

「我們是從尾張來參拜的。那裡的信長二字，就送給我們主人吧。」

「主人，是指那個小孩？」

牢人們一陣哄笑，直說不行。「這麼響亮的名字，給那小子太浪費了。」這段逸話出自《祖父物語》。

然而隨從不懂這些，仍繼續說道：「哪裡哪裡，我並沒說要叫這個名字，只是想帶回老家當做禮物。」

他不厭其煩地請求道。眾牢人聽了直點頭：「這還差不多。可不許叫這個名字。叫信長的人，可是要得天下的。」

信長一聽也大吃一驚。回尾張的路上，他一路都在思索這件事。

「天下。」

到今天爲止，他從未想過這點，只是依稀知道自己長大成人後要繼承父業，沒想到還能得到天下。雖然不知天下爲何物，看不見也摸不著，但他卻感覺到，看待自身的方式已經有所不同。

信長回到了尾張。

一回到城裡，家老平手政秀高興得幾乎要跳起來，隨後的幾天便開始諄諄教誨。讓你說去吧，信長心想。表面上他還是像往常一樣漫不經心地聽著，腦子裡卻在想著別的事。怎麼做才能得到天下呢？

（要能打架才行。）

這一點肯定沒錯。他本來就生性好動，弓箭、馬術、泳技尤其精通。他特別喜歡游泳，寒春三月他就早早下水，一直練習到每年的九月。

（光靠這個奪不到天下吧。）

他又想。奪天下的本事，只能自己訓練。雖然平手政秀也教自己陣式的擺法和戰術，但是在信長聽來卻是千篇一律，提不起任何興趣。

（戰術自己來想不就行了。）

就像他身上穿的衣服一樣，這名自稱「三助」的少年，一向打從心底抗拒「因爲從來都是如此所以照做」這類因循作風。如果生在卑賤人家，想必這種性格要飽受世人欺負，然而生在可以爲所欲爲的權貴之家，雖然平手政秀口頭上很嚴厲，但只要自己道歉並表示今後注意，政秀也就作罷了。

回國後的信長開始迷上「鷹野（獵鷹狩獵）」的活動。

這名生性好動的男子從前之所以不喜歡鷹野，是由於這項集體競技活動在室町幕府時期被嚴重形式化，從服裝、隨從人數、各自分工到裝束都十分繁瑣。

（只要能抓到鳥不就行了？）

他雖這麼想，輔佐的平手政秀卻拘泥於形式。鷹野是天皇、將軍、公卿、親王，在各國則是大名的競技運動。如果不舉行相應的形式顯示威容，會遭到人們的恥笑，由此，他為信長安排的鷹野活動總是索然無味。

（那樣的獵鷹狩獵，不玩了。）

信長心想，他開始思考其他辦法。

去掉無用的東西，不斷加入實用方法，他終於獨創出一套專業的獵鷹狩獵法，就連專門的鷹匠也感到震驚。

新的鷹野活動充滿實戰性。在上陣之前，就像打仗一樣先派出探子。還不是一個兩個，而是二、三十人。這些人叫做「探鳥眾」。

探鳥眾兩人一組，跑到遠山偵察鳥的位置，找到群鳥聚居的地方後一人留在原地盯梢，另一人則跑回來報告信長。信長立即出動。

信長有六名類似於戰場上在主將身邊的馬迴（馬軍護衛，編按）的騎士，總是跟隨其後，稱之為六人眾，一半攜弓箭，一半持長槍。

還有一名騎士，到現場時負責從周邊接近鳥群。大將信長則藏在他的身後徒步而行，手上拿著鷹，躲在馬的後面不讓瞄準的鳥發現，馬轉圈的時候信長也跟著轉圈。

一旦接近目標——

「來了。」

信長疾步跑出放鷹。

這種辦法抓鳥百發百中。更有意思的是，他讓現場附近的人都穿上老百姓的衣服，不僅是服裝，還讓他們拿著鋤頭和鐵鍬，裝作耕地的樣子。鳥兒見了就會以為「這些人是一般民眾」，而放下心來啼叫。

這種狩獵方式可以說前所未聞。

原本就連攜犬的隨從都要在粗布衣服上套上皮褲

子和官帽，右手拄著白木枴杖，左手牽著狗繩，場面壯觀。裝扮成百姓模樣騙鳥兒這種方法，從人皇第十六代仁德天皇開始興起這個活動後從未有過。

話說，少主進行鷹野活動，這可不是一件小事。但信長等人卻像一群浮浪人出去打架般出城去。城下町的人都感到無奈：

「簡直就是乞丐在獵鷹狩獵。」

由此可見這名年輕人的脾性。

「傳聞中的傻瓜公子的確不假。」

耳次手下的幾名伊賀忍者從尾張回來後，前往美濃稻葉山城彙報。庄九郎——不，從本冊開始喚作現在的名字齋藤道三吧，這樣更有利於把信長作為這個故事的中心人物——饒有興趣地聽了每名密探的報告。

每件事都惹得他大笑。再沒有比呆瓜的傻事更讓人覺得可笑的了。

道三高興得直拍膝蓋：

「獵鷹狩獵時也穿得像乞丐嗎？」

這件事實在有趣。密探帶回的情報多少摻雜了自己的判斷，就算是準確也不能全信，道三懂得掌握分寸。

（還真是個白癡。）

他不禁發笑。派出的密探，卻沒有一人調查到信長想出來的鷹野新法。

聽完報告後，他一整天心情都很好。黃昏時分，他把重臣西村備後守喚來：

「還是把歸蝶（濃姬）嫁到尾張去吧。」

說完，還舉了幾個信長的白癡例子。

備後守聽後也咧嘴大笑。西村備後守就是赤兵衛。

「赤兵衛，看來要仰仗這個好女婿併吞尾張呢。婚禮盡可能辦得熱鬧些。你和織田家的平手中務（政秀）好好商量，不得有誤。」

道三吩咐道。

相思草

道三告訴濃姬和尾張織田家結親的事，是在天文十七年（一五四八）年底。

這天早上，道三讓侍女傳話給濃姬：

「我有話要說。你單獨到鴨東亭來，我在那兒等你。」

道三現在住在鷺山城。

他近來把稻葉山城讓給嗣子義龍（深芳野所生之子，生父是前代主公土岐賴藝），自己修建了鷺山的廢城後搬進去。庭園造得極其美觀，特意挖了運河把長良川的水引進城裡，又引入庭園，起名鴨川。

連綿起伏的假山讓人聯想起京都的東山群峰。庭園裡的一草一木都是道三親自設計的。

一般的園藝愛好者都喜歡常青樹，道三設計的庭園中卻以櫻花樹居多。不僅僅喜歡欣賞櫻花自然的風姿，他還將其作爲建材。櫻花和道三兩者之間，精神上存在著何種默契呢？

風靜止著。

濃姬推門走出長廊，抬眼之處都是湛藍的晴空。她踏著碎步穿過長廊，足底踩在地上，傳來的感覺反倒像冬日的溫暖。

濃姬下了台階，侍女各務野早早擺好院裡行走用的草鞋，她穿上鞋，環視著庭園。

「暖和得櫻花像是要開了。」

濃姬說。

滿園的櫻花樹卻似乎不領濃姬的情，光禿禿的樹枝直指天空。

「春天快到了吧。」

各務野接話。她已經從府裡的傳聞中聽說了濃姬的婚事。春天——她指的不是櫻花，而是濃姬這個年紀嶄露的芳華。濃姬對此卻一無所知，只有她尚不知道自己的命運。

濃姬別過各務野，獨自沿著庭園中間的小徑朝鴨東亭走去。

有一座亭子。

父親道三入道穿著厚厚的棉服坐在中央。

身旁是道三喜愛的貼身侍衛，明智城的嗣子明智十兵衛光秀。

從小道三就對他視同己出百般呵護，如今已長成翩翩美男子。他是濃姬的母親小見之方的親戚，兩人是表兄妹。

「十兵衛，你先退下。」

道三吩咐光秀道。光秀低頭行禮後優雅地退後幾步，乘著空檔瞄了一眼濃姬。

接著，他又急忙收回視線。不巧和濃姬的視線對個正著，他慌忙轉開臉。

「歸蝶。」

光秀離去後，道三喚著女兒的小名。

「你坐下。」

濃姬順從地坐下。她微微地側著頭，似乎在問父親有什麼話要說。她雙眼澄澈，望著父親。

「到底是表兄妹呀，」

道三笑了起來：

「不容置疑，眼睛嘴角像極了十兵衛。」

其實，道三經常覺得，濃姬和光秀雖是表兄妹，卻一點兒也不像。然而今天的開場白卻說出這番沒頭沒腦的話來，看來這個做父親的有點心虛。

濃姬去年有了初潮，之後就出落得益發楚楚動人了。就連道三和她相向而坐時，都覺得耀眼，甚至有時候紅著臉轉移視線。

（我這輩子看了那麼多女人，沒有一個比得上歸蝶。）

這種時候，道三與其說是用父親的眼光，不如說是用男人的眼光不自覺地打量濃姬。現在也是如此。

濃姬坐了下來。她彎腰時動人的曲線，讓道三忘了自己父親的身分。狼狽之下，他只好隨口說「和十兵衛很像」來掩飾自己的失態。不，是打消自己儼然陶醉其中的心情。

「以前，」

濃姬開口道：

「父親大人不是經常說我和表兄十兵衛根本不像，共同之處頂多就是皮膚白而已，今天怎麼說起反話來了？」

——濃姬小聲地提出抗議。

「是嗎？我怎麼不記得？」

道三開心地笑著：

「我以前那麼說過嗎？」

「您忘了吧？」

「糟糕，忘了。」

「您真無情。歸蝶連您在去年的幾月幾日說過這番話都記得，歸蝶總是想著父親大人。這就是父親大人心裡沒有歸蝶的證據。」

「這……」

道三拍了拍額頭，笑著做出無奈的樣子。能夠讓他這麼輕鬆以對的，這世上也只有濃姬一人。

「那我更正。你和十兵衛，小時候很像，後來長大成人就不像了。這回行了嗎？」

「真是對不起呀。」濃姬俯首咯咯笑道：「只是逗您玩兒呢。」

天色突然轉陰，庭園裡的樹木和石頭上的苔蘚立刻轉爲冬天的顏色。

「我有話對你說。」

道三誇張地傾下身子，伸出雙手，靠近地上的火盆上烤火。

「雖然在我眼裡你一直是個小女孩，但你還是長成大姑娘了。」

「這是一定的嘛。」

濃姬原本想笑，卻立刻一本正經起來。她直覺，今天的談話和她的親事有關。

「父親大人，是要讓我嫁給十兵衛嗎？」

濃姬不知不覺地脫口問道。

「哦，你喜歡十兵衛嗎？」

道三面露訝異之色，又很快恢復正常。雖說是表兄妹，對方畢竟是齋藤家臣的兒子。

「不是，沒什麼。」

濃姬倒是若無其事。她知道，父親道三非常溺愛明智十兵衛光秀這個聰明英俊的美濃名門之子，自己從小也就自然地對光秀懷有好感。而且剛才的話題說到光秀，所以才脫口而出。

「不是的，沒那回事……」

濃姬又重複了一遍，臉上也漸漸出現紅暈。她說的是真心話，她並沒有太多機會接觸到父親的貼身侍衛光秀，還談不上喜歡對方。

「如果你是庶出的話，」

道三說道。意思是如果是側室所生還有可能。

「下嫁倒也無妨。但是你是嫡出，而且是我唯一的女兒，當然能嫁的對象不多，一國的大名才能門當戶對。」

道三稍作停頓後，又接著說：

「嫁到尾張去。」

「什麼？尾張？」

「織田信秀的繼承人，叫做信長的年輕人。比你大一歲。」

誇張地說，爲了籌備濃姬的婚事，美濃齋藤家上上下下無不爲之騷動。道三命令家臣堀田道空負責此事，並吩咐道：

「不論花多少錢都無所謂，儘量辦得氣派些。」

之所以選擇道空負責籌辦，首先是因爲他精通茶道，懂得器具的美醜，而且此人還熟知禮儀。不僅如此，此人素來有出手闊氣不善計較的名聲，因而特意挑選他。道三多次囑咐他不用省錢。

喜歡各種器具的道空，領命後歡呼：

「這可是天大的福分啊。」

他欣然領命，立即派家臣前往京都，請來蒔繪師傅、細木工師傅等工匠。

道三另有打算。

（即使花再多的費用，辦得再隆重，也算不上什麼。和織田家打一仗遠不止這些花費。）

織田信秀貪戀美濃富饒的田園，想據爲己有，才會數年來一直挑釁。雖然每次道三都把他打得落花流水，然而著實也爲之煩惱。比起和尾張打仗，道三更重視的是在美濃建立起新的體制。

（鄰國住著信秀這樣精力旺盛的好戰家，眞是我最大的不幸。）

道三想。不僅需要大量軍費，士民也疲憊不堪。士民一旦疲憊，就會將矛頭轉向統治者。

（都是道三造成的，以前的土岐時代多好啊！）

他們會這麼想。織田信秀的好戰對道三而言眞是最大的麻煩。

（這場聯姻能解決問題的話，太划算了！）

他想著，又燃起對將來的希望。女婿信長聽說是個無可救藥的傻瓜公子，信秀一死，也許木曾川對岸的尾張平原就會落到自己手中，得來全不費工夫。

濃姬有著與其外貌不相稱、反應迅速的積極性格。

當然，她每天都待在房裡，陪著母親小見之方喝茶吟詩，偶爾到庭院裡散心，幾乎從不出鷺山城。

然而，她甚爲寵愛的侍女各務野作爲她的分身，已經到了尾張。各務野化妝成商販，潛入信長居住的名古屋城下以及他父親信秀居住的古渡城下，到處打聽自己主人未來的夫君信長的人品。

是濃姬派她去的，濃姬想盡可能地知道未曾見面的丈夫的事蹟。當然並沒有什麼重要的目的。

「我只是想知道。」

濃姬如此吩咐各務野。這名少女的好奇心很強。當然，這種時候，沒有哪個女子會不關心和好奇未曾謀面的夫君吧，不同於其他大名家女兒的是，濃姬將其具體付諸行動。

「不許讓父親大人知道。」

她叮囑各務野。各務野以回家探親爲由，出了府邸逕直前往尾張。

不久後回來了。

⋯⋯⋯⋯⋯⋯⋯⋯⋯⋯⋯⋯⋯⋯⋯⋯⋯⋯⋯⋯

「那個人怎麼樣？」

濃姬把各務野帶到房間裡，讓侍女在走廊看守，不讓任何人進來。

「是位俊俏的年輕公子。」

各務野一開頭就屏氣正色說道。她在名古屋城的街上看到信長帶著五、六名隨從，頭上纏著頭巾，手持拿著六尺棒，走在街上，看上去像是個武士家的下人。

一問街上的居民，說這位少主正在抓野狗。各務野差點沒樂得笑出聲來，仔細端詳信長的臉，發現這名十五歲的年輕人比她見過的所有人都要眉目高貴。各務野首先被打動了，便有了好感。

（雖說確實有些問題，不過這麼英俊的長相，倒也配得上我家小姐。）

她想。

後來各務野又聽到很多傳聞，老實說都不是什麼好內容，但是各務野懷著好感加以解讀。

因此，綜合這些消息得到的印象，和道三命令耳次派出的那些伊賀忍者探聽來的信長事蹟，截然不同。

「就像平曲（譯注：指用琵琶伴奏來談唱《平家物語》）中的平家公子一樣，」

各務野說：

「風度翩翩。卻又不像平家的公子那般柔弱，不愧出身於武門，喜歡武藝。」

「怎麼個喜歡法？」

「在學鐵砲呢。」

「是嗎，鐵砲嗎？」

濃姬感到有些意外。鐵砲當時還是新奇的兵器，就算是各國的大名也不見得能有多少。而且，扛著這些火器的都是足輕，武士身分的人是不會碰的。信長身為大名的兒子卻酷愛鐵砲，模仿名家橋本一巴（譯注：戰國武將、砲術家，也是信長學習鐵砲的師傅）沉迷在練習中。

「此外他還特別喜歡馬，每天早上都要到馬場練習。聽說以前源氏的武士會一種騎馬在原地打轉的武藝，平家的武士卻不會，所以平家才會在源平之戰中戰敗，他便說自己要學，結果一個多月他每天都在馬場專門練習，最終還是學會了。」

「另外呢？」

「還喜歡打架。」

「厲害嗎？」

「那就不用說了。……」

各務野眉飛色舞地講著。

有一次，信長又是那身打扮到城外的村裡玩耍，看見村裡的頑童聚在一起吵鬧，約有三十人。

——怎麼了？

信長上前問道。村童不知道眼前這個髒兮兮的小孩兒就是城主的公子，告訴他說：

「要和鄰村在那塊地打架。」

然而村裡的孩子都很膽小，只湊齊了這些人。

「二十九人嗎？」

信長點著下巴數著。他又問對方有多少人，一名村童回答說有上百人。

「那我來幫你們打贏吧。」

信長讓隨從拿了幾吊銅錢，將其中二成均分給大家：

「剩下的就看你們賣不賣力了，想多得銅錢的人一定要拚命。打架的竅門是，打架前要認爲自己已經死了，這樣受了傷也不覺得疼，死了也沒什麼大不了的。」

他告訴大家自己會親自指揮，然後帶著這群村童奔赴「戰場」，左蹦右跳地打了場大勝仗。

「很聰明吧？」

各務野的報告，和道三所掌握的信長資訊有很大的出入。

「不過，就這些嗎？唱歌跳舞什麼的呢？」

濃姬問道。這些曲藝，她深得父親道三和母親小見之方的遺傳，甚是愛好。

「當然會了！」

各務野誇張地叫著。然而這一點她卻沒有自信，只是虛張聲勢而已。

信長確實喜歡唱歌跳舞。各務野也確實打聽過，教信長跳舞的師傅，是一位叫有閑的清洲人。

然而，信長卻有個怪僻，他只跳「敦盛」的第一段，而且跳舞時喜歡唱著「敦盛」裡的同一句歌詞：

人間五十年，
與天地長久相較，
如夢似幻。

信長邊唱邊舞。

歌曲也是這樣，他喜歡小聲哼唱，也只是唱同一首歌：

人都會逝去，
如何流芳百世，
讓人傳唱。

他哼著歌著走過城下的街道。

（好奇妙的人。）

濃姬心裡不由一驚。

她試圖從這些情報中盡可能地理解信長這名年輕人。是看透自己最多只能活五十年而自暴自棄、沉溺於玩樂；還是與之相反，有著和年齡不相稱的前衛哲學思想，以其爲動力來挑戰人世。到底是什麼樣的人呢？

總之，雖然僅透過少許的傳聞，濃姬彷彿嗅到只有年輕人體內才流淌著的新鮮血液氣息，那天夜裡輾轉直到天明。

很快的，婚期定了下來。

時間只剩兩個多月，選在天文十八年（一五四九）二月二十四日。

華燭

人間五十年，
與天地長久相較，
如夢似幻。
一度得生者，
豈有不滅者乎。

……………

養成習慣還眞是可怕。不知道從什麼時候開始，濃姬就算是如廁時，也會哼著這些奇怪的句子。在廁所中，她突然察覺到自己的失態。

（都怪那位奇怪的公子……）

把責任都推到未曾謀面的信長身上。

總之，信長走在尾張城下的街道上，哼著這首歌的光景，彷佛浮現在濃姬眼前。濃姬自己配上幸若舞的音調來吟唱時，眼前總是能浮現出織田信長的模樣，還眞是不可思議。

「人都會逝去，」

她又開始哼起信長喜歡的另外一首歌：

「……如何流芳百世，讓人傳唱。」

這天也是如此。她沐浴在陽光下，坐在走廊盡頭的角落裡無心地哼著這首歌時，侍女各務野穿過庭園走過來，滿臉擔憂。

「小姐最近是怎麼了，大喜的日子就快到了。」

眼看婚期就要到了，小姐怎麼染上哼小曲這種粗魯的壞習慣呢。

「這種舉止會讓那邊不喜歡的。」

「是嗎？」

濃姬停止了哼曲，但又轉念一想，以粗魯名揚三國的，不正是那邊的公子嗎？

（正所謂門當戶對，我也得變粗魯些，嫁過去才匹配。）

濃姬認真地想。

在百般忙碌中時間過得驚人迅速，轉眼離濃姬出嫁的日子只剩三天。

母親小見之方自從這門親事定下來後就住在濃姬的房間裡。按照戰國時期的狀況，一旦嫁給鄰國的大名，恐怕一輩子都見不到自己的女兒了。每想到這裡她不禁悲從心起，時不時還掉下淚來。

父親道三卻是一反常態，最近十幾天很少到內院來，就算來了，也刻意迴避與濃姬碰面。

（以前明明是那麼疼愛我。）

濃姬不得其解，終於忍不住問母親小見之方。

「父親大人怎麼了？」

小見之方也感到很奇怪。

當天晚上，小見之方在寢室裡問道三怎麼回事。

「我怕碰見了要哭。」

「歸蝶嗎？」

小見之方狐疑地追問。道三苦笑著回答，不是歸蝶，是我自己。

（他會哭嗎？）

小見之方不由得望著他。道三說：

「這麼乖的女兒要白白送給尾張的傻瓜公子，一想到這事我就心慌意亂。」

「那你當初爲何要答應呢？」

小見之方早已熱淚盈眶。她一向極其溫順，甚至從未對道三有過怨言，這次的婚事卻讓她耿耿於懷。她接著又問：

「爲何不許配給十兵衛呢？」

她豁出去了。明智十兵衛光秀既是美濃的官吏，又是自己娘家的人，如果嫁給這個人，想見的話隨時都能見到。

「別說了。」

道三說。他也有過同樣的想法。光秀從小就是自己的義子，脾氣秉性也十分瞭解。不僅才華橫溢，作爲女婿也絕不差。

「但是，」

道三告訴小見之方，聯姻涉及外交，是防衛國家上最重要的事，豈能摻入父母之情加以干擾。

「不是只有你一個人捨不得，我也一樣。也許這輩子連我也見不到女婿一面。」

道三說。這就是戰國的慣例，總是處於備戰狀態的老丈人和女婿，怎麼可能在同一個屋簷下見面呢？

濃姬的花轎離開美濃鷺山城的這一天到來。

凌晨，太陽尚未升起。殿中到處點著燭火，庭園、通道、各個入口、城下的街道上被篝火照得猶如白晝，在星空下準備行裝的僕役、儀仗隊隨從和看熱鬧的群眾，好幾千人熙熙攘攘，只等著花轎出發的時刻。

道三坐在大廣間裡。

一旁是小見之方。

不久，濃姬在各務野的陪伴下，來到雙親面前道別。

她的風情萬種，就連父親道三也差點叫出聲來。他的心裡感慨萬千。

（真要把女兒許配給那個傻公子嗎？）

道三不覺緊緊抓著自己的衣服。

濃姬鎮定地向他們道別。道三的思緒卻飛向天際，聽不到她說的話。

「歸蝶，」他不自覺地叫著：「上跟前來，過來。」

他招手讓濃姬上前，掏出早已準備好的一只金絲繡的小袋子，並不放在三方台上，而是直接放在濃姬的膝蓋上。

是一把短刀。道三爲了這一天，特意讓美濃的刀匠關孫六製作的。

這是慣例。父親送給要出嫁的女兒短刀用以防身，必要的時候還可以用來自盡。

道三也應該說些話，例如好好保重，或是對夫婿好一點之類的話。然而，道三脫口而出的竟是：

「尾張的信長是個呆子。」

濃姬一愣，睜大了眼睛。道三點點頭，始終微笑著低聲道：

「恐怕你會嫌棄夫婿信長吧。肯定會。那時就用這把刀刺他吧。」

然而，濃姬接下來的回答卻大出道三的意料之外。

「這把短刀，」

濃姬從膝蓋上拿起它並說道：

「也許會用來刺父親大人。」

好伶牙利齒的女兒。她笑得很燦爛，看不出笑容後面的情緒。

道三頓覺狼狽，卻又立刻放聲大笑道：

「太好了，這種道別眞是太好了。哈哈，不愧是我齋藤山城入道道三的女兒啊！」

這場交戰以道三慘敗告終。道三嘴上雖在笑著，心底卻在想：

（信長，你可是前世修來的福氣！）

他的心裡像打翻了調味瓶，有憤怒，有鬱悶，有喜悅，還有傷感。

時刻已到。

前往尾張的新娘花轎已抬到玄關的台階上，濃姬上了轎。

花轎來到城門跟前。

城門內側，一同前去尾張的儀仗隊三百人在此等候著。

光是行李，就裝了五十擔。

負責籌備婚禮的堀田道空穿著禮服騎在前頭的馬上，光秀的叔叔明智光安則作爲道三的代理人，雖未穿著隆重的禮服，胯下的馬鞍卻是金蒔繪漆器。光安自己帶的五十名家臣排在儀仗隊的末尾。

星空下只見數百隻火把吐著火苗燃燒著，不久這支火龍般的隊伍開始前進了。

隊伍有條不紊地行進著，十步一小停，二十步一大停，這種儀式象徵著遠嫁的女兒對父母的依依惜別之情。

走在濃姬花轎前面的，是道三爲她選擇的終生侍奉她的家臣，出身於美濃山縣郡福富地方的福富平太郎貞家。跟在後面的，也是將終生跟隨她的各務野等五名侍女。

道三和小見之方，從城門旁目送著隊伍離開。

很快的隊伍就看不見了，按照習慣，爲了祈禱新娘日後的幸福，要在門的右側點起篝火。濃姬離去了。篝火點燃時，道三默默地消失在城門裡。

沿道的村莊，梅花已經開了。送親隊伍到尾張的名古屋城，需要行走四十公里。

來到木曾川的國境，織田家的家老平手政秀正率領三百人在河對岸等候。

花轎上了船，過了岸，進入尾張的領土。這回由尾張的隊伍代替美濃抬起花轎。

兩家隊伍合在一起六百人，浩浩蕩蕩地朝著燈火通明的名古屋城而去。到達城下時，太陽已經下山。

濃姬進了城。

她在專爲她新建的殿中換了衣服。雪白的窄袖和服領口繡著幸菱圖案，外面再穿上鮮豔的婚衣，亭亭玉立恍若仙子，就連各務野都看得癡了。

接下來進行婚禮。

在這裡，濃姬第一次見到自己將要終生跟隨的織田信長。

濃姬十五歲。

信長十六歲。

這名年輕人一身雪白，髮髻光潔油亮，唇角收斂，鼻梁挺直，無論從哪個角度看都像是畫中的翩翩美少年。

（還好，不像聽說的三助那個模樣。）

濃姬不由鬆了一口氣。

只見他的眼神狂野。似乎是因爲濃姬和她身上罕見的盛裝，於是目不轉睛地盯著她看。眞是奇怪，濃姬心想。不過自己也很緊張，一會兒就忽略這事了。

敬過酒後，濃姬跟著織田家的年長女侍到大堂祭拜織田家先祖的牌位，又去問候從今日起成爲父母的信秀和正室土田御前。

但婚禮還未結束。

儀式要一直持續三天。在此期間，濃姬一直要端坐著，幾乎連如廁的時間都沒有。到了第三天換上色彩鮮豔的衣裳，接受織田家侍女們的跪拜後，才總算從婚禮儀式中解放。

到了晚上。

第三天，才能與夫婿同床共寢。

濃姬被帶到新房，等著信長的到來。

經過整整三天的婚禮，她已經累得筋疲力盡，甚至無法思考。

（倒是沒有想像中那麼可怕。）

她念頭一轉，或許是疲憊讓她無力多想。

只是奇怪的是，這三天幾乎不見信長的蹤影。

（那個人一定不喜歡這種無聊的事吧。）

濃姬勉強支撐著勞頓的身子，茫然地想像著。

正如濃姬所想。昨天還被稱爲三助的街頭霸王，突然被拽到從未經歷過的規規矩矩宴席上，自然是受了不小的刺激。

（我可受不了。）

他中途溜出去好幾次，每一次都在走廊上、庭園裡、門旁邊，或下人的屋裡被輔佐平手政秀逮住。第五次被逮住時，他終於忍不住，生氣地叫喊道：

「師傅，你到底有幾個分身？」

不管他逃到城裡的哪個地方，政秀老人總是能跑出來抓到他。

「少主，你就聽話吧。」

政秀道。之前政秀也一直告誡他，「今天是你的大日子」「你這樣會讓鄰國來的送親代表笑話的」。第五次抓住信長是在婚禮的第三天，政秀竟紅了眼眶：

「少主，你想想。這麼年幼的寶貝女兒離開父母，大老遠來到舉目無親的尾張，唯一可依靠的人就是你，你還不好好疼惜人家嗎？」

他拽住信長的袖子，做勢就要踹他的屁股。信長聽後「哦」了一聲，似乎有些明白。他大概在想，單獨投奔自己而來豈不是太可憐了。

（不過，那個小姑娘太美了。）

他又有一種奇怪的反感。不是迷惑或害羞，就像看到美麗的蝴蝶想要抓住戲弄一番，信長多少還留有這樣的童心。

「師傅，我一直和夥伴們玩扔石頭和潛水。沒和女孩兒玩過。」

信長一臉無可奈何的表情，政秀老人會錯了意，說道：

「知道你不會。前些日子不是讓你看了一些圖畫，解釋怎麼和女子相處嗎？你照那個做就行了。」

「師傅，你真是色鬼。」

「啊？」

政秀簡直聽不下去了。他歎著氣說道：

「別說了，照著圖做吧。」

過了一刻鐘。

濃姬正在新房裡對著燭台一個人無聊地擺弄著棋子，走廊上突然響起一陣急促的跑步聲，接著門就嘩啦一下拉開了。

「我是信長。」

臉脹得通紅的年輕人闖了進來。

濃姬慌忙坐正身子，把棋盤推向一邊：

「我是歸蝶。多有不周，將來也請多多教導。」

她跪下俯首道。

「嗯，我是信長，記住了啊！」

「三天前就見過了。」

濃姬心底偷笑。信長仍杵在原地。

（這可怎麼辦？）

濃姬想。不坐下的話，就沒法履行事先學習的洞房儀式。只好由濃姬來指揮了。

「坐下吧！」

濃姬說。信長竟老老實實地答應一聲，坐下了。

同時，他叫了一聲「阿濃」。不知爲何，信長避開歸蝶的名字，直接就取了濃姬中的濃字，叫她做阿濃。這是信長第一次稱呼濃姬。

「阿濃，睡覺吧。」

他三兩下就脫了個精光。

濃姬嚇得目瞪口呆。信長接著又發出命令。他最不喜歡人在自己面前磨磨蹭蹭。

「睡覺！」他又說：「接下來的事我知道。」

這裡的事指的是平手政秀提到的圖畫。

蝮蛇之子

濃姬無奈，只好鑽進被窩。身體卻不由自主地微微顫抖。

「阿濃你看。」

信長股間只繫了一根帶子，取出一節竹筒。

大概有四尺來長。

「你知道這是什麼嗎？」

「不知道。」

「春宮畫呀。」

信長一本正經地說。那個時代的武士時興把春宮畫裝在竹筒裡，背著上戰場，聽說這樣能保平安無事。

竹筒上繫著一根能掛在肩上的舊皮繩，想必是信長從城裡某處倉庫裡翻到的。

（哦，那種東西。）

濃姬在城裡已經辦過成人禮。這種東西的存在，她還是知道的。

「你看。」

信長嘩嘩地把畫抖落出來，絹上面畫著五顏六色的男女。

「阿濃，就照這樣。」

信長把畫舉到濃姬跟前，自己也有些煩躁地盯著。

濃姬雖然臉對著畫，卻緊閉著眼睛。

（不想看。）

「看呀！」

「討厭！」

以後，濃姬只要想起這天夜裡的信長，就止不住地想笑。在濃姬看來，這件事也是信長古怪脾氣的表現之一。什麼都要自己親自研究、親自思考，再以自己的方式付諸實施，這名男子的怪異也體現在新婚初夜的舉動中。

只是，那一夜的濃姬，當然還不是這麼了解信長。

（瘋子。）

濃姬不禁有些害怕。做的事情奇怪不說，表情也像青蛙一樣嚴肅。青蛙是不會笑的。這麼一想，濃姬在這三天裡，從未見到這個年輕人笑過。

而且，做起事來不帶任何感情。

原本這種男女之事，自然會流露出眞情實感，信長卻用右手提著春宮畫，宣佈道：

「就照著做吧！」

濃姬自幼受到父親道三和母親小見之方的影響學習和歌，《古今》和《新古今》裡收集的著名和歌幾乎都能背誦，也不時和各務野一同憑空想像著愛人寫了不少情歌。

（和想像完全不一樣。）

濃姬想。然而她腦海裡一片混沌，身體卻燥熱不安。

信長卻自以爲自己的做法很體貼。

（平手師傅都教給我了。）

他一副胸有成竹的樣子。

事先看過春宮畫，濃姬應該就會照做了吧。信長設身處地地爲對方著想。

這也是他表達愛情的方式之一。

信長收起畫卷，躺到濃姬的身旁。

「抱著我的脖子。」

他嚴肅地命令。濃姬羞澀地搖著頭不肯照做。

「我說阿濃，」信長說：「畫上是那麼畫的。」

「不要，不要嘛。」

「你在美濃時沒人教你這些嗎？」

「沒有。」

「那你都學什麼了？」

「只是說讓我什麼都要聽夫君的。」

「那不就得了。」

信長漸漸有些不耐煩了，他最不喜歡別人違抗他的意志。「快點。」他催促道。

濃姬只好伸出雪白的胳膊抱住信長的脖子：

「是這樣嗎？」

她的聲音裡透著悲傷。信長「嗯」了一聲，得意地點點頭說：

「下面該我了，我要這樣。」

他伸出右手撫上濃姬纖細的腰，濃姬低喊了一聲蜷起身子。

「怎麼了？」

信長停下手的動作。

「癢。」

「忍著點。」

信長按部就班地施展開來，很快就緊鎖雙眉、雙眼緊閉，滿臉痛苦。

濃姬也是一臉痛苦。雖然兩人都不明所以，平手中務政秀教導的大事已經結束了。

信長從被窩裡窸窸窣窣地爬出來，走到牆角取出一個小袋，又鑽回被窩。

他趴著打開小袋，取出兩顆柿子乾。

「阿濃，吃吧！」

他將其中的一顆遞給濃姬。看來傳聞中信長習慣在腰裡掛著袋子，原來是這麼回事。

（確實方便。）

濃姬感到好笑。

「你身上掛著幾個袋子？」

「兩三個吧。」

「袋子裡裝的都是柿子乾嗎？」

「有時候還有馬糞。」

「什麼？」

濃姬吃了一驚，難道這個袋子裡也裝過馬糞嗎？

信長連忙開口道：

「不是的，這個袋子是新的。」

他解釋說，這些柿子乾是爲了給濃姬吃，好幾天前鑽到城下的農民家中偷來的。

「謝謝。」

「不用客氣。」

他大口啃著柿子乾吃得津津有味，看上去也就是個十六歲的少年。

「阿濃。」

「叫我歸蝶吧。」

「無所謂吧，從美濃嫁過來的就叫阿濃。」

（眞不近人情。）

濃姬有些生氣。她開始嗔怪地用眼角瞥著信長。

「聽說你的父親是蝮蛇。」

「……」

「不知道美濃人怎麼說，反正尾張人連賤民都異口同聲地叫他蝮蛇。是不是他長得像蝮蛇？」

「不是。」

濃姬臉露慍色：

「人人都說我父親跳起舞來，身形高大，容貌俊美。我也那麼認爲。」

「這樣啊。」

信長一直憑空想像著長著一張蛇臉的怪物，心有餘悸。

「與常人無異嗎？」

「是的，而且比一般人還要強。」

「不過，他很厲害吧？」

「怎麼說呢？」

濃姬知道父親在尾張名聲不佳，極力想避開這個話題。

「我父親可是厲害得很。不僅是半個尾張，還奪下了鄰國三河至安祥爲止的領地。駿府的今川義元率領駿遠三三國（駿河、遠江與三河三國，編按）的大軍來襲，也被我父親輕而易舉地擊退。堪稱東海第一。」

「是嗎？」

「不過，」

信長咽下口中的柿子乾，接著說：

「還是你父親厲害。我父親幾次挑戰，都大敗而歸。厲害啊！日本第一。」

「哪有啊。」

「我說的是眞的。」

信長熱切地注視著濃姬。

「我喜歡厲害的人，喜歡你父親。美濃的蝮蛇多了不起啊。」

「我父親一定會很高興。」

濃姬答道，她想儘快轉移話題。然而信長細長的眼睛熠熠閃光，繼續滔滔不絕。

「不過阿濃，我可要事先告訴你，我比蝮蛇更厲害。」

「那是……」

濃姬頓了一下，心想這人眞像個孩子。她雖比信長年幼一歲，卻深受父親的薰陶，熟記了好幾首情歌。而信長，在這春宵寶貴的初夜裡一個勁兒地討論著誰比誰更厲害。

「阿濃。」

信長望著濃姬，眼神異常清澈。

「什麼？」

阿濃微笑道：

「阿濃是個女子，不懂打仗的事情。」

「你騙人，你不是蝮蛇的女兒嗎？」

「但是……」

阿濃一時語塞。信長左右搖晃著腦袋說：

「不對，我不是在說打仗，是在說我自己。大家都小看我。」

「……」

「家裡人，甚至連城下的老百姓都叫我傻瓜公子。你沒聽說嗎？」

「沒有。」

濃姬感到害怕，急忙掩飾。

「騙人。聽說美濃也傳遍了，大家都說，美濃蝮蛇的女兒嫁給尾張的傻瓜公子，肯定有好戲看。」

「……」

「我也不知道自己到底是不是個笨蛋。只是，我覺得好的事情，從世人來看都不好。掛袋子也是如此。」

的確，腰上掛的袋子，想吃的時候隨時可以吃，還可以擲石子。方便得很。他覺得方便，人們卻覺得這種舉動太傻。

「到底我是笨蛋，還是世人是笨蛋，爭論這個沒什麼意義。我要用自己的作法改變天下，然後讓大家看看，究竟誰是笨蛋。」

「改變天下嗎？」

「依我看這世間愚蠢至極。就拿獵鷹狩獵來說，按照以往的做法在野外跑上一整天，也只能抓到兩三隻山鳩和野鴨而已。而我卻能抓到三、四十隻。人們看見我狩獵都說我是呆瓜，這幫人的天下，有什麼不能改變的？」

「……」

「我想告訴你，大家叫我傻瓜都無所謂，你要是也那麼想就麻煩了。」

「……」

濃姬拚命忍住笑。信長說「麻煩」的時候，滿臉苦惱的表情。

「知道了。」

「還有一件事。」

「什麼？」

濃姬對他展露著笑容。然而少年接下來的話題卻讓她吃驚。

「有人想要殺我。」

「不會吧！」

濃姬差點叫出聲來。

「我只是覺得。不過，大家既然小看我，肯定也很討厭我。這我還是知道的。」

「嗯。」

「我並不需要讓人喜歡。我是大名的兒子，再不討人喜歡也能當上大名。只是有人想殺我就不好辦了。」

「怎麼會呢？」

「那可說不定。不過阿濃，你可不能加入他們一夥。」

「那還用說！」

濃姬簡直聽不下去了。相信世界上再沒有第二個人，會在婚禮後的洞房之夜，反覆叮囑妻子不要夥同別人來害自己。

「但是，是誰不喜歡公子呢？」

「首先要數我母親。」

信長回答。

濃姬已經對什麼都不意外了。

（您的母親嗎？——）

她先是下意識地點頭，然後才發覺到此事非同尋常，不禁愕然。世上哪有母親會厭惡甚至想殺死自己的親骨肉呢？

這裡指的是正室土田御前，濃姬行過禮所以記得她。雖然是個面孔略長酷似信長的美人，卻給人一種易碎的、一旦情緒激動便無法控制的感覺。

「我有個弟弟叫勘十郎信行。」

濃姬在婚禮第二日受過他的禮拜，容貌端莊彬彬有禮，看上去很聰明，卻透著一股狡猾，濃姬不是很喜歡。想必和信長的脾性截然不同。

「大家都看好勘十郎。」

信長說。濃姬後來才聽到勘十郎的名聲，總之家裡和城下人都對他讚賞有加，母親御前更是異常溺愛他。而且，輔佐勘十郎的柴田權六勝家和佐久間大學盛重這些樸實粗獷的家臣，都對他的母親御前說：

「勘十郎公子一定會成爲他哥哥的左膀右臂，把織田家發揚光大。」

他們絕不是諂媚，而是發自內心地這麼想。

弟弟的評價太好，這絕對不是什麼好事。

——那麼應該給勘十郎大人當家督。

難保大家不會生出這種想法。

土田御前常常對信秀說：

「兄弟倆要是反過來就好了。」

而信秀總是護著信長：

「別下定論。以後還不知道怎麼樣呢。」

「現在城裡，」

信長接著說：

「只有父親看重我。平手師傅怎麼想不清楚。」

「阿濃呢？」

濃姬差點噎著。

「阿濃也看重你。」

「所以我要提醒你，別加入討厭我的那夥人去。」

兩年過去了。

濃姬覺得時間過得好快。兩人的身心尚未成熟，關係就像是一對玩伴似的。

突然發生了變故。

天文二十年（一五五一）三月三日，父親信秀在最近剛建好的末森城驟然過世。

年方四十二歲。

可以說是猝死。

前一天傍晚，他還在城下的貓洞池邊遛馬，晚上一如往常地飲酒作樂，回房後讓最近的新寵給他揉著腰，說了一聲「頭有點疼」後，很快就睡著了。清晨起來上廁所時，才發現他屍體已經僵涼了。

太陽高高升起時，名古屋城的信長才接到急報。

他沉默不語。

他整天一言不發，濃姬安慰他也不做任何反應。過了好幾天，他也隻字不提父親的死。

八天後——

美濃派來的使者見到濃姬，告訴她親生母親小見之方的死訊。三十九歲，死於結核。

唯有此時信長才說了一句：

「阿濃一定很難過吧。」

他的表情顯得很難看。濃姬不禁感到委屈。父母死了，子女怎麼可能不難過呢？

擲香粉

父親葬禮的前一天，家老平手政秀逮住信長說：

「你聽好了，明天要是再偷溜出去，師傅我就只好切腹自盡了。」

「知道了。」

信長卻連如此簡單的回答都沒有，反而別過臉，一條棕毛狗正好經過。

平手政秀仍不放心，之後又喚來濃姬的隨身侍女各務野叮囑道：

「告訴你們夫人，明天的事就拜託了！」

夜裡，濃姬對信長說：

「眞是奇怪。」

她打從心底覺得好笑。

「什麼事？」

「大家都把你看成野鴨子，擔心你鑽到水裡或是飛上天去。」

「一群蠢貨。」

信長緊繃著臉：

「這世間全是蠢人。」

「嗯。」

「城裡有好幾百人準備葬禮，好像要請三百名和尙。就算來了成百上千的和尙，供品堆積成山，父親也不會死而復生。阿濃，你說是不是？」

「嗯。」

濃姬點點頭，但她認爲信長一定是誤會了。葬禮是悼念死者的，而不是讓人死而復生的。

「自古以來死了好幾億人，葬禮辦得再好也沒人能活過來。」

「只是，葬禮不能讓人起死回生。」

「我當然知道！」

信長提高了聲調：

「所以我才說是徒勞。淨做些於事無補的事情，跑到寺院裡，讓和尙念著經痛哭流涕。世上沒有比人更蠢的了。」

此話倒也有理。濃姬緩聲道：

「你說的我都懂，可是公子是喪主啊！」

「我可不想當。」

「別任性了。不按照世上的慣例做，大家會在背地裡罵你是不孝子。」

信長不作聲了。他一旦沉默，臉色就會馬上陰沉下來。此刻他的眼裡根本就沒有濃姬的存在。

這名年輕人說話向來簡短。他根本不擅長對話，幾乎整天不開口，要表達意志時，馬上會付諸行動。

（就是這種脾氣。）

濃姬看在眼裡。

然而，她根本不瞭解信長的心中隱藏的憤怒、怨恨和悲哀。

首先，信長恨透了父親才四十二歲就英年早逝。

（父親這個笨蛋。）

他想破口大罵。信長一直按照自己的方式鍛鍊和引導自己。游泳或是扔石子，讓足輕比試棍棒什麼的，都是爲了有朝一日奪得天下。

他虛歲不過十八，雖然自知尙不成熟，父親卻以死的方式猛地把他推到織田軍團總指揮的位置上。

（父親眞是太隨便了！）

他氣得想罵人。原本這名男子，一旦事情的發展不符合自己的預想，便會憤怒得抓狂。

還有一點讓他生氣的是，自己的家族姻親都對他的能力感到絕望時，只有父親信秀會說：

——別在意那些壞話，只有我瞭解你。

對他呵護有加。信長從小時候就敏銳地看穿了這一點：

（我的事情只有父親才懂。）

他想。反過來說，正是因爲這點，他才能放心地爲所欲爲，穿著奇裝異服招搖過市。

也就是說，正是由於信秀的存在，才讓信長不感到孤單。而此刻失去唯一理解自己的人，對信長的打擊實在是無以復加。

（愚蠢的族人和老臣連這點都不懂，一味地準備著葬禮。）

所以他厭惡葬禮。萬松寺的葬禮，就像是不理解自己的人的一場慶典。葬禮辦得越是盛大，信長就越覺得這群人在與自己無關的地方幹著蠢事。

「不過，喪主也不是什麼難差事，只要坐在那裡就行了。香還是要燒的。」

「阿濃懂得不少嘛。」

「我讓各務野問過中務（政秀）了。」

「自己還是個孩子，操這份閒心幹麼。」

「我不放心你嘛。」

「我會照辦的。」

信長點點頭讓她放心，又說：

「光燒香的話再簡單不過了。」

到了葬禮這一天。

聲勢浩大。

會場外擠滿了人，足輕和他們的家屬、城下的居民、領地裡的大戶人家再加上普通百姓，足足有好幾千人，都蹲在路邊。

會場的松林四周掛著黑白相間的帷幔，武士三三兩兩地聚在一起，一群山伏（在山中徒步修行的修驗道行者，亦稱修驗者，編按）鳴弓避邪，大殿裡坐著三百名和尚。

不久，織田家的隊伍到了。他們從山門進入會場。信長的弟弟勘十郎身著正式禮服，筆挺的肩衣搭配半袴騎在馬上，下巴略寬的他微微低著頭。

在勘十郎身旁的是輔佐他的家老柴田權六、佐久間大學與同次右衛門等人。

路邊的人都交頭接耳地低聲道：

「這就是勘十郎大人。」

末森城城主織田勘十郎容貌俊美、氣質溫柔，不僅在家裡，也深受領地上的百姓愛戴。

——老天爺眞是不長眼。如果他當了總領，織田大人也能含笑九泉了。

很多人都這麼說。

他繼承了母親土田御前的眼睛，深深的雙眼皮下烏黑的眼珠，加上長長的睫毛，笑起來的模樣就連男子都會被吸引住，家裡的女人更是爲他著迷。

他低垂著眼。

當他抬起頭來時，路邊的女人都爲之胸口一震。

——勘十郎大人多傷心啊！

有人甚至哭得直不起腰來。

後面跟著喪主信長。

陪伴他左右的是家老林佐渡守通勝、平手中務大輔政秀、青山與三右衛門等人，大家都沉默地徒步而行。

信長騎在馬上。路上的人看見他，都吃驚得屏住呼吸。

他竟然沒穿半袴。

一件短邊的窄袖和服，腰上胡亂繫著一根麻繩，掛著大小不一好幾個袋子，頭髮則用紅繩紮成沖天辮，搖搖晃晃地騎著馬。

（看來傳聞所說不假。）

沿路的人們頓時一陣騷動。
——還是那個傻瓜公子。
——這個領國還能保住嗎？
有人輕歎道。
信長在山門旁輕巧地下馬，然後沿著長長的石階向大殿走去，每一步他都走得無比堅實。
大殿中已經開始奏樂誦經。
「少主，這邊請。」
平手政秀小聲提醒他入內，信長卻問道：
「香爐在哪兒？」
「那邊。」
「呃。」
他點點頭，推開政秀大步流星地直奔香爐而去，抓起一把香粉舉在手中，眼光炯炯地直盯著前方，突然嘩地一聲將手中的香粉擲出去。
頓時，誦經聲戛然而止，樂音紊亂，重臣們都相對愕然。

信長卻面不改色，轉過身踏上來時路就要離開。
「少主！」
平手政秀剛想抓住他的袖子，信長卻猛一揮手：
「師傅，你可看見了。」
他大喊一聲揚長而去，到了山門處飛身上馬，揮手就是一鞭。
他像一陣颶風飛馳過街道，出了野外消失在樹林裡。幾名貼身侍衛急忙在後面追趕，卻早已不見他的蹤影，直到太陽下山前還在拚命地尋找。
最後，終於在城外東北方向四里開外的橡樹林中找到他。
信長正躺在樹木間的草地上，四仰八叉地睡著。
「少主！」
不管怎麼喊，這名十八歲的少年始終一言不發地望著天。
濃姬娘家的美濃國主齋藤道三，也派出重臣堀田道空參加當天的葬禮。

堀田探望了濃姬後回到美濃，到鷺山城向道三仔細描述葬禮上所發生的事情。

然而，道三聽完後一言不發。

過了良久，他才開口道：

「道空，你覺得信長是個瘋子嗎？」

「此種行爲確實不同尋常。」

「長相如何呢？」

道三又問道。

濃姬的貼身侍衛福富平太郎和侍女各務野時常寄密函給道三，因此信長的動靜他基本都心中有數。然而這個信長到底是什麼底細，他卻絲毫猜不透。

（我這半輩子，從來沒見過這樣的年輕人。）

沒有典型，也就無從判斷。

「要說長相，」

道空想了一會兒說：

「不好說。年紀尚輕，容貌到底是超出常人，要說是瘋子或傻子，從外表上看不出來。」

「看不出來嗎？」

「只是，如果仔細看，他的眼睛清亮，唇角線條收斂，不僅不像愚鈍之人，反而是極有才能之士。」

「那就對了。」

道三不禁叫出聲。福富和各務野在密函中都是如此描述的。

「所以我才無法判斷信長這號人物如何。」

「家裡，甚至可以說是國內都把他看成是傻子或瘋子。」

「胡說八道。」

道三笑了起來。道三比誰都清楚，眾人怎麼說並不重要，關鍵是有眼光的人如何評價。

「你想想，織田信秀那麼厲害的人一直不廢除信長的嫡子之位，比起尾張群臣的濁眼，我更相信信秀一個人的眼光。所以，才會苦於判斷。」

「要說廢嫡，」

堀田道空壓低聲音：

「聽說家中的老臣中有人密謀要廢除信長公子，擁立勘十郎爲主公呢。」

「我也聽說了。」

道三也是爲人父母。無論信長此人如何，一旦可能被弟弟殺害，那麼爲了濃姬，就算傾盡整個美濃兵力，也要前去救援。

「看來要和女婿見一面了。」

道三說。

「噢，這倒是個好主意。不過要見面應該很難吧。」

「嗯。」

雖說是老丈人和女婿，按照戰國的慣例，會利用會見來謀殺對方，織田家也會提高警惕，而自己也必須多加小心。

「不過，雙方都事先確定人數，把地點放在國境上怎麼樣？」

「不知道對方會不會同意。」

道空說後，道三哈哈地笑了。

「我的名聲可不好。」

他喃喃道。織田家一定會看做是蝮蛇的慣用伎倆而一口回絕吧。

「再耐心等等吧。現在信秀剛死，馬上要求見面會引起對方不必要的疑心。」

葬禮之後，信長的狂躁未見收斂，在家裡的聲望也逐漸下跌，擁立勘十郎的舉動簡直就在半公開地進行。

就連信長唯一的靠山平手政秀也聽聞此事。絕不是傳聞。信長的生母土田御前在葬禮後喚來政秀，毫不掩飾地說道：

「信長公子無法保住國家。」

她暗中指示平手加入擁立勘十郎的陣營。事實上，土田御前將首席家老林佐渡守調離信長身邊，派到末森城的勘十郎那裡。
（看來已經進行得如火如荼了。）
政秀感到膽戰心驚。確實，政秀一向把信長看做是「傻瓜公子」，從織田家的重臣這一角度出發，的確應該廢了他擁立勘十郎。
然而，這個老人無法做到這一點。政秀與信長之間，流淌著一股父子般的感情。要把自己從孩童時代就開始撫育的信長像殺雞一樣勒死，再擁立他的弟弟，政秀無論如何辦不到。
此後，政秀每次都扯著信長的衣袖：
「大人，別這樣了。」
或是：
「這種事連賤民都不做。」
等等，比以前加大了說教的頻度，甚至用生氣發怒的口吻。信長的頹廢，老人看在眼裡痛在心裡。
政秀說的十句話裡，信長通常只聽一句。然而葬禮後政秀的嘮叨變本加厲，信長也深感不快，不久關係逐漸疏遠。直到發生了一件小事。
政秀的長子五郎右衛門手裡有一匹駿馬。有一次被信長看見，他湊上來說：
「五郎，把牠給我吧。」
一旦想要就無法收手是信長的脾氣。
五郎右衛門卻說：
「不行。我正在潛心習武，雖說是您的命令，請恕我難以從命。」一口回絕了。
由此，信長對他的父親政秀也懷恨在心，政秀想要見他都被他推辭了。
政秀陷入窘迫之地。
這位老人在天文二十二年（一五五三）春天選擇自盡，臨死前給信長留下一封忠諫信。
信長受到沉重的打擊。
父親死時，他甚至未在人前哭泣，這次卻表現反常。他緊緊抱著政秀的屍體，放聲慟哭：
「師傅！師傅！」

接下來的日子，信長或在寢室，或在路上行走，只要一想起政秀，就會突然失聲痛哭。

有一次他突然跑到河灘上，踢著淺灘的水，聲嘶力竭地吶喊著：

「師傅，你喝水啊！」

還有一次，在獵鷹狩獵回來的路上，他騎著馬忽然悲從中來，將捕獲的野雞撕裂成碎塊拋上天空，哭著喊道：

「師傅，你吃啊！」

他的行動讓人捉摸不透。

他如此悲痛欲絕，熟讀了政秀留下的忠諫信並背誦下來，痛哭的時候甚至能一字不差地拚命喊叫出來，而導致政秀自殺的他自身德行，卻壓根沒改變。

他一如往常，經常像個瘋子般衝出城去和村童打鬧，餓了就到田裡拔蘿蔔充饑，一不高興就擰著下人的脖子出氣，或是露宿野外，也不歸宿。

就在尾張的傻瓜公子聲望一日不如一日時，這天

從木曾川的彼岸來了一位使者，手中拿著一枝櫻花古木的樹枝。

正是道三派來的使者。

美濃的使者

「什麼？美濃蝮蛇派來了使者？」

信長問道。

「是什麼樣的人？」

「名叫堀田道空，是美濃山城入道大人的重臣。此人腦袋極圓。」

「禿頂是嗎？」

虛歲二十歲的信長，興趣總是放在無關緊要的事情上。前來稟報的下人心想：

（是不是禿頂有什麼關係？）

還是回答道：

「不是，剃了頭髮而已，不是禿頂。」

「那頭皮是青色的嗎？」

「不，是紅色的。」

「你這個蠢貨。」

信長瞪著他：

「聽著，如果是紅色的，表示一半腦袋是禿頂。你為何不報告說一半是禿頂，一半是剃光了的呢？」

（有道理。）

下人不禁點頭稱是，然而又覺得實在是可笑。有必要計較這點小事嗎？

「就像派你去偵察敵情，你看見了敵軍，馬上跑回來報告『敵人來了很多人』。光說很多人可不行。應該報告『武士有幾十名，足輕有幾百人』才行。看見來人的腦袋，光憑一句『禿頂』可不行。我不喜歡這種表達不精確的人。」

信長罕見地發表一番長篇大論。

這名年輕人在以自己的方式訓練手下。

平時跟隨信長一同去獵鷹狩獵的貼身侍童習慣了信長做事的方式，就算信長不一一叮囑也能理解他的想法，可以說合乎他的節拍。

而這名通報消息的下人卻從未跟隨過信長去狩獵或是擲石子，自然無從知曉他的習性。

（傻瓜公子又在裝瘋賣傻了。）

下人面露不悅之色退下了。

善於察言觀色的信長自是看在眼裡。

他馬上叫來家老青山與三右衛門。

「把那個人賜給末森的勘十郎吧。」

意思是讓給分家後的弟弟作下人。

青山與右衛門吃了一驚，正要為那人說情，信長卻大聲喝道：

「我不要那個人。」

青山囁嚅著勸他，信長撓著頭皮，不耐煩地呵斥道：

「照我說的去做！」

青山害怕極了。如果還說情的話，恐怕這位傻瓜公子會撲過來擰斷自己的脖子。

「屬下遵命。」

青山伏地跪拜，信長轉身進了裡屋。

「阿濃，阿濃。」

他在走廊上邊走邊喊，到了濃姬的房裡，說道：

「蝮蛇派使者來了。」

濃姬聽了多少有些不高興。滿口稱自己妻子的父親為蝮蛇，總是不太禮貌吧。

「您應該叫他岳父不是嗎？」

「蝮蛇。」

對信長來說，比起岳父大人或是道三大人，蝮蛇的稱呼更加響亮，也包含著自己對他的尊敬。

濃姬雖然也明白這一點，但總歸是不喜歡父親每次都被叫做蝮蛇。

「來者是何人？」

「聽說叫做堀田道空。」

「噢，我當初嫁入織田家時，他是領隊。」

「我怎麼不記得？」

「那是理所當然的。婚禮那幾天，您幾乎都不在座位上。」

「我太貪玩了。」

信長對濃姬滿懷歉意，一臉難為情的模樣。這名年輕人也唯有在濃姬前面，才會做出這樣的表情。

「您父親大人舉行葬禮時，道空也參加了。」

「是嗎？」

那天信長在葬禮上擲了一把香粉就走了，自然不記得參加者有哪些人。

信長穿過走廊，來到小書院。

他身後跟著持刀的小姓，便服未換就走到上座，面無表情地坐下。

身材高大卻略顯瘦削的信長，鼻梁挺直，膚色雪白。臉上無任何表情。

連視線也朝著其他方向。

他似乎根本就沒看見跪拜在眼前的美濃使者堀田道空。道空心下不悅，微微抬起臉，心想：

（這個傻瓜公子一點也沒長進。）

道空先是把三方台上盛著的櫻花古木枝條進獻給信長。

「這是您岳父大人、在下的主公山城入道在鷺山庭園中極其喜愛的櫻花，特意讓我帶來給您欣賞。」

「嗯。」

信長點頭不語，連謝謝都不說一句。

他心裡卻在想，

（倒是經常聽說，蝮蛇喜歡櫻花。）

他又想，蝮蛇倒是有這種溫柔的雅興。

不過，他的表情看不出任何的心理活動。

只是看著左右，高聲喊了一句：

「把花插起來。」

道空差點就要啞然失笑。

接著道空開始說明來意，大致內容是：

「岳父道三希望與女婿信長大人見一面，不知意下如何？」

「什麼？」

信長似乎聽不懂道空的話。基於禮貌，道空的用語、態度相當的恭敬謙讓，信長不明白他到底想說什麼。於是，他把老臣青山與三右衛門叫到跟前，小聲問道：

「那個禿子在說些什麼？」

青山在他耳邊如此這般地解釋了一番，他才恍然大悟。

「我懂了。」

他對著道空喊道。

隨後，道空接著又用修飾語詢問他「地點選在哪裡好」，信長開始不耐煩了，站起來說道：

「以後的事就和與三右衛門商量吧！」

話音未落便拂袖而去，離開了來自美濃的這個能說善道卻不知所云的禿子。

❧

雙方會面的地點要位在美濃和尾張中間，於是，兩國的重臣決定選在富田的聖德寺。

確實是最佳選擇。

應該再也找不到這樣的地點了。

位於美濃和尾張的國境上流淌著木曾川之地。

距離信長的尾張名古屋城西北方四里半。

距離道三的美濃鷺山城西南方四里。

「富田」這塊土地，地理上雖靠近尾張，在戰國年代卻是中立地帶。

這種地方在每個國家都有。

它不從屬於任何一位大名的行政管轄之下，也沒有任何一位大名能在這裡動武。

也就是說，是門前町（寺院、神社等周邊形成的市街，編按）。

富田莊裡有一座一向宗（淨土眞宗即本願寺）的大寺院叫做聖德寺。附近有數不清的小寺和擁有門徒的其他等級的寺院，住持是由攝津生玉莊（今大阪）的本願寺直接派遣的。

前來燒香拜佛的人自然是絡繹不絕。

於是，這裡蓋起供拜佛者使用的旅館和祭祀用品店等，由於擁有「守護不入」（治外法權）的特權，美濃、尾張兩國的商人紛紛攜帶各種商品來此自由買賣，此地便帶上了商業城市的色彩。

共有七百戶人家。

在當時可以說是中型城市了。

說個題外話——

今天的富田莊由於木曾川河流改向被徹底淹沒，對信長和道三兩人具有紀念意義的聖德寺，如今移到名古屋市內。

使者道空從織田家告辭後，信長的重臣中有人提出反對：

「沒有見面的必要。道三大人一向詭計多端，恐怕要對大人下毒手啊！」

信長卻不以爲然。

就連勘十郎那邊的家老林佐渡守都特意從末森城趕來勸阻道：

「對方可是蝮蛇啊！」

信長不禁笑道：

「我要是被蝮蛇咬了，不正合你們的心意嗎？」

林佐渡守只好快快然回到末森城。夜裡，信長告訴濃姬：

「阿濃，見面的日子定在四月二十日了呢。」

「太好了。」

阿濃在信長的懷裡甜甜地笑著。

「阿濃好像無所謂嘛。」

「什麼意思？」

「和蝮蛇見面之日，或許就是我歸西之日。」

濃姬身體劇烈地抖了一下：

「爲什麼這麼說？」

「蝮蛇想要我的命。」

「那我也會沒命的。」

「算你還識相。」

信長微微一笑。

濃姬是織田家的媳婦，同時也是人質。一旦信長在富田的聖德寺送命，織田家的家臣便會馬上殺了濃姬抵命。

「不過阿濃，蝮蛇就算犧牲掉一兩個女兒，也會實現自己的野心的。」

「不對。」

「哪裡不對？」

「只有一個女兒。我父親只有我這麼一個女兒。」

「阿濃，我並不是要討論人數。」

「我知道。大人凡事都要求準確，所以我告訴你我父親就一個女兒。另外，我父親絕對不會置我於危險的境地。」

濃姬有這份把握。雖然到處有人說父親壞話，然而父親對自己的寵愛卻不容置疑。濃姬相信父親對自己的愛，勝過相信任何神仙菩薩。

「父親年事已高，他想看一眼自己的女婿，聊以慰藉。僅此而已。」

信長笑了。他想戲弄一下濃姬，伸手到她裸露的肌膚上撓癢。平常濃姬總是咯咯地笑個不停，這次卻說：

「不要。」

她按住了信長的手。

「如果你不能明白，就別這樣。」

「那這樣好了。」

信長吻住濃姬。他一直喜愛擲石子玩水，卻沒想到世界上竟然還有這樣讓人興奮不已的玩具。

「正因爲我明白，才要去富田的聖德寺赴約。我喜歡蝮蛇。」

「是呀。」

「我一生下來，家裡人和老臣都圍著我轉。不過比起他們，我更喜歡蝮蛇。」

濃姬心下點頭。雖然無法用語言形容，不過父親道三和面前的信長，兩人身上似乎有某種相通之處。

道三在鷺山城裡會見從尾張回來的堀田道空。

「信長答應見面了嗎？」

「是的。」

「他怎麼說的，把他的原話學給我聽。」

道三想藉此分析信長的愚鈍程度。

堀田道空卻苦笑道：

「他只是說——我知道了。其他什麼也沒說。」

「是嗎？」

還是讓人摸不著頭腦。

「歸蝶還好嗎？」

道三的表情像個傻孩子。

「不錯，看起來很健康。」

道空拜見信長後，又去看望濃姬。

「她有沒有說什麼？」

道三以爲她會問起自己的健康或是生活起居等。

「沒有。」

道空並未領會道三的意思，只是搖著頭。雖然見到濃姬，她卻只是笑瞇瞇地，幾乎不怎麼說話。

「這個女兒，越來越像信長那傢伙了。」

道三氣得說不出話來。同時他又感到很失落。

「道空，嫁出去的女兒潑出去的水啊。」

「所言極是。」

道空點點頭。他也有個女兒嫁給同爲齋藤家的家臣。不同的是，都在同一城裡居住，只要想見隨時可以見到，這一點要勝過道三。

「歸蝶讓我給寵壞了。」

道三自言自語地說。確實是太寵她了。

當時的大名子弟，從小就與父親分隔兩地，或是住在其他城裡，或是寄養在家臣家裡，有時會住在同一座城裡的不同房子裡，自然感情淡薄，當作人家女婿或嫁出去、充當人質時就不會有牽絆，就算大名之間發生摩擦，異死他鄉時也不會太過悲傷。這也可以說是一種體制。

（但是歸蝶是我親手養大的。）

想起來確實不是好事，越想越是割捨不下。

「這可怎麼辦？」

道三苦笑不已。

「打算在聖德寺怎麼處置您女婿？」

「還沒想好。」

道三把視線轉向庭中的櫻花樹。

這是一棵名爲「養花天」的老樹，樹幹上有一處被剛剛砍斷的痕跡。砍下的枝條已經越過木曾川送到信長手裡。

（就像砍枝條一樣殺了信長嗎？）

他忽然想到，馬上叫了一聲：

「道空。」

「什麼事？」

道空問道。道三這才注意到自己根本無話可說。

（我這是怎麼了？）

他撫了撫自己的臉，笑道：

「噢，沒什麼事。」

油菜花

這天夜裡，美濃鷺山城的道三失眠了。

（就是明天了。）

他想，就要和那位傻瓜公子會面了，在木曾川河畔的富田聖德寺。信長到底是個什麼樣的人呢？

（見了面就知道了。所以才要去見面的。）

他一遍又一遍地告訴自己，心底卻在默念：

（信長這個傢伙——）

道三閉著眼睛，覺得自己愚蠢得可笑。

「我和人打了這麼多年的交道，從來沒把誰放在心上，這回卻如此在意鄰國的這個小子……）

這是怎麼回事？

（就因爲對方是女兒的丈夫嗎？）

他自問是否出自人之常情，然而又好像不只如此。

（那個小子和自己，說不定前世有很深的緣分呢。）

這是僧人經常有的想法。而此刻的心情，也只能用緣分這個似有似無的抽象宗教用語來形容。

天亮了。

道三跳起來大聲喚著貼身侍衛：

「都準備好了嗎？」

城裡一片忙亂。

道三將預定的出發時間提前半刻鐘。

隨行的有一千名武裝士兵。

人數是雙方約好的，與信長的隨從相同。只是道三挑選了十名武藝高強之人守在自己的駕籠（日式轎子，編按）四周，讓他們徒步跟隨。

這是為了防止萬一織田家偷襲。同時，也是為了道三自己想殺死信長時能夠迅速地下達命令。

這天是天文二十二年的春天。天空晴朗，放眼望去，漫山遍野的油菜花明晃晃地十分耀眼。道三的隊伍沿著油菜花間的小道，徐徐南下。

（時代已經不同了。）

道三望著油菜花，心裡想著。

道三年輕時，最好的燈油是用紫蘇榨的。道三的故鄉大山崎的離宮八幡宮神官發明了榨油的機器得到專賣權，用得來的利潤養著軍隊（神人），勢力顯赫一時。道三就是靠賣紫蘇油來到美濃。

而現在，人們發現菜籽可以榨油，於是紫蘇油被替代，大山崎離宮八幡宮也由此而沒落。

就像紫蘇油會被菜籽油代替，戰國的當權者，說不定什麼時候就會被新的霸主所替代。

很快的，木曾川對岸的村莊就映入眼簾。

一大早，信長吃過泡飯，就來到濃姬的房裡。

「阿濃，那我就去了啊。」

他說。

「見到我父親，就說歸蝶一切都好，不用擔心。」

「也許會忘記。」

信長拈起一顆乾豆放進嘴裡，潔白的牙齒咯蹦咯蹦地嚼著說道：

「我要是平安回來了，今晚就好好抱抱你。」

「淨說些不吉利的話。」

「傻瓜，人活著本來就淨是些不吉利的事。」

「你總是說一些怪話。」

「我說的都是正經話。那些整天祈禱一輩子平安的人才不正常呢。」

濃姬只是笑，並不理會他。

信長出了房門。

他吩咐家老青山與三右衛門道：

「我讓你派的探子都去了嗎？」

青山跪地答道：

「二十多人都派出去了，扮成商人模樣混進富田城裡。」

信長點頭，下人們利落地爲他換好衣服。

「吹號出發吧！」

他跨步出了走廊。

道三出鷺山城走了四里路，晌午前到達木曾川河畔的富田聖德寺。

（看來尾張人還沒到。）

他仰頭望著山門。

聖德寺四周都有圍牆，就像一座城池。這裡原是一向宗的寺院，太鼓樓牆上塗著白漆，兼有望樓、角樓的功能。

會見的地點選在本堂。

方丈（住持的房間）南北各有一間，北邊的歸美濃用。

道三在房裡休息片刻，喚了堀田道空前來，吩咐道：

「見面前我想看看信長，找一戶能悄悄看見他的人家。」

不久道空就回來了。「我領您去。」他說。

道三一身平常打扮出了山門，進入那戶百姓家。

這戶人家門朝著大街，透過格子窗戶，可以清楚地看到街道。而且屋內光線很暗，從外面根本看不到。

「這兒不錯。」

道三爲自己的計策感到得意。只是他未曾想到，這一切早被織田家派出的探子看在眼裡。
接下來是等待。
街道忽然出現小小的騷動，織田家的先頭部隊在驅趕人群。
「大人，尾張人到了！」
堀田道空興奮的聲音與他的年紀太不相稱。不僅是道空，美濃的隨從都盼著看這場好戲。
「在哪兒呢？」
道三湊近窗戶。
陽光照耀著街道。先頭部隊的疾馳揚起一陣輕微的塵埃。
終於過來了。
傳來一陣急促的腳步聲，尾張的隊伍步伐速度驚人，很快就來到道三的眼前。
信長身在隊伍的中央。
他躍入了視線。
（啊！）

道三不自覺地把臉貼在窗戶上，睜大雙眼，屏住呼吸。
（什麼玩意兒啊！）
馬上的信長正如傳聞中所言，梳著沖天辮，束著鮮豔的嫩綠色髮帶，身上竟然裹著浴衣，露出一邊臂膀，刀鞘倒是貼了喜簽（譯注：將方形彩紙折成六角形貼在物品上，用於喜事或饋贈），刀柄上卻綁著繩子。
他的腰間也纏著好幾圈繩子，吊著葫蘆和七、八個袋子，下面的褲子也出人意料地是用虎皮和豹皮拼成的半截褲，露出兩條長長的腿。
一身瘋子的裝束。
然而，最讓道三不能接受的是，信長的浴袍背上，竟然用油彩畫著一根巨大的男根。
「噗。」
道空拚命忍住笑，其他在土間的隨從也都埋下臉忍著不笑出聲來。
（眞是個無可救藥的呆子。）

道三心想。只是這個呆子率領的部隊讓他很意外。這些人馬的裝備已經和信秀的時候截然不同。首先，足輕的槍很長，都悉數換成三間（五．四公尺）柄，塗成紅色。共有五百支。弓箭和鐵砲各五百。弓箭還好，問題在鐵砲。恐怕能擁有如此多這種新武器的，放眼天下也只有這個呆子了。

（什麼時候搞來這麼多。）

道三的眼睛開始變得凌厲。當時鐵砲的產量十分有限，不少武將都懷疑其實用程度。而這個呆子卻能在這種時期輕易收集了這麼多的鐵砲。

（紫蘇要被油菜籽取代了。）

道三突然聯想到。

「大人，快從後門離開吧。」

堀田道空一邊忍著笑，一邊給道三帶路。

眾人都上了田間小道，要抄小路趕回聖德寺的後門。

進了北邊的住持間，小姓已準備好禮服等著。

「不用換正裝和長褲了，平常衣服就行。」

道三說。女婿穿得像滿地亂跑的猴子一樣，老丈人卻要一身正裝，太不協調了。

他在窄袖和服上套了一件無袖的羽織，手持一把扇子，來到大殿。

座席的角落安放著屏風，道三緩緩在屏風後坐下。

接著，信長從大殿門口走進來，道三從屏風的一角注視著他，不禁「啊」地一聲，氣血上湧。

這哪裡是方才的猴子。

頭髮整潔地紮成髮髻，褐色的長袖和服下穿著長袴，佩戴的小刀恰到好處地露出前端，好一位翩翩公子。他悠然地邁步跨過門檻，在適當距離處坐下後，身體靠在後面的柱子上。

他的臉微微向上仰著。

一身平常打扮的道三頓感狼狽，不得不從屏風背後踱步出來，彎腰坐下。

信長卻對他視而不見，仰著臉，自顧自地扇著扇子。

「上總介大人，」

堀田道空忍不住挪到信長的身邊，提醒道：

「那邊坐的就是山城入道大人。」

「這樣啊。」

信長點點頭。

他的口頭禪「這樣啊」似乎給人留下極深的印象，各種傳記中都有記載。

信長緩緩站起身來，到道三跟前，很尋常地打著招呼：

「我是上總介。」

便坐下了。

道三和信長之間隔著二十來步的距離，說話聲音小的話都互相聽不見。

兩人相對無言。

信長的眉端稍帶鬱悶之色，面無表情。

道三心下不快。竟然被這個傻子耍得團團轉，導致自己一身普通裝束坐在這裡。

很快泡飯就端上來了。

寺裡的下人在旁伺候著用餐。

兩人一言不發地舉起筷子。默默地開始吃著，一直到放下筷子都沒有任何交談。

這場會見就在無言中結束了。

道三踏上歸途，感覺到說不出的疲憊。

途中經過一個叫做茜部的村落，祠堂裡供奉著茜部明神。他進到神主的房間休息片刻，喚道：

「兵助。」

他叫的是豬子兵助，道三的侍大將之一，名震鄰國。後來歸附信長、秀吉麾下。順便提一句，豬子家族又侍奉家康門下，擔任旗本。

「兵助。你一向有眼光，怎麼看我女婿？」

道三問道。

兵助側著腦袋回答道：

「大人的女婿，我就不好說什麼了。」

他回頭看了看旁邊的道空，說：

「道空大人怎麼看呢？」

道空屈膝向前，說道：

「要恭喜大人啊！」

一聽到這句話，眾人不禁哄堂大笑。他的意思是對美濃是好事。

「兵助的看法也和道空一樣看嗎？」

道三再次問道。兵助竟也笑嘻嘻地說道：

「是啊！恭喜恭喜！」

道三卻沒有笑。他的表情陰鬱。

「大人怎麼看呢？」

道空問道。

道三扔了手中的扇子道：

「只有你們才會覺得高興。估計過不了多久，我的兒子都要給那個傻瓜公子牽馬呢。」

牽馬的意思是，歸附門下成爲家臣。

道三連夜回城，顧不上睡覺，而是拉近燭火，立即給信長寫信。

「我爲有個好女婿而高興。」

他本想寫一篇平常的文章，寫著寫著卻情緒高漲起來，字裡行間充滿感情。其中部分字句如下：

「我感到你比我的親兒子還要親。

「本來不必回城後馬上就給你寫信的，卻按捺不住心情。

「我老了，就算再有什麼心願，恐怕也實現不了了。看見你，就想起我年輕的時候。我想把自己半輩子的體驗、智慧和軍事上的見解，都在今晚傾訴於你。

「雖說半個尾張都是織田家的，要平定它也不是易事。兵馬不足的話儘管向美濃開口，隨時都可以借給你。對你，我願意傾盡所能幫助。」

對平時一向沉穩的道三而言，這封信可真是真情流露。

自己的人生已經遲暮，年少時的夢想連一半都未能實現。交代給後人，可以說是這位老英雄的感傷情懷。

就像是老工匠。這個男人大半生都在玩弄權術，在他身上，與其說是對權力的欲望，不如說是藝術上的表現欲望更爲貼切。而他的「藝術」作品尚未完成，卻已步入晚年。剩下的就交給信長吧，他幾乎是顫抖著寫完這封信。

信長回城後，立刻脫了那件描著男根的浴衣，進入澡堂。

出來後讓人端上酒，站著連飲了三杯，便去了濃姬的房裡。

「我見到蝮蛇了。」

他說。

「怎麼樣呢？」

「和我想像的一樣。下次有機會的話，想邊嚼乾豆邊好好聊聊呢。」

「那就好。」

濃姬笑了。雖說表達方式不太尋常，不過對信長來說，已經是最高的讚美之辭了。

清洲攻略

鄰國的道三，開始格外地獻殷勤。

信長不時收到道三的親筆信，還有各種物品。

剛開始，信長不由得自言自語道：

「蝮蛇這傢伙，搞什麼名堂？」

漸漸他也接受了道三的情誼。

（那位老爺爺不像是騙人的。）

一天，道三讓人送來一套新製作的雜兵（足輕）用的簡易盔甲。

鐵砲的出現使中世的盔甲遭到淘汰，開始流行當代盔甲。

軍隊的戰陣也從武士的騎兵戰變成足輕的步兵戰。由鐵砲組、弓箭組和長槍組這三類足輕兵，組成密集部隊與敵人作戰。

然而，官方發給足輕的盔甲卻是個大問題。只是用皮革穿成的護胸，子彈輕而易舉就能穿透。足輕大量陣亡的話，軍隊的前陣就會崩潰，必會造成敗局。因此，每個領國的大名都在精心研究簡易盔甲的製作。

而道三送來的，正是新製作的簡易盔甲。

「若不嫌棄，織田家也用這個吧。」

道三在信中寫道。換言之，他無償地提供自己的軍事機密。

信長將盔甲拿在手中端詳，發現還眞不賴。

織田家自從鐵砲出現後，便使用稱作桶皮胴的盔甲。用四、五根釘子連接打平的鐵板，雖然簡易卻無法伸縮自如。

道三送來的盔甲卻是用皮繩連接鐵板，就像燈籠一樣伸縮自如。道三命名爲「胴丸」，也作爲武士盔甲。

爲了試試效果，信長特地把它掛在樹枝上，從約三十間（約五十公尺，編按）開外發射鐵砲，「砰」的一聲後，胴丸上果然沒有彈孔。

他又叫來一名足輕，穿上它後拿著鐵砲在鋪著白砂的院子裡奔跑跳躍，問道：

「怎麼樣？」

「很好。」

足輕答道。

於是，信長下令城下製作了五十套相同的盔甲。

穿上新盔甲的五十名足輕，與穿著傳統桶皮胴的相同人數足輕進行棍棒比試，果然，行動輕快的胴丸大獲全勝。

信長這才感歎道：

（蝮蛇這傢伙給的好東西啊！）

也許是天生的性格，信長凡事都要經過實際驗證才罷休。

驗證後，他體會到蝮蛇的好意。

（蝮蛇若是懷有野心，不會把這樣東西送給我。）

他心想。蝮蛇年輕時爲了奪取美濃守護職土岐賴藝的地位，不惜從京都弄來女人，使其沉迷於酒池肉林而喪失心智，最終達到目的。

這次，他送給信長的卻是武器。而且，並不是大名佩戴的名刀這類的東西，而是爲了使織田軍隊變得更加強大的武器。

（那傢伙一定喜歡我。）

信長心下領會。

能理解這個瘋子的，只有死去的父親信秀。自殺而亡的「師傅」平手政秀，是唯一疼愛這個萬人嫌棄的少年的人。然而，政秀直到臨終也未能眞正地理解信長。

（這事有些蹊蹺。）

信長感到奇怪，爲何鄰國的蝮蛇偏偏選中自己，並且不加掩飾地疼惜呢？

（難道是要讓我放鬆警惕，乘機吞了我？）

不可思議的是，信長卻從未起過這種疑心。蝮蛇讓自己父親傷透腦筋，信長雖未親眼所見，卻很是欣賞對方。也許正是這種感情，讓信長絲毫沒有懷疑。

同時，他也在研究對方。

他從濃姬和濃姬的隨身侍女各務野，以及美濃派來的福富平太郎等人口中，盡可能地打聽蝮蛇的外交、謀略、軍事和民政思想。

這一天，迎來了實地演練的日子。

織田家另有宗家。

駐紮在尾張清洲城的織田氏，城池號稱尾張國的第一堅城，擁有大量領地。

——一定要吞併清洲。

這是亡父信秀的畢生心願，卻未能實現。

清洲方面也考慮：

——不摧毀名古屋的織田（信長），將會留下隱患。

從父輩開始兩地就不斷交戰。只是到了信長這一代，信秀死去，對方的當主織田常祐也一命歸西，雙方暫時處於停戰狀態。

這裡要提到斯波氏。

斯波氏是尾張的足利大名，地位等同於美濃的土岐氏、三河的吉良氏，雖說勢力已經一落千丈，卻仍然是國內最受尊崇的貴族。

當代的主公是義統，是個喜歡茶道、連歌的中年男子，且性情溫和。

由於志趣相投，信長的父親信秀素來與之交好，信秀死後，他也時常前來名古屋城做客，每次都少不了問候信長：

「過得還好吧！」

人人都說信秀留下的孩子是個白癡，義統想必也很在意吧。

義統住在清洲織田宗家所在的城裡。要說起來，清洲原本是斯波氏的城池，數代以前家老織田取而代之，如今，斯波義統反而縮在城裡的一角苟且度日。

義統洩漏給信長一個重大資訊：

「清洲的織田家正計畫要消滅你呢。」

正好是信長和道三在聖德寺見面的前後。

之後，他也時不時向信長提供情報。雖說並不是來自信長的委託，也許義統同情這個將被滅掉的傻瓜公子吧。就像閒人的一種消遣而已。

然而，清洲織田家卻開始有所察覺：

「好像有人把城裡的情況透露給信長。」

他們開始監視義統的一舉一動。

常祐死後，清洲織田家由養子彥五郎繼位，織田三位入道、坂井大膳、河尻左馬三位家老加以輔佐，這三位家老紛紛獻計道：

「武衛（斯波家的通稱）明顯和名古屋的信長私通，不如趁現在把他宰了。」

他們開始暗中著手準備。

天文二十二年七月，也就是信長和道三見面後的第三個月，這天，義統的嫡子岩龍丸外出打獵，家中正好無人。

清洲織田家的人馬突然闖入，殺死了義統，還將三十餘名下人殺個精光。

外出打獵的岩龍丸得知後，直奔名古屋城向信長求救。

信長一邊聽著岩龍丸的控訴，一邊想：

（就是它了。）

就藉此機會試試從道三那兒學來的計策吧。

「留在城裡玩幾天吧！」

他只向岩龍丸丟下這句話，便吩咐手下吹響軍號，召集隊伍，命令道：

「討伐清洲。」

他任命家老柴田勝家等七人率領將士向清洲進發，又派遣使者前往美濃拜見道三。

「請借援兵千人。」

道三連一句「用於何處」都未問，便說：

「既然是我女婿的要求，一千兩千都沒問題。」

他當下撥了兩千名美濃將士，火速開往尾張。

信長將美濃部隊迎進城裡後，只等著已經奔赴清洲的柴田勝家一行的戰報。

清洲城裡卻雀躍不已，家老坂井大膳等人看到城外出現的柴田部隊後，不禁嘲笑道：

「你們看看，傻瓜公子的本事也就僅此而已。」

人馬少得可憐。

這些人馬分成數隊，沿著田間的小道直奔而來，卻毫無氣勢。

「攻城的一方起碼要三倍以上的人數。」

尾張赫赫有名的戰將坂井大膳開口道：

「可你看看，對方的兵力還不到我們守城方的三分之一。」

坂井大膳認定，信長的兵力頂多不過如此，再也沒有餘力了。

他主張進行野外決戰，清洲軍隊於是大開城門蜂擁而出。

他們先使用鐵砲和弓箭，頓時在田間小道、莊稼地裡、池塘邊和橡木叢中展開激戰。

名古屋城裡的信長抓住這一時機，大喝道：

「全體出動！」

他又把內院的濃姬叫到外間的大廳，吩咐道：

「阿濃，我走後這裡就交給你了。」

大家都吃了一驚。

信長要把城裡所有的織田兵統統帶走。那麼剩下的，全都是美濃兵了。

這不是開玩笑嗎？

作為戰國時期的常識，城裡盡可能地不放入別家的人馬。一旦他們群起攻擊，城池便會落入他人之手。亡父信秀就曾經借連歌友之名到朋友的城中做客，謊稱患病留宿城裡，趁著夜深人靜，和自己的手下裡應外合，奪為己有。這不就是活生生的例子嗎？

對方是美濃兵，被稱作蝮蛇的道三可是精通此道。這就好比是讓小偷來幫自己看家。

信長卻毫不介意，自顧自地揚長而去。

（眞是名副其實的傻瓜公子啊！）

受道三之命率軍進城的春日丹波守也只好苦笑。

春日站在城樓上，目送著信長和他的部隊揚塵而去。

「關閉城門。」

只要春日一聲令下，織田部隊就再也回不了這座城。

（此人當眞是心無雜念。）

春日心想。他可知道自己的主人齋藤道三是如何的讓人畏懼。而這個不過二十歲的年輕人，卻輕易相信道三，率領自己的人馬傾巢而出。

（要不要向美濃彙報？）

他進了大廳，喚來手下正要吩咐，濃姬出現了。只見她繫著金絲頭巾，手持薙刀，站在大廳正前方，侍女們則守在一側。

「丹波，」

濃姬叫道：

「你要派此人上哪兒？」

「到美濃您的父親大人那兒。」

「不准。」

濃姬拒絕道。她又輕聲道：

「這座城，在上總介大人回來之前由我說了算。」

她讓侍女取來雙六棋（譯注：軍棋的一種，起源於印度，奈良時期由中國傳入日本），在大廳玩了起來。

（還那麼孩子氣。）

春日丹波守心想，他想逃出濃姬的視線。

「要是不方便，我們就去別的房間吧。」他說。

濃姬卻揚起臉不假思索地命令道：

「不必了，丹波晚上也待在這裡就好。」

夜深時，信長風塵僕僕地回來了。

他進了大廳，還是那副稍帶陰鬱的表情，吩咐道：

「阿濃，拿泡飯來。」

濃姬一身武將打扮，他竟然視而不見。

他一面讓兒小姓脫著盔甲，一面對跪在地上的岳父侍大將若無其事地說道：

「丹波，明天也要靠你了。」

（還真是貴族的派頭啊！）

春日有些被他的氣勢懾服。只有生來的大名才會有此等氣魄吧。

「仗打贏了。」

過了好一會兒，盤腿坐在大廳正中呼嚕呼嚕吃著泡飯的信長才開口。

「那真是恭喜您了。」

「托你的福了。」

信長嘴裡嚼著飯。

「關鍵是彥五郎那個傢伙和坂井大膳逃回城裡了，沒逮著。還要花些功夫。」

「您的人馬還包圍著清洲城嗎？」

「沒錯。」

他還在狼吞虎嚥。看上去就像個頑皮的孩子玩累了回到家一樣。

「丹波，得派人把這個消息報告給岳父大人。」

「您眞是心細啊！」

「那可不。我走後，你不是想派人出城嗎？那是沒有用的。」

「這……」

（此人不傻。）

春日不由得怒火中燒。信長從剛才就寸步未離開大廳，不可能是濃姬告訴他的。

「不，其實是留下來也無事可做，我想看看什麼地方可以效力，才想通知山城入道大人。」

「那也沒用。」

信長擱下筷子：

「我是這裡的大將。既然到了我的陣營，就把我當做是獨一無二的大將。要不，你就回美濃去吧。」

這場戰役，信長贏在戰略上。

清洲織田家屈服於信長的猛攻，請求中立派的守山織田家出面調停。

守山織田家的當主叫做織田信光。信光和信長私下裡早有往來，他和信長商量道：

「此事如何處理？」

「騙他們來吧。」

信長答道。由此，信光殺了前來守山城的坂井大膳的兄長大炊，大膳被迫流落國外。

信長立即出兵包圍清洲城，發起猛烈進攻，抓住了主公彥五郎，以「爲武衛大人報仇」之名將其誅殺，清洲城轉眼間就變成信長的居所。

這一年是弘治元年（一五五五）四月。正好是信長與道三見面滿兩年。

半個尾張國基本都臣服於信長之下。這一年，信長二十二歲。

猴子問世

清洲。

城下很是繁華。

城下面向街道的須賀口，號稱是尾張最大的妓院街。

當時，尾張的孩子們都會唱：

　喝酒上酒館，喝茶去茶鋪，

　　找女人就到清洲的須賀口

一邊唱著還一邊纏著線球。

信長年少時也和村裡的孩子一同邊唱邊逛。

（清洲看來很是熱鬧啊。）

就像懷著對京都的嚮往般想像這座城市。畢竟，這裡作爲尾張國都城已有將近二百年的歷史。

信長搬進了清洲城。

而且是從遠在鄉下的名古屋城遷來，從鄉間的豪族搖身變成國都的主人，照理說應該無比興奮，然而在這名奇妙的年輕人身上卻絲毫感覺不到。

他只是在前一天夜裡突然跑到武士宅邸裡，喊了一聲「明天去清洲」，第二天清早匆匆召集人馬便像一陣疾風似地搬走了。

迅速得甚至讓人以爲是「連夜出逃」。

家財、武器和軍糧都留在名古屋城。就連濃姬他都沒帶走。

武士們的家屬無法迅速搬離，等到全體人員都搬過去，已經是十天之後。

美濃鷺山城的道三聽到這一消息。「這小子還挺能幹的。」他頗感滿意地喃喃自語道，還說：「我果然沒有錯看他。」

道三向尾張回來的間諜打聽道：

「我女婿在清洲的日常生活如何？」

「與往常無異。」

「怎麼說？」

「每天都練馬，把頭埋在馬脖子上繞著馬場狂奔，要不就突然和家臣比試角力，或是出去獵鷹狩獵。總之，白天根本就坐不住。」

「還是那副打扮嗎？」

「不，好像戒了。到了清洲，再沒聽說他出城偷百姓家的柿子，或是潛到水裡之類的事了。」

「總算長大了吧。」

道三眼珠朝上翻了翻，很是愉快。

是真的長大了嗎？

信長確實再也不獨自出城了。也許他生平第一次攻打清洲，自己成爲加害人之後才領悟到，作爲大名，再也不能大意地獨自出去了。

然而，他的奇異舉止卻並未停止。

上回提到了胴丸。道三派人送來，信長作了試驗後，作爲足輕配備的盔甲大量進行生產。

關於胴丸還有個神奇的故事。

這裡要提到一名爲駿府今川家奉公的武士松下嘉兵衛，他的府邸位在遠州濱松附近的久能村，手下有個身材矮小的男僕。

據說出生在尾張中村，小時候由於家境貧寒而四處流浪，甚至當過小偷。

大家都叫他「猴子」。

雖然他自己取了個藤吉還是藤吉郎之類的名字，不過他的身分低賤得讓人忽略。

一天，嘉兵衛把藤吉郎叫到院子裡，從走廊上問道：

「你是尾張人嗎？」

「正是。」

「尾張比起咱們這兒來，大小諸事、物品工具都要先進。聽說最近織田家出了一種叫胴丸的足輕盔甲，你見過沒有？」

「見過，方便得很呢。有了它，桶皮胴就派不上用場了——您看，」

藤吉郎用手比劃著自己的腋下：

「把四塊鐵板綁在這兩處，便可伸縮自如，不影響活動。那玩意兒太方便了。」

「噢。」

「要不讓猴子我去尾張買兩套回來吧。」

「也好。」

嘉兵衛給了他幾塊金錠，讓他即刻動身。

藤吉郎懷揣著金錠，沿著街道一路疾行，到尾張清洲城下後找了個地方住下來。

他打聽到，小時候住在尾張中村時人們口中的「傻瓜公子」信長，如今卻是如日中天。

猴子很是機靈。

他善於分析聽來的消息。當他聽說信長攻打清洲城的方式後，左思右想。

（看來此人將來必能統一尾張乃至鄰國。）

他有此預感。

即使身分低賤，他的智慧卻提醒他，人的命運會因自己委身之人而好轉，反之則會惡化。首先，讓所有的足輕都穿上胴丸這麼一件了不得的大事，這位大將都辦到了。

（對，還買什麼胴丸呀？）

他用那些錢買了舊的麻布衣服和腰刀等物品，瞄準信長外出的時機，翻身跪在路邊，臉埋在地上痛哭流涕，再三請求，信長終於同意收他做小廝。

之後，他就留在城裡打雜。

信長很快就把此人忘得一乾二淨。

這天，信長像個淘氣的孩子般在這座剛奪到的新城中閒逛，來到一座叫做「松木門」的城門旁。是座低矮的兩層建築，屋頂上蓋著茅草。

（不知道二樓是什麼？）

他爬上樓一看，不過是一間普通的二十疊大小的木板房。

（真沒勁。）

他從門縫向外看去。由於身在二層，四周的景色還是不錯。

這時有人走過來了，是個拿著掃帚的小矮子。

「說是人卻是猴，說是猴卻是人。」

後世的傳記作家如此評論此人的長相。

（哦，原來是他。）

信長想起來了，此人長得尖嘴猴腮，卻偏偏一本正經，引起信長的興趣。

（長得還真奇怪。）

這麼一想，他頓時興奮起來，想捉弄一下此人。心急之下脫下半袴，掏出男根。

說來也巧，牆板上有個小孔。他把陰莖插在孔裡，對著外邊嘩嘩地尿了起來。

這麼一來，正好濺了迎面而來的猴子滿臉。

猴子驚得大喊一聲「天啊」，跳了起來。他用手臂拂去臉上的液體，順著小便灑下的方向看去，發現眼前的牆板上露著一條男根。

「你是哪兒來的傢伙？」

猴子蹦起來，抓住門邊的梯子就噌噌地往上爬。一看，竟然是織田上總介信長。

「對不起。」

信長一邊把男根塞回褲襠，皺著眉頭，仍然是平時那副嚴肅的樣子。
猴子並未跪下，而是半屈著膝，揪著自己的前胸：
「就算是大人您也不行。」
他滿臉脹得通紅地喊道：
「往男人的臉上尿尿實在是太過分了。士可殺不可辱！」
面對對方的憤慨，信長也自覺理虧，他的眉毛皺得更緊了：
「此乃見汝心之故也。」
《祖父物語》中記載，當時信長如此回答。
「您是說為了試探我的心才尿在我臉上的嗎？」
「我經常這樣。」
「只是，您也要為對方想想才是啊。」
「好了，」
信長主動講和：
「從明天開始，你來給我提鞋吧。」

即便都是小廝，能給大將提鞋，意味著有更多出人頭地的機會。
「那這次就算了吧。」
藤吉郎答道。信長被他的表情逗得直樂。
（有意思。每天有這個猴子做伴，應該很有趣吧。）
信長恢復了一貫的嚴肅表情，心裡卻偷笑著。
總之，當上清洲城主的信長，愛惡作劇的天性並沒有改變。

搬遷到清洲前後，發生了不少事。
有個叫做尾張春日井郡守山（今名古屋市東北郊，同市守山區）的地方。
這裡地處矢田川和玉野川兩河之間，有一片低矮的丘陵連接著龍泉寺山。矮丘陵上建著一座城叫守山城，同為織田家族的孫十郎信次作為附近的小領主駐守在此，輩分相當於信長的叔父。

（有機會也要拿下守山城。）

信長暗想。

信長有個弟弟也住在清洲，深得信長的寵愛，名叫喜六郎，年紀尚幼，容貌俊美得傳遍國內。信長一家本就被譽爲美男美女的血統，喜六郎尤其突出。

他生性溫和老實，只有一點酷似信長，就是喜歡騎馬，經常獨自出城。

信長搬到清洲後的第二個月，六月二十六日這一天，喜六郎又隻身單騎出城。

他時而縱馬飛奔，時而歇息，或是練習水中的騎術。到了龍泉寺山下的松川渡時，他策馬下水。

不遠的下游處有棵巨大的柳樹，樹下正在捕魚的是守山城主織田孫十郎信次和手下幾名家臣。

「哪個混蛋竟然騎馬下水了？」

他們爲水流被攪亂感到氣憤，由於離得遠，也沒認出對方是喜六郎。「看我怎麼收拾你。」其中的須賀才藏跳上岸取來弓箭，上弦瞄準對方，嗖地就放了一箭。

箭射出十間開外，不偏不倚穿透喜六郎的胸膛。喜六郎一聲未發就中箭落馬，掉到水裡時已經氣絕身亡。

「大人的箭法眞準啊！」

眾人一片歡呼，等到下河打撈起喜六郎的屍體，定睛一看才發現原來是織田家的公子。

「天啊，這不是喜六郎嗎？」

織田孫十郎信次嚇得面無人色，眼前似乎浮現出死者哥哥信長激怒的樣子。

孫十郎信次立即上了河堤，一路趕回自己的居所守山城。

「你們好自爲之吧，我得趕緊逃走。」

他牽出馬翻身騎上，立即逃往外國，此後下落不明。

叔父如此害怕自己的侄兒，可見信長的性格過於偏激。

信長聽到喜六郎被殺的消息後，立即奔出大廳的正門，從家臣的頭頂上飛躍而過，出了玄關：

「備馬！」

他一邊走一邊大喊，馬童趕緊牽韁繩過來，信長一言不發地翻身上馬，疾馳而去。

這裡離守山三里。

信長的速度快得驚人。後面跟著兩騎、五騎、二十騎，卻無法追上他。

他座下是寶馬。

信長每天都要馴馬。武士的馬不僅素質低，再加上平常在馬廄裡餵養，跑了一里便跑不動了。貼身侍衛山田治郎左衛門的馬便折了前腿，倒地斃命。

信長來到守山口的矢田川河畔，下了河灘洗洗馬嘴，又跳上河堤，這時附近的鄉士犬飼內藏從城裡趕過來，跪在馬前道：

「有事稟報。」

「什麼事？」

「敵人已經不在了。」

「滾開！」

信長伸腿去踢他，犬飼躲開了，他抓住韁繩道：

「孫十郎發現大事不好馬上就逃跑了。家臣也四處逃散，只剩一座空城。」

正說著，信長的家臣們趕了過來，四下搜索後發現確實已經人去城空。

「回去！」

信長勒轉馬頭，踏上回城的路，和來時不同，這次是不急不慢的。

道三也聽說了這件事。

「那個小鬼，好像全國的人都怕他怕得要命。」

有關信長的各種傳聞中，道三對這件事最感興趣。

「簡直就是個瘟神。」

他笑著對堀田道空說。

「我就說他是個瘋子嘛，」

堀田道空一向對信長沒有好感：

「這人只要一激動起來就不知道會幹出什麼事來。凡是不服從他的，哪怕是近臣也格殺勿論。」

「這就對了。」

道三的評價卻是截然不同。他認爲，身爲國君就必須有威望。深得人心又不失威嚴者，恐怕一萬名將領中也就一人而已，普通人是絕對沒有如此能力的。在這個亂世當中，再沒有比將領的一聲號令如雷貫耳更具有現實意義。

（那傢伙，看來也是條蝮蛇。）

道三心想，他用欣賞得意弟子成長的眼光來看信長，絲毫沒有惡意。

「不知道下回，女婿又會做出什麼事來讓我高興呢。」

道三雖然嘴裡這麼說，心裡還是有所防備，派出大批探子潛入到信長的周圍以及清洲城下、尾張境內。

阿勝騷動

一大早，信長正在馬場揮鞭馴馬，對面的木槿籬笆那邊跑來一名年輕人，跪在他的馬前。

「什麼人？」

他急忙收了韁繩。年輕人跪在地上，埋頭道：

「鄙人乃佐久間的七郎左（衛門）。」

此人年紀二十出頭，擅長打鬥，信長小時候經常帶著他到城下招搖過市。

「喂，你是不是殺人了？」

信長騎在馬上問道。七郎左的肩膀上沾滿血跡。

七郎左抬起臉。提到佐久間，可以說是織田家臣中首屈一指的名門，七郎左排行老二，受弟弟信行青睞，在末森城奉公。

他尚未娶妻。

「確實殺了人。」

信長勒馬圍著跪地的七郎左轉著圈，又問：

「對方是誰？」

「和我同輩的津田八彌。今天拂曉，我衝到他家門口大聲喊他，他一出來我就把他宰了。然後就來找大人了。」

「事出何因？」

「爲了女人。」

「哈哈，是那個阿勝嗎？」

信長向來和家臣的家裡的次男、三男混得熟稔，對他們之間的事情瞭若指掌。

阿勝是佐久間支系家的女兒，在織田家的家臣中是出了名的美人兒。而且，她的脾氣不是一般的倔。

——阿勝眞的那麼漂亮嗎？

信長也曾經有過興趣，還向貼身侍衛打聽過。

——每人的眼光都不同吧，我可不喜歡那種又黑又瘦的。她有點兒神經兮兮的。

侍衛說。神經兮兮，指的是發起脾氣來歇斯底里。

最近，阿勝和信長的弟弟信行的貼身侍衛津田八彌訂了婚。這個消息使一些年輕的家臣侍衛受到不小的打擊。

「讓八彌這個傢伙得手了。」

眾人都憤憤不平。其中一人當著大家的面嘲笑佐久間七郎左道：

「你不是一直暗戀阿勝嗎？這回可慘了。」

七郎左忍受不了這種侮辱，立即離席而起直奔阿勝家。他偷偷溜進阿勝房裡當面質問她。

「你竟然敢騙我？」

七郎左大喊道。阿勝對他的粗魯厭惡之極，對方三番五次通過宗家前來提親，她都讓父親回絕了。事實上，阿勝連七郎左的臉都不願見到。

據說兩三年前的一個夏日，信長和七郎左在龜瀨的急流中騎馬嬉戲打鬧時，兩人都不愼落入水中，差點被淹死。阿勝聽聞後對她父親說：

「這兩人都在龜瀨淹死才好呢。」

她父親氣得直擰她的嘴。白癡信長一向聲名狼藉，七郎左作爲他的狐朋狗友，阿勝自然沒有好感。

「你騙了我。」

阿勝卻是不知其所云。

「你信口雌黃！」

阿勝怒喝道。七郎左卻堅持己見：

「那爲何你每次見到我都笑瞇瞇的？」

「您是我宗家的公子，阿勝是支系家的女兒，當然不能板著臉了。」

「你誤導我了。我也傻乎乎地信以爲眞，告訴朋友阿勝會嫁給我。你卻說要嫁給津田八彌，讓我在朋友面前還有何臉面。這已經不是你我之間的男女情事了。」

「那是你自找的。你怎麼告訴大家的，阿勝怎麼會知道？」

「我知道，但是男人得有個男人樣。你能不能取消和津田八彌的婚約嫁給我呢？」

「不行。」

我討厭你，阿勝想說卻又說不出口。她只好說：「這件事已經定下來了。」從阿勝看來，對佐久間一族宗家的公子也只能這麼說。這樣一來適得其反。七郎左反而堅定了信心。

（原來她並不討厭我。）

他覺得皇天不負有心人，每天都來找她。幾天後阿勝終於忍不住了。

「我喜歡的是八彌君。」

她表明心跡。只是她仍無法直白說，我不喜歡七郎左君。

七郎左仍不肯死心，每天都上門。如果不得到阿勝，那麼自己在家臣的同輩中會被恥笑。

然而，七郎左的一舉一動都成爲同輩取樂的對象。某天，一位好心的友人提醒他：

「他們都在笑你呢。」

當時的武士社會，最忌諱的就是受人恥笑。武士爲了不讓人嘲笑才在戰場上英勇搏鬥，決不退縮。平時也要言行謹慎，一旦被人恥笑，不是殺了對方便是切腹自盡。

順便提一下，切腹流行於江戶時代，當時除非戰場失利無路可退時，很少會選擇自盡。反而是迅速殺敵後拔腿就跑更具有英雄氣概。

「是誰造的謠？」

七郎左打聽道。同輩告訴他是津田八彌傳出的話。

「該死的八彌。」

七郎左罵道。當天晚上他回家整理衣物，來到津田八彌家的門口抱著刀一直等到天亮，門一開他就衝進去，殺死了聞聲而來的津田八彌。

「幹什麼傻事。」

信長斥喝道，聲音卻不大。信長對這個孩提時代的狐朋狗友，除了君主之情外還有其他感情，也可以說是友情。

「小七，我自從當上家督，再也沒上街閒逛過，也不惡作劇了。」

「您變得認眞多了。」

「只有你，還是個呆瓜。」

與其說是批評，不如說信長十分羡慕他。身分低下的七郎左始終未長大成人，可以隨著性子胡作非爲。

「你想死，還是逃命？」

「我想離家出走。」

「既然我知道此事，就不得不殺了你。不過，你既然知道要受死又爲何特意來找我？」

「我準備見您一面……」

七郎左開始放聲大哭：

「見您一面後就和您告辭。」

信長騎在馬上，仰起臉望著天。

（這人眞有意思。）

跪在一旁拎鞋的藤吉郎暗暗感歎。他從小就四處流浪，至今已換過三十九種職業，頗有看人的眼光。

（大家都說這位大將難以捉摸，看來有個關鍵。愛戴他，然後一味地從此角度迎合他，如果這樣他倒是滿懷人情味嘛。）

他想。眼前的這一幕就是證據。

「七郎左，快逃吧。就當我沒看見。」

信長破天荒地大發慈悲。此人一輩子都沒有縱容過手下，總是一絲不苟地嚴格要求他們，因此被評價爲冷漠無情。由於他善記家臣的陋習和缺點，被後世稱爲：

「家臣不敢大意的大將。」

信長這次卻破了例。對殺了家臣後想要逃走的七郎左，他決定睜一隻眼閉一隻眼。

按照藤吉郎的理解，信長從小就不被人理解，缺少關愛，一旦有人像七郎左一樣崇拜他、靠近他，信長便會網開一面。

（看來伺候此人得從這方面下手啊。）

藤吉郎跪在地上，垂著頭感慨不已。

不僅如此，信長甚至還爲他找好投靠處，囑咐他道：

「你到美濃去投奔我岳父吧。」

阿勝是名性情剛烈的女子。

當她得知七郎左投奔到美濃鷺山的齋藤道三門下後，留下一封信就悄悄地離開尾張去了美濃。不言而喻，她要爲未婚夫報仇雪恨。

（就算我去求道三，也行不通吧。）

阿勝判斷。

聽說七郎左逃走是信長一手安排的，而且他還給岳父道三寫了信，拜託他照顧七郎左。

（太不公平了。）

阿勝悲憤不已。雖身爲女子，她下定決心要報仇。

阿勝自幼在鄰國尾張長大，深諳美濃的人文地理。

道三雖然在美濃稱霸，不過最近也風聞他的國主之座開始搖搖欲墜。

事情的經過是這樣的。

道三最初在美濃落腳時，投奔前任美濃守護職土岐賴藝的門下，不久又使用伎倆擄走賴藝的寵妾深芳野。當時，深芳野已經身懷六甲。

當時連賴藝都不知情，道三自然也被蒙在鼓裡。

深芳野只將此事透露給賴藝，尚不足月就生下一名男嬰。

道三雖然覺得蹊蹺，但畢竟是他的第一個孩子，因此視之爲自己的家督後繼人而極盡寵愛，也從不追問深芳野。

隨著道三在美濃權勢的擴大，這個孩子也逐漸長大成人。

如今，這個年輕人的身世在美濃已是婦孺皆知，只有他本人還被蒙在鼓裡。

道三當然心知肚明，他甚至反過來利用這一點。在奪取美濃的統治權時，他飽受如何安撫美濃人心的困擾，只好打出「讓位給義龍」的牌而隱居二線，順便把稻葉山城讓給義龍，自己則修建鷺山的城館搬了過去。雖然實權仍握在道三手中，這項舉措卻使國內的反抗大致得以平息。美濃人把深芳野所出的義龍視作土岐氏的直系血親，也就不存在異議。

再說說深芳野之子義龍。

他十五歲元服，起先取名爲新九郎高政，天文十七年（一五四八）三月正式繼任家督，改名爲義龍。

今年虛歲二十九歲。

他的體格異常健壯。身高六尺五寸，體重三十貫（譯注：一貫等於三．七五公斤）。

他跪坐在地時，膝蓋離地面竟然有一把扇子那麼高，而扇子通常高一尺二寸。簡直就是個怪物。

他的力氣自然很大，論腕力家臣中無人能及。他還喜歡武藝，就像是一種嗜好。每年，稻葉山城腳下爲守護神伊奈波明神舉行祭祀時，他都要從各國請來練武之人進行比試。

這時，雖說劍術已經過了創始期，開始爲天下人所重視，有身分的武士卻嗤之以鼻。

——那不過是足輕的小伎倆罷了。

縱橫沙場的名將也不屑一顧道：

——打仗時根本派不上用場。

可見，身爲一國之主就算再怎麼喜歡，也不至於要到召集身分低賤的劍客舉辦祭祀比試的地步，這可不是一般人能夠想像的愛好。

義龍的臉胖得像鼓起的球，一雙瞇縫眼看起來像是沒睡醒，缺乏面部表情。給人一種極其愚鈍的印象，人卻並不傻。

「那個蠢傢伙。」

只有道三會這麼批評他。義龍的近臣都認爲：

（才不是呢。他可是耳聰目明。）

由於他出身貴族，在人際交往上缺乏應有的機靈敏銳，再加上他的體格給人的印象，看上去顯得很蠢笨。

道三不喜歡義龍。

究竟是從何時開始的，道三自己也不清楚。可能是十五、六歲發育得最快的時期。

他的臉漸漸脫去稚氣時。

（什麼啊！）

道三頓感失望。壓根兒就不像自己。眼看著義龍十八、九歲時猛地躥到六尺五寸高，道三終於徹底絕望。

（簡直就是個怪物！）

不僅如此，義龍的身體就像一頭巨獸給道三施加了無形的壓力，道三開始從心底感到厭惡。

「他蠢笨的軀體讓我噁心。」

他在下人面前也毫不避諱地說。這些話傳到義龍的耳中。

（父親大人不喜歡我。）

他敏感地覺察到了。和其他弟弟共處一室時，父親道三的態度也表現得截然不同。自然而然地，義龍開始疏遠道三。

就任稻葉山城主後，形式上雖爲美濃國主，卻和掌握實權的「鷺山隱居者」道三之間漸生嫌隙，兩人之間的對立也與日俱增。

（投靠義龍大人就好了。）

阿勝通曉其中事由，下定決心。

她來到稻葉山城下，委託義龍的家老提交訴狀。

義龍立即接見阿勝，親自聽了事情的來龍去脈，然後點頭道：

「那個佐久間七郎左，太不是東西了。雖說是鷺山的父親大人的貼身侍衛，也沒什麼大不了的。這個仇我一定幫你報。」

阿勝喜不自禁。

就這樣，原本不過是尾張年輕武士之間的男女情事，發展成連阿勝本人都無法想像的事件。

第二天，義龍立刻派出使者去拜見鷺山城道三。

秘事

接著說前面的話題。也就是阿勝、七郎左引起的騷動。

聽了阿勝哭訴的稻葉山城城主義龍，派出使者去鷺山的道三家中傳話道：

「父親大人最近收的侍衛當中有個織田家來的人，名叫佐久間七郎左。這個人在尾張殘暴地殺人後逃難至此。死者的未婚妻誓死要報仇，上門來找我。請把七郎左交給我吧。」

道三緊盯著來人。眼睛雖在動，卻是一言不發。

他始終沉默著。這個男人只要一沉默，四周的空氣立刻停滯流動。稻葉山城的使者跪在地上簌簌發抖。

道三，也就是庄九郎，年屆六十後明顯露出老態。他瘦得厲害，皮膚衰老顯得面色枯黃，讓人覺得他似乎罹患某種重疾。

一雙眼睛顯得更大，稍帶渾濁地四處轉動。似乎他的霸氣和精氣盡悉從肉體蒸發出來，凝聚在這雙眼睛裡。

「那個怪物這麼說的嗎？」

道三終於開了口。他的眼裡滿是怒氣。義龍越過了身爲人子的界限，來向父親張口要人，也太狂妄自大了吧。況且，義龍清楚地知道自己十分寵愛佐久間七郎左。此人是受信長之託，義龍也不會不知道。

「佐久間七郎左，」

道三的聲音有些顫抖：

「是女婿上總介孩提時的玩伴，也是寵臣。我是受上總介之託收留了七郎左，不會交出去的——你回去傳話。」

使者回到稻葉山城後，彙報給義龍：

「鷺山的主公大人是這麼說的。」

「豈有此理！」

義龍的胖臉蛋脹得黑紅。

「難道我義龍在父親的眼裡，還比不上鄰國的女婿嗎？」

他怒吼道：

「既然父親大人如此不講情理，我也只好把七郎左搶過來了。小牧源太聽命。」

小牧源太生於尾張春日井郡小牧，由於種種原因四處流浪成爲牢人，來到美濃後被道三收留。道三隱退後，轉到其子義龍門下，因勇猛而得到義龍的賞識。

很快的，小牧源太就來到義龍面前跪拜道：

「源太聽命。」

義龍早已等得不耐煩了，迫不及待地問道：

「你來了。聽說鷺山的佐久間七郎左和你是同鄉？」

「不錯。」

「認識嗎？」

「是的。」

「想辦法把七郎左帶到稻葉山城來。有這麼一件事。」

義龍把阿勝的事情描述了一遍。

「只是，鷺山的主公不會交出七郎左的，不是嗎？」

「不管他，鷺山那邊要是發怒的話我會出面的——源太。」

「在。」

「聽令。你陪同阿勝助她一臂之力，殺了七郎左遂了她報仇的心願。源太，不得有誤。」

小牧源太低頭叩首，瞬間下定決心。主命難違，他決心捨棄道三為義龍效力。況且，助人報仇是以勇猛自負的武士最高的榮譽。

那個時代，比起主僕關係，武士更看重自己的勇猛和聲譽，換過主公的小牧源太答道：

「在下遵命。」

過了一會兒，阿勝跟隨著侍女進來，遠遠地跪在下方。

「她就是貞女阿勝。」

義龍親自介紹。

之後小牧源太和阿勝退下大廳，四目相對時：

（真是個美人。）

源太不由得屏住呼吸。他原以為是名強悍的貞女烈婦，沒想到眼前的這位女子頗有姿色，讓人浮想聯翩。

「主公傳令，讓我助你復仇。」

小牧源太說。阿勝的一雙大眼緊盯著源太，很快又低下頭說：「那就全仰仗您了。」她的聲音略帶沙啞，與長相頗不協調。源太喉頭一緊。剛才阿勝低頭時，衣領有些鬆懈，能看見胸前飽滿的山丘。小牧源太無比振奮地表示：

「一定滿足你的心願。」

受如此佳人所托，源太自然無法推辭。

源太逕直去了鷺山，找到住在城樓大手門附近的佐久間七郎左，通報一聲：

「是俺，小牧源太。」

就闖進門去。佐久間七郎左熱情相待。在美濃做官的尾張前輩唯有小牧源太一人，而且還來看望自己。七郎左陶醉在溫情中：

「太不敢當了，本應該我去看你，卻因有事纏身遲遲未能成行。今後，還請念在同鄉之情多多照應啊。」

當下便好酒好菜款待。小牧源太酒足飯飽後，邀請道：

「多謝款待。也請你後天到稻葉山城來做客，我會安排好漁夫，一同抓鯰魚去吧！」

「那太好了。」

佐久間七郎左滿心歡喜地答應了。

七郎左中計了。他如約來到小牧源太家，吃著鯰魚，開懷暢飲。眼看已經酣醉如泥，小牧源太突然喊了一聲：

「主上有令。」

便撲了過來，源太的家丁也闖進來將他五花大綁後，關在屋內的臨時牢房裡。

第二天，他被帶到伊奈波明神旁空地上的竹籬笆內，見到了阿勝。七郎左持劍抵抗一陣，卻不敵小牧源太以及三名家丁長槍的圍攻，大腿中槍後仰身跌倒，被阿勝用短刀刺中咽喉。這一招足以致死。阿勝隨後又拔出腰刀，對著倒地的七郎左胸膛狠狠刺下，七郎左當時氣絕身亡。

這次的復仇被稱作「稻葉山復仇」而名揚遠近。貞女阿勝和勇士小牧源太的大名也響徹遠江、駿河一帶。

然而，此事卻激怒了兩個人。

道三和信長。

信長大發雷霆。

（我要殺了阿勝。）

他痛下決心。信長覺得，阿勝實在是該殺。她竟然私自跑到鄰國殺了自己委託給道三的七郎左。還恬不知恥地向鄰國的年輕國主求助，讓信長顏面掃地。阿勝越是出風頭，信長就越是覺得恥辱。
「阿濃，阿濃，」
信長聽聞此事後，一邊喊著一邊走進內院：
「你聽說了沒有，那個女人？」
阿濃也聽說了發生在自己娘家地盤上的這件事。
「阿勝在稻葉山城下出了名呢。」
濃姬不動聲色。
「連你都向著阿勝嗎？」
信長大吼。
「怎麼會呢？」
「我和岳父道三可是丟盡了臉。」
「不過，阿勝確實是個貞女啊。」
「愚蠢！」
「比起阿勝，她身後那個得意忘形的義龍更讓人可惡。我要是有餘力的話，恨不得現在馬上就攻打美濃，包圍稻葉山城。」
信長道。義龍是濃姬的哥哥，也等於是信長的哥哥。
「阿濃，義龍此人怎麼樣？」
他又問道。信長已經開始盤算如何打敗義龍。
於是，濃姬大概介紹了義龍的情況。包括他體格龐大、迷戀武藝、表情雖然遲鈍卻異常敏感等等。
「此人真是你的哥哥嗎？」
「不。」
濃姬搖搖頭，看著信長卻說不出話來。她在猶豫應不應該將真相告訴信長。
「怎麼回事？」
「其實，義龍和我不是親兄妹。」
濃姬一咬牙抖了出來。信長「咦」了一聲，神情微妙。他吃驚時總是這副表情。
「不是親哥哥嗎？」
「嗯，不是。」
濃姬道出義龍的身世。
「也就是說，深芳野那個女人嫁給蝮蛇做妾時已經懷了前任賴藝的孩子。義龍知道自己不是道三所生嗎？」

「不清楚。那人表情向來遲鈍。」

「阿濃，」

信長毫不諱言地說：

「義龍一旦知道這個秘密，道三會沒命的。」

說完，信長出了房間直奔大廳，派出使者速往美濃。

「請交出阿勝。」

使者傳話道。信長又另派使者去找道三請求道：

「請說服義龍把阿勝還給尾張。」

第二天晚些時候，使者回報說遭到義龍的拒絕。

「再去一趟。」

信長又派出別的人。如果義龍堅持不交出來，就每天不斷地派人前去。

義龍仍然表示拒絕。

再說道三。

相較於信長的殺氣騰騰，道三對此事保持緘默。要說這件事中最傷感情的，要數道三。女婿託付給自己的家臣，被義龍設計騙走，白白地送了性命。

他卻始終保持沉默。心腹大臣堀田道空從旁提醒道：

「這件事鬧得很大啊。」

「是嗎？」

他只應了一句，便匆匆轉移話題。然而，他的一雙眼睛卻燃燒著火焰。誰都可以看出，這件事後，道三對義龍感到深惡痛絕。然而，他卻選擇沉默。

如何表達自己的憤怒呢？道三一直在思索這個問題。道三從還是庄九郎的年輕時代開始，就懂得如何不在他人面前顯露情緒。這並不等於是脾氣溫和，他其實是非常易怒的。只是，要深思熟慮才行，要讓怒氣在腹中沉澱下來，再三思考後，變成其他的形式。這也是蝮蛇之名的由來吧。

眼前讓道三苦苦思索的，不是對義龍大發脾氣，而是轉變爲：

（如何處置義龍。）

接連幾天，道三都沉浸在思考中，終於決定：

（我要廢嫡。）

撤去義龍的頭銜，讓自己的親生子即「義龍的弟弟」取而代之。要平息怒火，只有這個辦法。

道三膝下有好幾個兒子，都一同住在鷺山城裡。其中，孫四郎和喜平次已經長大成人。然而兩人都未能得到父親的遺傳，膽小無能。道三自己也對此不抱希望。

「無用之輩也。」

故而沒有把他們培養成武將的意願。武將生存的圈子勾心鬥角，善良懦弱的貴族子弟最終只會落得被除掉的下場。他甚至考慮——是不是把他們剃度送入佛門呢？

（讓孫四郎繼位吧。）

道三心中悶悶不樂。雖然不是什麼上策，總比讓義龍占著稻葉山城要來得放心。

道三正在籌畫此事時，信長的使者前來求見。

「是關於阿勝的事情。」

使者轉達了主人信長的口諭。

道三點頭道：

「佐久間七郎左死於非命，我未能替女婿保護好他，實在慚愧。不過阿勝不在我這兒，她在義龍的稻葉山城。」

「主子知道。因此想請求您利用父君的權威，讓稻葉山的主公把阿勝還給織田家。」

「恐怕不行。」

道三苦笑道：

「義龍近來頗爲自負，我已經管不了他了。就算派人去也會被趕回來的。」

「只是……」

信長的使者還想接著說，您不是父君嗎？卻被道三打斷：

「我自有打算。稍安毋躁。」

使者滿懷希望地告退了。此時道三對尾張使者說的一句「我自有打算」，卻迅速傳遍美濃國內，當然也進入稻葉山城義龍的耳中。只是，這句話傳到他這裡時，已經變了味，內容是：

「據說鷺山的主公要廢掉嫡子擁立孫四郎呢。」

義龍聽後，心想：

「果然不假。」

自從自己成人後，道三對自己就異常冷淡，對弟弟們卻是百般遷就。這種父親，讓弟弟來取代自己這種事完全做得出來。

義龍當然不願意捨棄今天的地位。

（乾脆豁出去了。）

他想。他甚至覺得自己應該謀反，趕走父親和弟弟們。

他左思右想後，悄悄傳喚長井道利商議此事。長井家曾經擔任美濃的小守護而盛極一時，後來失去大部分領地，如今的當主道利靠著俸祿寄養在義龍門下。

這個半輩子小心翼翼苟活著的道利，當義龍向自己傾訴了不為人知的煩惱後，雖然稍有猶豫，卻義無反顧地開口道出一個天大的秘密，足以顛覆義龍的世界。

石破天驚

僅憑一句話就改寫整個歷史，恐怕也只有這個例子了。

「隱居在鷺山的主公，並不是您的親生父親。」

長井隼人佐道利一語道破天機。

不僅如此，他繼續說：

「主公您眞正的父君，正是先代的美濃國主賴藝啊！」

「此、此話當眞？」

義龍全身的血液竟像是凝固了，連手指尖都頓時變得煞白。簡直不敢相信，無法相信。先代的土岐賴藝被父親道三趕跑時，當時十六歲的自己初次隨軍攻打大桑城，揮槍從大手門蜂擁而入。簡直荒唐至極。就算自己不知情，卻奉了假父親的命令親手將親生父親趕出國門。

「我不信。」

義龍腦海一片空白。

過了一會兒，他的臉上開始有血色，思考能力逐漸恢復，很多疑問都茅塞頓開。父親道三在眾多的子女當中，唯獨對自己極其冷淡，這不就是最好的證據嗎？而且，傳聞中還說道三打算廢了自己，把美濃國主的位置讓給弟弟孫四郎。

「隼人佐，我再問你一次，此事可是千眞萬確？」

「不是我一人這麼說，美濃國內，這已經是公開的秘密，恐怕也只有主公您被蒙在鼓裡。」

「如果此事屬實，那麼鷺山大人不僅不是我的父親，還是我親生父親的仇人，對不對？」

「正是。」

告密的長井道利認識到事態的嚴重性，嚇得說不出話來，跪在地上肩膀不停哆嗦著。

「隼人佐，對不對？」

「是，正是。的確如此。」

「隼人佐，父仇子報。對方是鷺山大人。」

義龍不禁脫口而出。他意識到自己話裡的嚴重性，怒目圓睜，嘴角下垂，身子因爲憤怒而開始顫抖。

「是，是啊。」

長井道利抖得越發厲害了。

「報仇。」

義龍自言自語道。往往在這種時候，語言帶有某種魔法。義龍的內心已經失控。要想勉強控制住自己的情緒需要強大的富有磁性的言語。

那就是報仇。

除此以外，已經沒有其他選擇可以挽救被眞相撕裂的義龍。否則，義龍恐怕要一輩子活在戰慄和震驚中。

「報仇。」

義龍又重複了一遍，就像得到奏效的咒語一般，身體停止抖動。

「要不要下手呢？」

他又恢復一貫的半睡半醒般遲鈍的表情，似乎在自言自語。

「不過，主公大人，」長井道利仍在哆嗦，他想要減輕自己告密的罪過。

「什麼？」

「您到底是賴藝大人還是道三大人所生，天下之大只有一個人知道，就是您在川手正法寺山家的生母深芳野夫人。您親自去問問比較穩妥。」

「有道理。」

義龍點頭道：

「不過，隼人佐，如果母親告訴我的確如此，我該怎麼辦呢？」

「這……」

長井道利低頭說道：

「請主公定奪。」

「是啊，要我自己決定。」

義龍起身離座，帶上幾名隨從，出了稻葉山城直奔川手的正法寺。

不速之客義龍造訪時，深芳野剛從庭院裡的楓樹上剪下一枝紅葉，供在佛像前。

她馬上備座，自己坐在下方。

「母親。」

坐在上座的義龍開口叫道。美濃的國母是道三的正室明智氏小見之方，前幾年因病去世。總之，深芳野作爲道三的偏房，在這個國家的地位並不高。考慮到她是當今國主義龍的生母，入佛門之前被尊爲夫人，削髮爲尼後，才勉強允許她住在正法寺中的持是院。

「什麼事？」

深芳野小聲問道。

「讓左右退下。」

義龍的家臣和深芳野周圍的人都退下後，他從上座下來走到深芳野跟前，把手放在她的膝蓋上。

「請告訴我眞相。道三大人不是我的親生父親對嗎？」

「啊！」

深芳野驚得張大眼睛，一動不動地凝視著義龍。

很快她又垂下眼簾，極力想要掩飾臉上的表情，然而膝蓋上雙手的戰慄暴露出她內心的波濤洶湧。

「難、難道是眞的？」

義龍叫出聲來，深芳野猛地抬起臉。

「我不能說。」

她低聲道。義龍不禁憐憫起眼前的母親，他扶著深芳野的肩膀說：

「母親，兒子不願打聽您以前的風流舊事。但是我必須知道，母親您原本是賴藝大人的偏房，有孕在身卻被道三搶走了。是這樣的嗎？這可是有頭有臉的人告訴我的。」

義龍稱呼道三時已經不用尊稱了。

「道三對待母親如此冷酷，不立爲正室，還娶了明智家的小見之方夫人，讓您終身爲妾。對母親來說，道三太應該被詛咒。」

「大人還不懂男女之事。」

「您別騙我了。母親年紀尙輕就看破紅塵遁入空門，難道不是爲了報復道三嗎？義龍是您的兒子，怎麼會不懂呢？」

義龍說。深芳野泣不成聲，連忙抬起袖子擦臉。

「告訴我吧，義龍是先代美濃守護職土岐賴藝的兒子。」

義龍深深望著生母的臉孔。

深芳野更加傷心了。她纖細的脖頸微微顫動著，讓義龍覺得她只不過是個懦弱的女子。他對母親滋生出一種奇妙的陌生感，就像聞到了某種不快的氣味。

「臭娘們——」

義龍拚命忍住想喊出來的衝動，很快移開了眼光。然而，自己的生母還在繼續哭泣。

義龍耐心等著深芳野的回答。只要她的一句話，年輕時被四周叫做庄九郎的道三在美濃苦心經營的權力這一藝術品將灰飛煙滅。道三眼中這名不起眼的女子，將淡然地把他推向不幸的深淵。

義龍還在盼望母親嘴唇開啓的瞬間，深芳野的沉默卻漫長無邊。他終於爆發了：

「母親，你不回答也行。義龍只好相信這是眞的了。我的父君不是齋藤山城入道道三，而是先代美濃守護職、土岐源氏的嫡流美濃守賴藝大人。」

「大人，」

深芳野終於抬起頭：

「如果是這樣，您打算怎麼辦？」

「義龍身爲男子，當然選擇男子之道。」

義龍站了起來。他走出去拉上門，停了一會兒聆聽裡面的動靜，深芳野好像還在慟哭不已。

義龍從走廊上飛身躍下，他的龐大背影落在院裡。之所以如此，是爲了平息自己的心情。

鷺山的道三自然不知道發生的一切。他並沒有明確表示：

——廢去義龍之嫡位。

雖說阿勝報仇一事使他對義龍更加憎惡，卻還沒到從心底開始考慮廢嫡的地步。坦白說，他已經年過古稀，沒有精力去完成廢嫡的大事。

他希望安穩的生活。

這種願望越來越強烈。在他身上，從前精力旺盛的權術家的影子已經逐漸遠去，他正在迎接和平而慵懶的老年。

而且——

道三重視的是義龍的愚笨，孫四郎以下的親生兒子更是不值一提，就算換人也是無用。當初傳位給義龍時，他就認定這個乳臭未乾的肥豬不會有任何作爲。

道三不曾想到，知道義龍出生秘密的還有深芳野。他曾經貪戀過她的肉體，並加以利用。道三在實現美濃的夢想時，深芳野確實起到一定的作用，不過現在已經無用了。喪失利用價値的深芳野，到川手的寺院出家爲尼與世隔絕。僅此而已。深芳野無言地告知義龍事情的眞相，點燃了義龍心中的熊熊怒火，如此重大的事件，道三做夢都不曾想到。除了自己以外，所有人都是無能懦弱的，都是爲了被自己利用而存在的，這是這位年老的英雄過於慣性的思維。

義龍得了重病——

當他聽說這一消息時，這種思維讓他沒有覺得任何意外和蹊蹺。

（義龍得病了？那個怪物實在是太龐大了，龐大的身體肯定要出問題。想必是某個部位已經開始崩潰，弄不好會一命嗚呼。）

他一心這麼想。倘若義龍死了，道三也不會讓親生兒子孫四郎繼位。義龍有子嗣叫做龍興，當然應該讓龍興繼位。這樣的話，美濃的統治者中將不會有道三的血統。他已經做好這種思想準備。這個老人通過親身經歷徹底看透的是，就算硬把無能的人推上王座，也遲早會因爲無能而垮台。

（反正，我死後美濃一定會落到尾張的女婿之手。那個年輕人一定會這麼做，他擁有與生俱來的天分。我苦心經營的美濃國，將成爲他壯大實力的好肥料。這樣也好。）

道三心想。處於這種超然和虛無境界中的道三，自然不會浪費精力去注視義龍這種人物的一舉一動。

義龍的病竟似一日比一日加重。這個消息已經傳遍千家萬戶。

弘治元年十月，義龍的家臣日根野備中守作爲使者來到鷺山城。

「臣惶恐，稻葉山的主公已經病入膏肓了。」

日根野備中守把義龍的病情描述了一遍。

「那麼嚴重啊？」

道三信以爲眞，甚至有些憐憫起義龍來。

「我會找時間去看他，讓他振作精神，好好養病才是。」

道三說。

「臣遵命。」

使者日根野備中守叩謝，他已經知道義龍要謀反的機密，所謂的「病入膏肓」不過是幌子。

日根野從道三那兒告退後，又去拜見道三的親生子孫四郎和喜平次，說明義龍的病情並捎了話。

大意是，義龍知道自己已經時日不多，想和弟弟們見最後一面。孫四郎和喜平次馬上表示：

「兄長如此，我等馬上就去。」

他們馬上收拾東西，跟隨日根野備中守的人馬登上稻葉山城。孫四郎和喜平次一直把義龍當做自己的親哥哥。

義龍躺在病榻上。

這個病榻要比常人的大上一倍。他從枕頭上微微地揚起頭：

「你們來得正好。」

他的聲音微弱。道三從心眼裡瞧不起的這個龐大的蠢貨，在關係到生死的要緊關頭演技竟是如此逼眞。

「孫四郎，我的子嗣尙且年幼。萬一我有個三長兩短，家國都要託付給你了。」

「父親不是這麼說的。他說我不是學武之才，武士無能則會身敗名裂，讓我做學問或是出家。孫四郎不敢違抗父親之命，當不了武士。」

義龍雖然聽著，心中卻嘀咕著怎麼不對勁。不過事已至此，無法回頭了。他仍然裝得有氣無力地說：

「我想敘敘舊。你們在城裡住上一兩天陪陪我吧。」

「好啊！」

二弟喜平次也欣然應允。

「我們本來就是這麼想的，既然來了就要好好安慰大哥。」

「那眞是太好了。」

義龍露出疲憊之色閉上眼睛。見此，孫四郎和喜平次退出病房，被領去歇息。
負責招待的，是日根野備中守兄弟。他們備了酒菜，還為尙未元服的喜平郎準備甜點。
當晚，他們就宿在城裡。
夜裡，日根野備中守來到義龍的病榻前報告道：
「他們已經睡下。」
日根野備中守雖然可憐兩個年紀輕輕的公子，卻不敢違抗君命。他來是為了確認君命有沒有變化。
「請主公吩咐。」
他請示道。一貫缺乏表情的義龍只是抬了抬眼皮說了一句：
「照舊行事便是。」
便翻身面朝屏風睡了。備中守甚至未能看清他的表情。他出了房間。
他的弟弟在外面等候。
兩人相視會意後，進了事先準備好的房間。房裡有五名日根野家的家臣。主僕幾人很快就換上窄袖衣服和褲子，用繩繫了褲腳，蒙上黑面罩出門。
他們飛速趕到孫四郎、喜平次的房間，分頭闖進去。
「主公有令！」
備中守大喊一聲，家臣魚貫而入，睡夢中的孫四郎立刻被利劍穿透胸膛。
喜平次也同樣一命嗚呼。

戰端

聽到兩個兒子被殺的消息時，齋藤道三正在鷺山城外的原野上獵鷹狩獵。

原野已經染上一片秋色。他策馬奔過原野，進入樹林，剛來到林中的小池塘邊，只聽見「報告主公！」的大喊聲，有人從樹林間急奔而來。想必是有十萬火急的事情，只見來人騎著一匹無鞍的耕田馬，沒有馬鞭，只是用一根帶著葉子的樹枝抽打著馬臀。樹枝上的葉子顏色深紅。是漆樹葉。

（冒失的傢伙，也不怕過敏。）

道三側馬立在池塘邊，靜靜地等著來人。

「主公！」

武士翻身下馬跪倒，連珠炮的報告孫四郎、喜平次兩人在稻葉山城遇害之事，才大大地吐一口氣，趴在地上。

猶如晴天霹靂。不是兒子被殺一事，而是假兒子義龍既然接連殺了兩個弟弟，應該已經做好獨立的準備，即在稻葉山城招兵買馬，推翻道三的政權。不，豈止是準備？應該是進行了相當程度的計畫，否則也不會動手殺了孫四郎和喜平次。

道三表情僵硬。

此時若作出無謂的舉動，只會讓手下人心惶惶，傳出去將有損大將的權威。爲人之父的道三即使在聽到如此悲痛的消息的這一瞬間，也保持大將的儀態。與其說是表演，不如說是這個男人從庄九郎的時代就持有的天性。

「把漆樹枝扔了吧！」

道三從馬上下令道。來人仍然緊緊握著鮮紅的漆樹枝。

「好好給他洗洗手。」

他吩咐左右道。

「帶他去池塘。」

他補充道。雖然嘴上在下著命令，他的眼裡卻根本看不見漆樹枝和來者。他彷彿看見，自己親手建造的天下第一堅城稻葉山城巍然挺立，城牆上到處插滿義龍的戰旗。

「與助，」

他喚著來人的名字，此人是遇害的孫四郎的貼身侍衛：

「再說一次，稻葉山城的情況如何？」

「忘了報告了。稻葉山城的城牆上，插著嶄新的九根桔梗旗。」

桔梗紋是先代土岐氏的家紋。齋藤家的旗幟是道三親自設計的二頭波頭紋。義龍用桔梗旗取代波紋旗，等於是公告全國和天下：

「恢復土岐的姓氏。」

（怪誰都沒用。）

道三苦澀地拽過韁繩。

（看來我低估了那個蠢貨，沒想到會有今天。）

他仰望天空。晴空萬里，一望無垠。

（看來要背水一戰了。）

道三緩緩地策馬而行，馬蹄踏過樹林中的草地。他一路都在思考如何與自己的兒子打仗，卻理不出個頭緒。

騎在馬上的道三陷入茫然之中，臉上看不出任何表情。此刻他的腦中一片空白。也難怪，一想到竟然要和義龍交戰，他感到荒唐至極。

（沒想到我這輩子還有如此不堪的時候。義龍一定會招兵買馬來對付我，而這些兵，不都是我培養起來的嗎？義龍一定會死守著稻葉山城，這座城不也是我耗盡心血才建起來的嗎？再說，義龍這個對手——最最荒唐的是，他到底是我的兒子。雖然我不是他的親生父親，但他卻是我一手撫養長大，還讓他當上國主。所有這些都是出自我的手，如今卻要和我作對。想我英明一世，竟然會遭遇如此下場！）

道三眉頭緊蹙。

不知不覺，他笑了起來。除了笑，他不知道自己還能做什麼。

（我從年輕時就給自己定好周密的計畫，所有行動都在我的計畫之內。才從一介浮浪人躍身爲美濃一國之主。我的計畫可以說是奇術，而這種奇術得以發揮完全是仰仗前任守護職土岐賴藝。我先是接近他，然後利用他，仰仗他的權威玩弄手段，終於得到美濃，趕跑賴藝。賴藝有如此下場也是自作自受，誰教他是個無可救藥的蠢貨呢？但是我卻忘了這個蠢貨唯一不缺的是生殖能力，他和深芳野交歡時不曾忘了播種。深芳野這個成天只知道哭的娘們，卻厚顏無恥地藏匿了賴藝的野種，十月懷胎生出一個義龍。我把他當做親兒子養大。雖說是出於政治需要，但也沒必要把國主之位讓給他，我卻這麼做了。也許是出自心底對賴藝的憐憫之情吧。而恰恰就是這種該死的憐憫，耽誤了我的計畫和奇術……）

他哭笑不得。傾盡所有智慧設計好的美濃經營策略，卻輸給無需任何智慧的男女交媾、受精、孕育這一動物本能，功虧一簣。

（大勢已去。）

道三預感到自己的下場。這應該會成爲自己人生落幕的一大笑話吧。

他策馬出林。

上了大道，道三抖擻起精神，和剛才樹林中的自己判若兩人。只見他利落地揮著馬鞭，馬兒猶如長了翅膀一樣，朝著鷺山城飛馳而去。

回到鷺山城，道三馬上吩咐：

「讓老臣們到大廳集合。」

他穿過庭院進入茶室，點上爐子泡上茶，喝了兩盅後，心裡有了打算。

（這是我人生的最後一戰，要打得痛痛快快的。）

大廳裡，石谷對馬守、明智光安、堀田道空和赤兵衛等人已在等候。

「你們聽說了嗎？」

道三落座後即刻發話。

眾人都點點頭。每個人都目光炯炯地盯著他。道三一一環視，眼光掃過每張臉孔，似乎要看到對方的心底去。

（這些人都會誓死跟隨我的。）

他確信。石谷、明智和堀田諸將領均與道三志同道合，都和道三有著深深的默契，應該不會投敵叛變到義龍那邊。

不過，他們畢竟是在道三隱居的鷺山城裡奉公的將領，人數一向不多。道三把家臣兵團的百分之八十都讓給了稻葉山城的義龍。

「馬上通知，讓士兵們集合吧！」

道三向眾臣下令。

轉眼到了第二天。

稻葉山城裡的動靜也打聽清楚了。義龍廢了齋藤的姓氏，重新起名爲一色左京大夫。他暫時借用母親深芳野娘家的丹後宮津城主一色家的姓氏，想必是打算除掉道三後再恢復土岐的姓氏。

而他招募兵馬的理由是：

「殺道三入道，報我父土岐賴藝之仇。」

他堂而皇之地四處勸誘美濃的武士。這意味著，他作爲數百年來美濃的神聖血統守護職土岐氏的當主在下達命令。

美濃的武士開始動搖了。他們習慣聽從主公的命令，眼下的主公是土岐義龍。

從利害關係來看，義龍一方具有明顯的優勢。首先，他是當今的國主，稻葉山城的奉公者人數眾多——在常備軍隊上，道三隱居的鷺山城簡直不可同日而語。

另外，義龍盤踞在美濃第一城的稻葉山城中。相較於鷺山城這座建在小山丘上的小城，這裡可是難攻不落的要塞之地。就連小孩兒都知道，無論是攻是守，盤踞在要塞的義龍都具有絕對優勢。

……

（看來勸募是行不通的。）

道三心中暗嘆。

不過，他並沒有因此灰心，而是全力加固鷺山城的防守。

美濃出現了兩名主公。來自雙方的使者跑遍國內的村頭巷尾，動員大夥兒：

「加入我們這邊吧。」

道三自己也判斷道：

（能招到義龍那邊十分之一的人馬就不錯了。）

他雖未抱太大期望，卻也沒有死心。所幸，雖然道三的舊臣陸陸續續地前往稻葉山城，義龍倒也無法立即攻打道三。

道三高明的戰術，讓義龍和他的黨羽都有幾分忌憚，他們對此謹慎萬分。這種慎重中體現出的無能，爲道三的備戰贏得了時間。

關於道三面臨不測的消息，傳到隔著一條木曾川的鄰國信長的耳中。

信長很是驚訝。他正和本家的岩倉城主織田信賢處於內戰狀態，沒有多餘的兵力。不過他還是立刻決定：

「可派援兵。請告知事情經過。」

他派人前往道三那裡，同時又派出大量密探去打聽美濃的動靜。

探子很快就回來了。他們報告說，道三的兵力少得可憐。

「道三大人肯定打不贏。」

他們異口同聲。

「那麼少嗎？」

信長語氣淒涼。

「與此相反，稻葉山的義龍大人人馬卻是與日俱增。」

（蝮蛇命中逃不過此劫啊！）

連信長也不得不這麼想。就算道三的戰術有如魔法，兵力的差距卻足以致命。如果只是相差半數，還有可能用戰術彌補。然而，道三的兵力甚至不到稻葉山城的十分之一。

「此事要瞞著濃姬。」

信長向內院的侍從下達關於美濃情勢的封口令。已經失去母親的濃姬，如果知道要再次失去父親，該是多麼的痛苦。

信長的密使到達道三居住的鷺山城時，是一個降霜的清晨。

道三穿得很厚。

「女婿說要派援兵？」

道三驚喜地睜大雙眼，一眨不眨地過了良久，與年齡極不相稱的長睫毛下隱約有淚光閃爍，隨後又展顏一笑：

「想不到上總介大人年紀輕輕，卻如此關懷體貼別人的事。好意我心領了，不過我這邊人手夠用了。」

他輕描淡寫道。

道三的答覆出乎信長的意料。他聽後心想：

（蝮蛇這傢伙光嘴上逞強。）

不過這倒像是道三一貫的作風。忽然，一個念頭閃過：

（蝮蛇會不會已經做好送死的準備？）

他不禁愕然。懷抱必死之心的話，也就無需尾張的援兵了。如此看來，道三最後的戰術，不是為了打勝仗，而是讓自己的人生轟轟烈烈地閉幕。

信長不得不向濃姬吐露此事。

「你父親想要自殺。」

他說明事情的原委。他說的自殺，意思是道三在準備一場浪漫的帶有自殺性質的戰爭。

「就連我的援兵也被他拒絕。是不是老糊塗了。你也趕緊寫信勸勸他吧，派福富平太郎去送。」

福富平太郎是受到道三寵愛的青年武士，作為濃姬出嫁的隨臣遷到織田家。派他去的話，道三應該會敞開心扉說真話吧。

福富平太郎奉濃姬之命，裝扮成小販趁著夜色越過木曾川。義龍已經派出部隊在國境邊上戒嚴，以斷絕道三與信長在軍事上的聯絡。

福富沿途殺了三名戒嚴的士兵，自己也左肩中劍，渾身是血地趕到鷺山城，與舊主人得以久別重逢。

道三聽他說明來意後笑了，寬寬的前額上佈滿皺紋：

「傻瓜公子很是關心我嘛。」

卻堅持不肯接受援助。

平太郎眼中的道三變得很是悲觀。與其東山再起，不如為自己想好退路。眼前的這個人還是以前那個貪婪的野心家和冷血的陰謀家、料事如神的齋藤山城入道道三嗎？福富平太郎反而對道三的變化心生憐憫：

「大人，不可氣餒啊！」

他想提醒道三不可過於悲觀。

道三卻苦笑道：
「你真傻。」
我的心計怎麼會退步呢？道三接著說：
「正因如此，我才謝絕信長的援軍。」
「為何如此？」
「美濃是個大國。」
「那又如何？」
「一著火就是大火。」
「您的意思是？」
「信長的地盤還只是半個尾張國。」
「此話不假。」
「再說信長也正在和岩倉的織田氏交戰。你想想看，自家著了火，他尚且自顧不暇，哪裡有餘力幫我滅火呢。就算他硬要勻出人手，也就是一千人，頂多也就是一千五百人。一旦勻給我，他自己的清洲城就岌岌可危。再說，就算他撥給我兩千人馬，也於事無補。結果只會是丈人女婿一同完蛋。」

「怎麼說？」
「這場仗沒有勝算。」
道三回答得很乾脆。這就是道三謝絕信長的原因。他的計算能力不僅沒有衰退，而且他的拒絕，恰恰是由於他精確地算出將要交付給死神的人數的結果。
「明白了嗎？」
道三甚至有些得意於自己的冷靜，臉上竟然浮現明快的笑容，說道：
「回去告訴那個呆瓜，我還沒老糊塗呢。」
「不過，傻瓜公子，」
福富平太郎不禁流下淚來，他也顧不上擦淚：
「這次是出於道義上的援兵，請接受。我願意獻上微薄之力，死在大人的鞍前馬後。」
「道義之戰？」
「真想不到，從信長的嘴裡會說出這種話。回去後告訴他，打仗是出自利益之爭。除非有必勝的把握，否則不可出兵。不懂這一點就得不到天下。讓他這輩子都好好記住。」

「那、那我要怎麼做？」

「你只不過是名武士，我剛才講的是身爲大將應有的道德，武士之道另當別論。武士要有仁有義。」

道三凜然道，語氣鏗鏘有力。福富平太郎被他的威風懾住，半晌趴在地上不敢起身。

之後，平太郎用過飯菜，又換回百姓的裝束出了美濃，回到尾張。

道三和義龍各自做著開戰的準備，速度卻慢得驚人。

轉眼來到弘治二年（一五五六）。

稻葉山城終於結集了一萬兩千兵馬，義龍決定開戰。而道三的鷺山城裡，充其量不過兩千數百人。

數量決定勝負。

敵方的義龍擁有一萬兩千兵馬，而自己鷺山城中的人馬只有他們的六分之一，道三對自己的落魄光景只好苦笑不迭。

（倒是和我預想的人數差不多。）

道三心想。

（不過正如世上的凡夫俗子所盼，要是出現奇蹟就好了。）

堀田道空和赤兵衛等人都心懷期盼。他們每天都一邊祈禱一邊核算著城裡的人數，當他們認識到不可能再增加時，便去央求道三：

「主公，咱們吹號吧！」

他們想做最後的嘗試。得到道三的同意後，他們在城牆的各個角落配置擅長吹號的人，輪流讓他們吹著。

——加入道三這邊吧！

他們用的是催促各村的海螺。嗚嗚的螺號聲傳遍整個美濃平原。號手和風向不同，有時能傳到三、四里開外。

吹號的士兵立在城牆處，不分晝夜地對著東、西、北三個方向吹著。之所以不對著南邊，是由於敵人的稻葉山城位於南側。

鷺山城地處美濃平原正中央。螺號聲響徹天際，越過田野。廣大無垠的田野上，螺號聲中透著一股哀傷。

四處春意盎然。從城牆上放眼望去，有的村莊開滿白梅，有的則是粉豔的桃花，看上去就像是童話中的風景畫一般。而對著這些春光中的村莊吹著螺號的道三手下的兵士，又何嘗不是畫中的人兒呢？

螺號聲持續了兩天兩夜。

然而所有的這些村莊裡，卻未見有一騎地侍或是一名足輕前來助陣。夜裡，道三躺在床上聽著空曠的螺號聲，備感淒涼。沒想到自己最後的時光，竟然會在這種寂寞荒涼的伴奏聲中度過。

第三天早晨，道三起身後立即喚來堀田道空：

「讓他們別吹了。」

他的臉色很難看。

道空跑到城牆上，命令吹號的士兵停下。士兵一副盡了力的表情，紛紛放下螺號。

城池內外，又恢復先前的寂靜。

接下來要看戰術了。

己方的人數太少，無法在平原交戰。看來只好躲在山裡，利用天險開展山地戰。一向喜歡光明正大地在平原決戰的道三，並不喜歡像猿猴一樣上竄下跳地進行山地戰。

四月初，道三召開最後一次軍事會議，決定了基本方針。

「先挑一天颳風的夜晚火燒稻葉山城下町。」

稻葉山城下町井之口（今岐阜市）因道三斷然採取經濟行政手段「樂市樂座」而異常繁華，道三一向引以為豪。他做夢也不曾想到，自己會親手燒了這座街市。

然而事出無奈。城下一幢幢的武士住房就像是整座城的碉堡。必須先燒了這些碉堡，才能對付主城。

翌日刮起風。

巳刻一到，道三開始行動。他親自率領全軍渡過長良川，就像強盜隊伍首領似的迅速趕到稻葉山城下，命令道：

「給我放火燒！」

道三的將兵們手持火把，化身爲火魔闖入大街小巷，所到之處統統點燃。

到處都竄起熊熊烈火。

火光下的道三策馬立在名爲恩明巷的小巷邊，黯然看著四周的夜色。

前方的稻葉山高高聳立，道三親手建成的難攻不落的稻葉山城躍入眼簾。點點篝火猶如星星點綴著黑黝黝的山峰，敵人不斷在本丸、二之丸、三之丸（譯注：城堡核心區稱爲「本丸」，外層區稱爲「二之丸」，再外層則稱爲「三之丸」）中出沒。

只是，義龍即使被人少勢弱的道三燒到腳後跟，也不見他出城應戰。

義龍眼裡的假父親道三，在戰術上簡直就是出神入化的名人。既然他敢明目張膽地過來放火，就一定做好了好幾步的打算。

當然，道三也做好了相應的準備。倘若敵人打開城門攻打過來，埋伏在兩側的伏兵會從側面痛擊他們，同時佯裝後退把他們引誘到長良川河畔低窪的濕地裡，包圍他們從而一舉殲滅。這種夜間作戰最適合以小部隊對付敵人的大軍。

敵人卻毫無動靜。任憑道三的人馬好生折騰，就是不予理睬。

道三一見燒得差不多了，又勒馬等了一會兒，發現對方沒有出城的意思，便向地上啐了一口痰道：

「眞沒勁。」

他掉轉馬頭迅速下令到野外集合，全軍開始向稻葉山城東北方向四里處的丘陵地帶北野城進發。

途中，他撥出一隊人馬，下令放火燒了自己一直隱居的鷺山城。

經過大橋村時，後面的天際升起一縷黑煙。鷺山城沒入火海中。

（都燒光了。）

道三騎在馬上頻頻回首，他乾涸的雙眼注視著原野上空的煙霧。

這座城裡有太多回憶。記得剛到美濃時，第一次拜見土岐賴藝便是在這座城的大廳裡。也是在這裡，他爲了得到深芳野，舉起長槍刺中畫中老虎的眼睛。把賴藝推向酒池肉林使其成爲廢人的，也是在此時熊熊燃燒的這座鷺山城裡。美濃到手後，他把稻葉山的主城讓給義龍，自己則隱退到這座城，把濃姬在內的幾個孩子撫養成人。這麼一想，自己人生的畫卷，開始於這座鷺山城，隨之徐徐展開，最後仍在此地告終。

（我這一生都在燃燒。）

道三心想。然而，他並沒有停下腳步，而是舉旗向北行進。

不久就到了北野城。

數日後。

道三把距離北野南側二里開外的岩崎城，指定爲北野城防守的最前線。部將林道慶負責把守此地。

可以說是北野城的出丸（城郭，編按）。岩崎城地處低矮的丘陵，連接北野的街道自下朝北而行。敵人想進攻北野城，就必須先拿下進攻路上的岩崎城。

四月十二日，義龍率領大軍攻打岩崎城，雙方短兵相接，僅僅一天，岩崎城陷落。守將林道慶向北野城的道三派出傳達遺言的使者，放火燒了本丸，在火焰中切腹自盡，結束生命。

「道三的手段也沒什麼特別嘛。看來他青雲直上的法術已經不靈了。」

岩崎城的陷落使義龍和他的部將歡欣鼓舞。

「一點兒也不奇怪，」

道三聽到這條傳聞後，自嘲地笑了：

「既然已經沒有法術，我齋藤道三也就是個行屍走肉而已。」

道三沿著山脊朝山裡奔去，逕直進入他以前特意爲賴藝建造的山城大桑城。然而他並不打算躲在這座城裡。

敵人追到這裡多少要花些時間。藉此時機正好回顧一下自己的人生。

進入大桑山的翌日清晨，竟然罕見地下起霰。兩個時辰後，山峰和幽谷看上去都似乎鋪上一層白白的雪。

「難道是老天要讓我欣賞這山中的雪景？」

道三心中歡喜，沿著下了霰小徑攀上山中一座叫南泉寺的寺院。順著長長的石階拾級而上時，霧氣散去，四月的陽光從雲層中照射出來。林間結的霜迅速融化，剛才的雪景猶如曇花一現。自然界尚且變化無常，人生繁華又何嘗不是如此？

南泉寺裡供奉著被道三趕走、最後客死他鄉的兩位美濃守護職的牌位，即土岐政賴和賴藝兩兄弟。道三召集和尚，撥了鉅款，在此供奉二人。事到如今竟然會在這兩名美濃舊主的靈前傷感不已，就連道三自己都不明所以。道三的政治哲學遵循「君主無能乃罪惡所在」的原則，一定是出於此因，道三自己才趕跑了前兩代的美濃國主：

「我也要加入了。」

便躋身於其中。而道三又出於大意淪落到被義龍驅逐的境地。只是與前兩代不同的是，這個男人不會像他們一樣爲了保住性命落荒而逃。他甚至謝絕女婿織田信長讓他到尾張避難的好意，準備體面地迎接最後一戰。

除了被殺害的孫四郎和喜平次，道三還有兩個兒子，尚且年幼。他們現在正被藏在北野的深山裡。道三的首要任務是先把二人送到國外。

道三喚來赤兵衛。這個京都妙覺寺本山雜役出身、長相猙獰的男人，跟隨道三征服美濃後當上國守，眼看又要重操舊業。

「主公大人。」

赤兵衛跪地叩首後抬起臉，這陣子他也明顯見老了。

「赤兵衛，這齣漫長的狂言快要唱完了。你回京都去吧。」

「啊？」

赤兵衛驚訝地張大嘴。理所應當，他早就做好和道三同生共死的準備。

「那、那怎麼行！」

他著急地想爭辯，道三卻沉默地蹙起眉頭。道三從庄九郎的時代開始就一直將赤兵衛視爲左右手，卻不喜歡他多嘴插話。

「我讓你去，你就乖乖地去。順便把我剩下的兩個兒子帶上，明白了嗎？」

赤兵衛沮喪地低垂著腦袋。

「離開美濃時，把他們頭髮給剃光了。」

「啊？是要當和尚嗎？」

「這樣才能安穩。要當上武士大將太艱難了，即便像我這等才華最後也不過如此下場。到了京都後直接帶到妙覺寺本山去吧。妙覺寺是你我待過的地方，後來也一直通過美濃的常在寺進貢不少香火錢。雖說我是個犯規破戒的佛門弟子，現在卻是最大的施主，想必不會虧待你們。」

「話雖如此……」

「而且，你又是以前寺裡的雜役。再好不過了。」

「眞是好極了。」

赤兵衛笑得比哭還難看。對他來講，就像兜了一個大圈子後，又回到原先的棲身之所。

「您不也是那座寺裡出來的嗎？」

「你的意思是讓我也回去？」

「正是。」

「你以爲這是下棋玩耍呢。」

「不行嗎？」
「人的一生不過如此。途中哪怕只是看見風景，也要覺得自己賺到了。」
「眞的嗎？」
赤兵衛就像中了魔一樣怔怔地望著道三，好一會兒才回過神來：
「主公有何打算？」
「我嘛。」
道三走到案几旁，手指撥弄著筆尖。
「是問我嗎？」
「正是。」
「我打算把美濃讓給織田信長。我認爲，制美濃者制天下。把這個國家交給此人，成爲我修建的稻葉山城之主，以此爲據點出兵天下，最後上京稱霸。我未能實現的夢想，由此人來完成。想必我不會看錯。」
「要把美濃讓給上總介大人嗎？」

「正有此打算。」
「那麼，兩個年輕的公子就沒有繼承權了嗎？」
「都要當和尙了，江山又有何用？不過說不定成人後，想起自己是齋藤道三的兒子，會效仿義龍惹是生非。我還是寫下來，以備後患吧。」
道三鋪了紙，壓上鎮尺，揮筆寫就：

在此立證，
美濃一概託付於織田上總介，
此信為憑，
任信長處置。
眼下追兵在後。
堅守此約上京妙覺寺。
一人得道，九族升天。嗚呼哀哉！
置筆淚灑，
乃南柯一夢也。
齋藤山城於法花妙諦間，

終生老病死之苦，得佛果於戰場。
不亦樂乎？
明日一戰，
縱五體不全，
然成佛也，
捨人世之虛無，
如朝露之無蹤。
弘治二年四月十九日
齋藤山城入道道三
致吾兒

「赤兵衛，蓋上大印吧。」

道三命令道。

赤兵衛拿起案几上刻有「齋藤山城之印」的方印，沾足印泥，在道三署名的地方蓋下，這也許是他最後能爲道三做的事情。

「有勞了。」

道三謝道。他想用這幾個字表達對赤兵衛效忠自己半輩子的感激。

一聽此話，赤兵衛竟然一反往常，「哇」地哭出聲。

「我可是向來不喜歡哭哭啼啼的。」

道三說。

「這種時候哭的話，該吵醒那些我這大半輩子打倒的亡靈，它們說不定高興得很：道三，你也有今天啊！」

「我不是故意的。」

「知道就好。快動身吧。我晚上還有事情要做。」

「夜都深了，您趕緊歇息著吧。」

「歇什麼歇？等到半夜月亮出來了，便要全軍下山到長良川河畔與義龍決一死戰。」

赤兵衛聽後心裡咯蹬一下，道三卻已振筆疾書。

這封信是寫給信長的。

讓國狀兼遺書。

道三簡潔地書寫後，簽上名畫了押。一國的主帥用薄薄一張紙便把江山拱手讓人，恐怕史無前例。以後也不可能再有。

燭台照在道三的側臉上。赤兵衛小心翼翼退下，到了門旁對著道三的背影施了一禮後，拉開門出去後，反手關上門。

道三又喚耳次。

耳次來了。

「把這個交給尾張的織田上總介。」

道三吩咐道。

耳次與赤兵衛相反，他一向沉默寡言。接到命令時從不追究。

他鞠了一躬後便轉身離開。

接下來，道三要做的便是命人取來盔甲，穿戴整齊。

月亮快升上天了。

奔赴長良川

月亮眞是善解人意。

兩頭彎彎的，就像一把銳利的鐮刀懸掛在山峰的上空，此刻正散發著萬丈光芒，爲道三和他的將士照耀著前進之路。

（也許這是我這輩子最後一次看月亮了。）

道三騎在馬上想。

「哦，道空，」

他叫著堀田道空：

「你聽過我唱經嗎？」

「唱經？」

由於是山路，道空吃力地拽著轠繩，一邊回頭看著佛門出身的主公。

「是，就是吟唱經文的意思。」

或者說是佛教音樂。

道三還在京都妙覺寺本山當學徒時，就學習了聲樂，因音量寬廣和充沛的肺活量，教他的老師曾認眞勸說他：

——你不如放棄學問當個樂師吧。當唱經師怎麼樣？

唱經是用唐代的音律來誦唱經文，古代中亞的大月氏國盛行的音樂傳到中國、又傳入日本之後，叡山的僧侶得以傳承。相當於西洋音樂的音階，分爲宮、商、角、徵、羽五音，以此爲基礎配上旋律、曲子和拍子。後來的謠曲、淨琉璃等大眾樂曲都來源於唱經。

「還不曾聽過。」

堀田道空答道。的確，自從道三離開妙覺寺還俗後，就再也沒唱過。

此刻，道三忽然很想深吸一口山間的空氣大聲吟唱，或許是爲了感謝今晚的月亮，爲自己照亮通往最後一戰的道路。更單純的是，他想起了自己的青春往事。

（如果當初我做了唱經師，也不會這把年紀還要在這山裡率領孤軍奔赴戰場吧。）

他不勝唏噓。

或許，他還想用自己的聲量鼓舞全軍的鬥志。或者說，是爲了鼓舞自己。如果不放聲高歌，孤軍深夜下山行軍，是何等的淒涼。

「那我唱了。」

道三緩緩地大口吸氣，似乎要把星光都吸進肺裡。然後他開始徐徐吐氣。

伴隨著歌聲。

他的聲音鏗鏘有力，抑揚頓挫。

剛開始柔和得就像春天的波浪緩慢湧動，接著旋律如怒濤般突然加快，進而又像地上的蟲鳴般聲聲幽怨。此起彼伏，高亢時響徹夜空，如此反覆，充滿著節奏感。

（簡直是仙樂啊。）

沿著昏暗的山道下山的兩千餘名將士都忘記了自己的所在，陶醉在道三的歌聲中。

對將士們而言，前面的戰場充滿絕望，然而道三的歌聲卻賦予他們對未來的另一種希冀，那是個神聖的世界。

他們沉醉其中，領悟到死後才能到達極樂彼岸，爲了奔赴彼岸，此刻需要加快腳步、敲響戰鼓昂首闊步地向敵方進發。

就連堀田道空這個跟隨道三左右而由衷折服於這位謀略家魅力的人，一路聽著道三的歌喉，也不禁熱淚盈眶：

「難能可貴啊！」

他喃喃自語重複了好幾遍。

道三仍展喉高歌。

唱著唱著，他感到自己體內湧起一股熱流。

大徹大悟後的喜悅。

比這種喜悅更激昂。道三在爲自己人生的終結而歌唱。這首輓歌動搖、震撼著道三的心靈，最終沸騰爲昂揚鬥志。既是輓歌，也是一首戰歌。

道三的「假兒子」義龍，如今已改名爲一色左京大夫義龍，此刻正盤踞在稻葉山城指揮著這場軍事政變。

派往北部山地的探子快馬加鞭回報：

「入道大人的部隊正在下山。」

義龍聽後馬上下令吹號，全軍整裝待發。

義龍自己也披盔戴甲上了馬。這具身高六尺五寸、體重三十貫的龐大軀體騎在馬上，如果不踩著馬蹬，簡直就能雙腳著地。

家中的下人都背地裡叫他爲「六尺五寸主公」。

尤其是武儀郡出身的下人說話向來刻薄，他們議論道：

「六尺五寸主公只要騎上馬，就變成了六條腿。」

意思是他的腿長得可以從馬上著地。當時的馬不同於三百多年後從西方進口的品種，身材矮小，類似驢子。

因此，對身體發育得異於常人的義龍來說，步行反而比騎馬更舒服。然而畢竟是統率全軍的大將，步行難免有失體面。

然而，騎出不到三町地，胯下的馬便氣喘吁吁、大汗淋漓了。義龍只好時常備好五匹馬以供替換，每行走三町路便換乘一匹馬。

全軍已經做好出發的準備。

義龍卻仍然按兵不動，他待在稻葉山山腳下的居所中，密切關注著不斷南下的道三軍隊的動靜。

（他到底要上哪兒？）

義龍揣測著。道三部隊的目標會是哪兒呢？

（該不是要決一死戰吧？）

雙方人數的差距太大了。道三這麼精明的人，決不會蠢到要以卵擊石吧！

（一定是想從美濃的中心突圍，逃往尾張信長的城裡。）

這種可能性最大。

義龍自然已經做好作戰計畫，斷掉尾張之路，將他們殲滅在木曾川的北邊。

他還向尾張方向派出戒嚴別働隊。這支部隊肩負兩大任務，一是防止信長萬一爲了救援道三派兵北上，二是布下天羅地網，不讓道三逃出美濃投奔尾張。

別働隊隊長由牧村主水助和林半大夫兩人擔任，他們領兵三千，在稻葉山城的西南方向大浦（今羽鳥市）附近用削尖的木頭紮成柵欄建成堅固的野戰陣地。義龍命令他們死守，「如遇信長來攻，不許出去應戰。只需死守陣地，不讓信長的一兵一卒闖進美濃。」

半夜，接到重要情報。

道三的軍隊似是直奔稻葉山城而來。

「難道眞要決鬥？」

義龍不禁嚇呆，同時感到恐懼。

他馬上部署軍隊，讓大軍趕到稻葉山城的防衛前線長良川，並布好數層陣營，而作爲統帥的自己，則在位於稻葉山西北邊的小山丘「丸山」上搭起大本營。一切就緒後，月亮已經開始東移。

話說信長這一方。

這天夜裡，道三的密使耳次翻過大桑山，跨過美濃平原，蹚過木曾川，好不容易到了尾張清洲城。

雖說是深夜，耳次僅僅用了五、六個小時，就跑完了大桑到這裡的十三里路。

信長在對面給耳次賜座，展開道三的親筆信。

這是一封遺書。

也是一封讓出美濃的讓國狀。信長看過後便怪叫一聲：

「這條蝮蛇！」

他站了起來。他體會到蝮蛇的危機、蝮蛇的悲愴，以及蝮蛇的走投無路。想想世上除了父親再無人理解自己，鄰國的岳父卻不然，而是不計回報地關懷自己。這個老人如今走到厄運的盡頭，送來密信讓出江山，這種好意簡直讓人難以置信。而這種待遇與情分，哪怕是一分半毫，自己卻未嘗從親屬家人中得到。從來沒有。

想到此，信長不由得仰天長嘯。如同慈父般疼愛自己的平手政秀切腹自盡時，信長也曾經如此失態。此刻，信長的貼身侍衛都大驚失色：

「大人瘋了！」

信長像一陣疾風衝向內院。只聽見他又發出一聲長嘯。

眾人都不知所措。既像是命令「牽馬」，又像是下令「吹號出征」。雖然一般人聽上去只是怒喊聲而已，家臣們卻立即分頭準備。

信長逕直闖進濃姬的房間，連叫了三聲「阿濃」。

濃姬剛剛得知美濃派來使者，預感到美濃的父親處境險惡，馬上起身梳妝準備。

聽到信長的喊聲從走廊上傳來，她連忙答道：

「阿濃在此。」

回應同時已經跑到房門口拉開門。

信長卻不像往常那樣招呼道「你在呀」。

他只是沉默著，將道三的遺書扔向濃姬打開的門邊。

「我這就去把蝮蛇帶回來。」

他丟下一句話便轉身離去。

信長一邊穿過走廊一邊開始脫衣服，到了大廳時已經是一絲不掛。

兒小姓們趕緊上前，動作利落地爲信長纏上嶄新的棉腰帶。套上內衣和披肩後，接著是褲子、帽子和長袖外衣，最後戴上盔甲。

接下來就看信長的行動了。只見他出了玄關翻身上馬，揚鞭直奔城門而去，只有五、六名騎兵跟隨在後。

信長一生中，從未下達過出陣的號令。他的做法一貫是自己單身一騎先行，眾人察覺後方才跟上。

到海東村時，已經聚集了兩百名騎兵。從清洲前往海東的街道上，只見追趕信長的隊伍高舉著火把一閃而過。信長到了鎮守海東村的鳥居前，收了韁繩立馬等候來兵。眼看著隊伍已經增加到三、五百人。

道三舉兵南下。

途經伊佐見和富岡，出了粟野後，在岩崎處理掉敵人的前哨小部隊後繼續朝南前進。

他打算強渡長良川，直搗稻葉山城。

有幾處渡河口。

道三選擇離稻葉山城距離最近的「馬場渡口」，命令先鋒部隊先行。

天還沒亮。

探子回報：

「馬場渡口的對岸有大軍部署。」

（義龍看出我想從馬場渡河了嗎？）

道三無可奈何。義龍今年三十歲，尚無作爲一軍統帥作戰的經驗，一定是周圍人出的主意。

道三派出大量探子。

他們很快便打探到敵人的陣容、人數和部署等情況。

照此看來，這場仗要隔著長良川打了。

道三拿定主意後命令大軍停止前進，開始在長良川河畔部署各軍。

首先是大本營的位置。

附近有座叫做崇福寺的寺院，西南角沿著河堤有一片松樹林。

他決定選在林中。

道三的將兵行動迅速。他們很快在帳營前圍上削尖的柵欄，搭起竹籬笆，又垂下帷幔，安置了護衛隊。

道三進入帳營後，將士們立即在四周豎起九面白旗，正是道三的「二頭波頭」大旗。

天色漸亮，太陽從薄薄的朝霧中升起，迎來弘治二年四月二十日這一天。

道三在案几旁坐下來。

「吹號！」

道三毅然下令道。

朝霧徐徐散去，對岸的風景清晰地浮現眼前。

可以說對方的大軍是雲霞之勢。

只見數不清的大小旗幟、指物林立，後面是義龍坐鎮的大本營丸山，插著九根象徵著土岐源氏嫡流的藍色桔梗旗，在霞光中迎風而舞。

「不賴嘛！」

道三只好苦笑。

他緩緩轉移視線，望向自己的部隊。每名將士臉上都露出絕望的表情。

（難道都要隨我下地獄嗎？）

道三眼眶不禁一熱。為了自己這個三十幾年前漂流到美濃的外人，竟然有兩千人與自己同生共死，豈能讓人不為之動容？

突然，他心頭一轉。

（信長不知道會怎麼樣？）

雖然自己拒絕了他的救援，難保他不會趕過來。

（是不是應該告訴全軍援兵會來？）

這樣的話，就能讓大家心生希望。後有援兵，就能激發鬥志，拚死抵抗。

道三卻打消這個念頭。

因爲他注意到，每個人的表情，都透露著必死之心，沒有半點猶豫。

這種時候提起援兵之類的話，反而會讓士氣瓦解，滋生依賴之心，壞了大事。

又過了一會兒。

從對岸的義龍陣營中，傳來驚天動地的衝鋒螺號和鼓聲，先鋒部隊開始浩浩蕩蕩地渡河。

「出動！」

道三揮舞著采配。

鼓聲頓起，道三部署在河堤上的鐵砲隊開始不斷填充火藥，向敵軍猛烈射擊。

義龍軍隊的先鋒竹腰道塵率領的六百人馬，冒著彈雨硬是上了岸。

道塵曾是道三的愛將，道三將他封爲大垣城主，還把自己名字中的道字賜給他。

道三拍案而起。

血戰

時值農曆四月，樹木繁盛的稻葉山此刻滿山都是耀眼的新綠。

陽光照射在雲霧籠罩的稻葉山，從地處長良川北岸的道三等人看來，霧中的結露一粒一粒竟似染成了碧綠色。

這片綠霧正在飄動。

朝西而去。

勁風西吹，敵軍的大旗沙沙作響。

眼前的綠霧中，竹腰道塵率領的六百名先鋒，抖擻著長槍衝了過來。

（啊，還挺美的。）

道三望著敵人色彩繽紛的盔甲和各種形狀的旗指物，覺得像極了一幅絢麗的彩色屏風。自從來到美濃，歷經大小無數的戰爭，卻從未覺得戰場像今天這麼美。

每次都是背水一戰。從未將戰場當做有色彩的風景欣賞過。根本沒那種心情。

（看來我是變了。）

道三不由得重新審視起自己來。

唱著經文從山上自北而下時，道三就覺得自己已經完全不似從前。

（因爲我已經不在乎輸贏了。）

道三遙望著敵軍。這一生，他都在不斷地爬著梯子。梯子上頭總是有敵人，只有殺了他們自己才能繼續往上爬，好不容易爬到梯子頂部，又要提防下面的敵人。

也就是防守。

防守戰缺乏輸贏的刺激，贏了是理所應當。道三生來就對進攻作戰樂此不疲，卻在對付梯子下面爬上來的敵人中喪失熱情。而且，也不期待再多贏幾場。這些都淡化了道三對輸贏的執著。於是，出現了另一個道三。

道三遠遠望著突擊而來的敵人，就像是一位風流老者在紅葉的季節欣賞四方的景色，臉上帶有幾分慵懶，怎麼也不像一位就要指揮作戰的大將。

不過，道三卻也沒有冷眼旁觀。

他已經從案几旁站起來。

他不停地揮舞著采配，巧妙地指揮著五個陣隊的人馬，首先用鐵砲擊潰敵軍的前列，接著又令弓箭組左右夾擊敵軍的側面，趁敵人陣腳大亂時長槍組立刻進攻，一見敵人的中軍不穩，道三馬上從左右的母衣眾中挑出三名：

「取道塵的首級來。」

他有條不紊地下達命令，就像是老練的廚師吩咐備菜一般。作戰經驗豐富的道三斷定，混戰中敵人的將領往往容易被孤立，現在正是接近的機會。

道三的判斷極其準確。三名母衣武士疾如閃電般飛馳而去。他們直奔亂軍隊伍中的中軍，瞄準道塵後包圍上去，就像割草般輕易取下他的首級。

前後不過一眨眼工夫。

主將一死，敵軍頓時大亂，紛紛朝著長良川落荒而逃。

道三放聲大笑：

（知道我的厲害了吧！）

他捶了捶腰，重重地坐回去。有點累了。

道三的將士就像獵犬一般追逐著潰敗的敵兵。然而道三清楚地知道，眼前暫時的勝利，改變不了最後的結局。

（不過，多少能喘口氣。）

也只有這一效果而已。

霧很快散去，聚集在對岸的敵軍主力，兵分三路開始渡河。

敵軍鋪天蓋地的湧來。三路兵力中的兩路大有從左右迂迴之勢，想必是要大範圍包圍道三的部隊。道三一眼就看穿了，因爲這也是他的拿手戰術。

（難道我要死在自己的戰術下？）

道三自己都覺得滑稽。

他下令鳴金收兵。

道三打算先把分散在戰場的士兵集中起來組成一隊，拚足火力將敵人的包圍圈各個擊破。

話說信長，他正領兵北上。

途中，他幾度駐足等待追來的家臣，然後又接著趕路，很快就到達富田大浦的村落。聖德寺就坐落在此。三年前，道三與女婿信長在此上演了一場戲劇性會面。信長穿過寺院的山門時，不由得悲從中來。

「蝮蛇，你一定要活著啊！」

他在黑夜中大喊。

喊著喊著，他忽然發現，與道三見面是在天文二十二年四月二十日，雖說年號已經變了，今天卻是三年後的同一個日子。

也許是偶然。

信長卻不這麼認爲。

（道三的計算太高明了。）

他不禁驚歎。莫不是蝮蛇故意選在和自己見面的四月二十日，來作爲自己的忌日吧？一定是這樣。

四月二十日成爲忌日的話，對弔唁道三的信長而言將是具有吉日和忌日的雙重意義，而信長一輩子也不會忘了道三吧。

（此人竟然想得如此周到。）

年輕的信長爲自己的發現無比感傷。

迎著晚風疾馳的信長不時以手拭淚。

趕到木曾川支流足近川的土堤時，天色大亮。太陽出來了。

回頭一望，追來的人數已不下三千人。

「大人，您聽！」

有人騎馬湊近前來。是織田家的侍大將柴田權六勝家。

聽見了。

對面的薄霧中，從美濃平原的遠處隱約傳來號角聲、鼓聲和鐵砲聲。道三似乎已經開始決戰了。聲音來自北邊。稻葉山就在北邊。戰場一定在長良川的渡河口附近。

相距尚遠。

「還有幾里？」

「呃，最少四里吧！」

柴田權六答道。

信長策馬立在土堤上，眼前是足近川。

「渡河——上！」

信長揚鞭喊道，自己已經一馬當先下了河灘，又蹚進水流中。

三千織田大軍開始過河。他們有條不紊地向前行進，眼前逐漸出現連綿的低矮丘陵。

讓人吃驚的是，這些大小不一的丘陵，竟然都被佈置成敵軍的野戰陣地，無數的旗幟迎風招展。

是義龍的小分隊。

雖說是分隊，人數也超過信長的部隊。

——想必信長會搬來救兵。

義龍猜想，便派牧村主水助、林半大夫等率領一支部隊部署在此，阻擋信長前往戰場。

這些丘陵陣地的將領無不接到命令：
——只需防守。就算信長挑釁也只守不攻。
所以，他們在陣地前挖了壕溝，搭了柵欄，插了削尖的樹枝，建起堅固的野戰堡壘。
要想攻城，通常需要比守兵多出十倍的人數。信長的人馬卻比守兵還要少。
信長部署好部隊，立即命令鐵砲隊和弓箭隊前進，開始射擊。
卻不見敵軍出來。
對方開始用鐵砲回擊。信長又派出先鋒隊。
敵軍在柵欄裡架起鐵砲，織田的先鋒隊進入射程後，便成為活靶。
信長在馬鞍上急得跳腳。
「我要踏平你們！」
他驅馬進入敵人的射程內幾次試圖突擊，卻不見成效，身邊的護衛還白白賠上性命。
他只好從柵欄前後退一町開外，佈置好鐵砲陣後再次開戰。
此間，從稻葉山城下長良川的方向，傳來震耳欲聾的戰鬥聲。
（蝮蛇這傢伙，正在以死相拚吧。）
一想到此信長心裡百般不是滋味。他騎馬在原地兜著圈子，嘴裡不停喊道：
「蝮蛇，你死了嗎？死了嗎？」

道三此時正在硝煙中。
敵人已經將自己包圍了。
道三剩下的部隊，好幾次突擊衝破了敵人的包圍圈。
然而，就算衝破了，敵人卻又從四面八方湧來，包圍圈正逐漸縮小。
敵人盡可能地用鐵砲射擊包圍陣中道三的士兵，這種戰法果然奏效。
道三的士兵無法與敵人刀劍相拚，不斷有人中彈倒地身亡。

道三命令士兵逃入松樹林中躲避彈雨。

利用松樹抵擋子彈。

敵人的騎兵隊卻不示弱，勇敢地逼近。

敵人的目標，現在只剩下一個道三。

道三身邊僅僅剩下幾名母衣武士護駕。

他卻仍舊坐在案几上，紋絲不動。

年輕時，他上陣時從不用案几，而是在馬上坐鎮指揮，馳騁沙場，時不時還親自揮槍上場突擊，現在的道三，卻極力克制著這股衝動。

反正，橫豎都是死。他不想沉不住氣慌忙應戰，損毀自己的形象。而是要拿出美濃國主的風度，沉著地坐在案几上迎接最後的時刻。

這時，道三的知己好友、亡妻小見之方娘家的當主明智光安趕了過來。他是今日之戰的主將。

他的臉似乎中彈了，半邊都是血污。

「大人，快撤吧！」

明智光安喊道。他打算拚出一條血路，讓道三退避到城田寺。

「明智你才應該撤呢！」

道三微笑著告訴他，自己有些累了，不打算離開此地，立即撤回明智城是最後的軍令。他又道：

「回了城，把我的話捎給十兵衛光秀。」

光秀聽從道三的命令並未出陣，而是留在明智城防守。一旦道三失利，光秀就不得不棄城逃往國外。

「光秀的才幹足以包容天下之兵。我這一生閱人無數，然而胸懷大志之人，不過是我的尾張女婿信長和我的外甥光秀兩人而已。決不能讓光秀在這場無謂的爭鬥中送了命。你告訴他，讓他出城逃往國外，周遊天下，豐富見聞，好繼承我的遺志。」

稍頓了頓，道三又接著說：

「光秀一定會上京。京都有被我扔下的妻子萬阿。我這一生經歷的女人中，她是最出色的。」

「萬阿夫人？是讓光秀去找她嗎？」

明智光安有些哽咽。

「嗯……」

道三臉上浮起少年般羞澀的微笑，說道：

「對，我已經派人送信去了，光秀要是能親口告訴萬阿我是怎麼死的，就更好了。」

明智光安領命離去。

環視戰場，道三的將士所剩無幾，在煙硝中四處奔跑的幾乎都是敵兵。

他們正在尋找道三。

義龍的手下侍大將、號稱美濃第一勇士的小牧源太，正打算穿過數間的松樹林，猛地一回頭，嚇得趕緊從馬上滾落。

他看見了舊主道三。

道三的案几靠在一棵松樹根下，他傲然端坐著紋絲不動，似乎仍在指揮著三軍。

關於小牧源太此人，在前面的阿勝風波中已經提過。他原本是尾張人，投靠道三門下後受到道三的親手栽培。

「主公！」

源太剛想下跪，突然想起這裡是戰場，還來不及伸直彎下的膝蓋，便舉著長槍衝刺過來。

「我當是誰呢，原來是源太你啊！」

道三就像看見一隻蒼蠅似的，盯著眼前這位美濃第一勇士。

「我、我來取您的玉璽。」

「我倒要看看你的本事。」

道三緩緩站起身，伸手握住改製成戰刀的數珠丸刀柄，微微瞇著眼注視著源太的動靜。

噹的一聲，他拔劍出鞘。

源太的槍也已刺過來。道三揮刀削去槍頭，乘機逼近一步。源太敏捷地向後退去，這回是短槍來襲。

道三抬起右腿正要邁一大步，源太的槍凌空橫掃而來。

道三躍身躲避。

就在此時，身後有一騎閃電般奔過來。道三剛注意到，來者已經跳過他的肩頭，大喊一聲：

「對不住了！」

只見馬背上寒光一閃，已經刺中道三的脖子。

此人是義龍的部將林主水。

道三的軀體重重地倒了下去。義龍的步兵頭目長井忠左衛門急忙上前，想要捆住道三的手腳。

然而，不等長井動手，這位美濃國主已經魂歸西天。

長井只好割下首級，抱著正要起身，卻不料腳下的青苔一滑，連同道三的首級摔倒在地。這是題外話，並無特別的含義。

只是這件事隨後也傳開，說是道三的首級太沉，就連武士抱著都要摔倒。

道三遇害時，正要北上的信長卻被阻隔在狐穴附近的丘陵地帶。此時的信長，自然不知道道三已死。

只是，此前從北方天際傳來的槍炮聲忽然停了，可以推測到事態的進展。

信長寡不敵眾。

他下令撤退，卻由於美濃兵的窮追不捨而加倍困難，每交一次火便要犧牲一部分尾張兵，太陽高高升起時，總算蹚過足近川，逃回尾張時已經潰不成軍。

義龍親自驗過道三的首級後，將它丟到長良川附近，不久便消失了。小牧源太盜走它，埋在道三最後戰死的松樹林中，從長良川裡撈起一塊石頭，壓在墳頭上。

萬阿之庵

京都的萬阿得知道三的死訊，是在這一年的初夏。

帶來這個消息的是赤兵衛。

道三步入晚年後，赤兵衛也每年數次往返京都與美濃之間，捎去道三的信，或是送些銀兩什麼的。

不知爲何，道三在北野的山裡與赤兵衛道別時，唯一沒吩咐他：

「把我的死訊告訴萬阿。」

這究竟是爲什麼呢？赤兵衛向來猜不透道三的心思。

赤兵衛領著道三託付給自己的兩名孤兒，逃出美濃，千辛萬苦到了京都。他們投宿在妙覺寺本山的塔院中，接連數日隱姓埋名打聽京都的各種風聞，終於得到美濃政變的消息。

「齋藤山城入道道三大人在長良川畔與土岐義龍決戰，道三兵敗身亡。」

（難道是真的？）

赤兵衛雖依稀抱著一絲僥倖期待，仍備受打擊，彷彿一下老了十歲。京都的消息稱，尾張的織田信長急忙趕往美濃相救，無奈在途中受到美濃兵的阻撓，最終未能趕到戰場。
（這是個笨蛋。就算精力旺盛，到底是缺乏頭腦和實力。）
赤兵衛對信長的不濟感到憤憤不平，不過現在說什麼都於事無補了。事已至此，只好按照道三的囑託，把兩個孩子送到妙覺寺本山出家為僧。
「這是山城入道大人的遺囑。」
他懇求道。道三生前就經常向妙覺寺本山佈施土地財物，寺裡欣然應允，挑了師傅，很快就剃度成為寺裡的小和尚。
赤兵衛也在同一天步入晚年生活。他不願意孤身一人飄零俗世，同兩個孩子一道削髮，披上墨染的僧袍，皈依佛門，終生守護兩人。
出家第二天，赤兵衛沿著京都的街道向西而行，前往嵯峨野。
萬阿就住在那裡。
萬阿早已不是油鋪的老闆娘了。七年前，她關了店鋪，在嵯峨野的天龍寺旁蓋了一座庵，出家為尼。
油鋪關閉與道三並無關係。自從幾年前開發出菜籽油以來，萬阿等老油商憑藉「大山崎神人」壟斷油座的資格而經手買賣的紫蘇油，被大量廉價生產的菜籽油取代，老油商也都逐漸沒落。
萬阿之前就看到紫蘇油的未來，早早關了店，在嵯峨野的天龍寺旁建庵買地，只是為了確保年老後的安逸。她並未受到沒落的影響，雖是出家之人，卻依然過著奢侈的生活。
只要一提到「嵯峨野的妙鶯大師」，洛中洛外無人不曉。這名尼姑出手闊氣，甚至曾把國內的歌舞伎召到庵裡獻藝。
赤兵衛來到庵前。
雖說是座庵，四周卻圍著結實的圍牆，雖小卻安裝著四腳門，進門後是兩棟下人居住的房屋，看來生活很是富足。
赤兵衛先去杉丸房裡，詳細描繪道三死前的情況。

杉丸聽後，歎氣道：

「那些傳聞看來是眞的。」

「有傳聞嗎？」

「這裡雖是京都的鄉下，但洛中不時有人來往，自然聽得到。不過，畢竟是傳聞，無根無據，還沒告訴夫人呢。」

「告訴她的話，一定會嚇一跳吧！」

「嗯，不好說。」

杉丸似乎很懂地側了側腦袋，他從年輕時就有這個習慣。也難怪。這十年間，道三從未回過京都，夫妻之間有名無實。萬阿夫人對這個虛幻的、神秘的丈夫道三，又會作何想呢？

（已經沒精力再生氣了，索性想通了，自己一個人過。）

這十年，杉丸如此看在眼裡。

「那好，杉丸，」

赤兵衛還是一副大剌剌的口氣：

「由我來說怎麼樣？」

「確實很難辦。」

杉丸爲難得很。他半輩子都守在萬阿夫人身邊，希望她快樂幸福，然而這件事情卻是非同小可。

「我想知道，」

杉丸道：

「美濃的老爺臨死前，交代你要傳話給京都的夫人了嗎？」

「嗯，交代過了。」

赤兵衛順勢撒了個謊。依他所見，道三之所以沒提到萬阿，一定是認爲就算自己不說赤兵衛也會告訴萬阿。

「那也只好這樣了。」

杉丸向萬阿傳話之後，領著赤兵衛到女主人的房裡，進了房間，對著裡屋緊閉的拉門道：

「赤兵衛大人來了。」

裡屋的萬阿，轉膝朝著門口，立起右膝。

然而，她並不讓人打開門。沉默片刻後，她開口道：

「庄九郎發生什麼事了嗎？」

她的聲音有一絲顫抖。也許是隱約有了預感。

「您怎麼知道？」

「就在十天前的凌晨，他好像回來了。我吃驚地招呼他，他卻立即不見了。應該是做夢了吧。」

「他已經遇害了。上個月二十日，在長良川河畔死於義龍大人之手……」

赤兵衛簡單描述了經過，停頓後情緒激動，不由得雙手捂臉哭出聲來。

「義龍大人，是那個叫深芳野的女子生的嗎？」

「是，正是。」

赤兵衛答道。萬阿依然在緊閉的拉門後保持著沉默。

房間四周靜悄悄的。

又過了一刻鐘，赤兵衛一直跪伏在門口等著萬阿發話，卻連一聲咳嗽都不曾聽見。

——如何是好？

他抬頭望著杉丸。杉丸傷感地點點頭，小聲道：

「還是退下吧！」

◆

同一年秋天，一名武士踏著嵯峨野的草地來到萬阿的庵前，登門求見。

年輕的男子。

稍帶棕色的頭髮梳成漂亮的髮髻，兩道薄眉下一雙星目，深不見底。稱得上美男子。

他腰間佩著不起眼的大小寶刀，朱紅色的無袖羽織下是一件印著格子花紋的和服，下半身穿著一條染色皮革裁剪成的裁著袴。只見他靜靜地走到圍牆邊，站在門口。

待到杉丸出來，這名氣質不凡的武士恭謹地問道：

「請問這裡可是妙鴦大師的庵室?」

杉丸回答是，武士又道：「我想見見大師。」

「不知您是哪位?」

「失敬了。我是美濃明智人，名叫明智十兵衛光秀。」

他表明自己是已故齋藤道三的親屬，前來轉達道三臨死前的遺言。

杉丸稟告萬阿後，萬阿欣然同意。

光秀被領到南邊一間能看見庭院的房間，在那裡等了一會兒。

(是個不錯的女人。)

他在美濃時略有耳聞。這次他遠上京都尋找萬阿的蹤跡，當他得知萬阿起了妙鴦的法名隱居在嵯峨野時：

(妙鴦——)

精通文字的他，也不禁對這名女子罕見的法名感到新奇。鴛鴦中的雄性稱爲鴛，雌性稱爲鴦。即便是落髮爲尼，也依然愛戀著俗世時的夫君。

(道三大人，罪孽不淺啊。)

他不禁歎道。雖說自己的姑姑小見之方是美濃的正室，聽聞後才知道這座庵的女主人才是原本的妻子。

不久，萬阿出來了。

她戴著白色絹帽，身上也是雪白的裝束，體態豐腴，完全不像想像中的枯槁。

「十兵衛是嗎?」

她未施禮便坐了下來。

十兵衛剛要按照規矩行禮，萬阿伸出圓圓的手掌道：

「啊，不用了吧!」

她笑容可掬。

「你看到了，我這一輩子，都不在乎什麼規矩方圓，只是照著性子來。既然你到了這裡，就不用講究那些了。」

一向謹小愼微的光秀不由一驚，不知所措之下只好望著女主人，想道：

（這名女子可眞是隨性之人，想必天生如此。）

他馬上放鬆下來，在萬阿面前開始滔滔不絕，連自己都感到很驚奇。

光秀的叔父光安，爲道三盡忠而死。

他逃出長良川河畔的戰場後回到明智城，一邊加固城池的防守，一邊小心翼翼地注視敵人的動靜。

義龍當上新國主後，不斷派出使者前來勸降，光安每次都堅決回絕道：

「我不僅是已故道三的姻親，還是他的老知己。我們共同度過了半生的時光。在殺害道三的義龍膝下俯首稱臣，我無法接受。」

無論左右如何勸告，他都不肯到稻葉山城朝拜。義龍無奈，只好於九月十八日派出一支三千七百人的討伐部隊，由長井隼人佐道利率領，不到兩天便攻陷明智城。

城池陷落前，光安喚來光秀叮囑道：

「爲道三殉死是我自己的選擇，不能因此而斷了明智一族之後。你趕緊逃走吧！」

光秀只有聽從，他帶著光安託付的遺孤逃出城外，暫時在西美濃府內的領主山岸光信的城館裡躲避了一陣，把眾遺孤安置好後，自己孤身一人上了京。

「這些血淋淋的事情，您一定不愛聽吧？」

十兵衛光秀道：

「不過我倘若不講，您就不知道我和亡去的道三大人是什麼關係。」

隨後，光秀又一口氣講起自己的生平。連他自己都不清楚爲什麼。

他講到自己年幼時就拜道三爲師，受到道三的寵愛，傳授自己學問、武術、戰術和藝術，雖說是道三手下之臣，卻被視若愛徒。

「難怪你說話的語氣、相貌舉止，都和我丈夫年輕時有幾分相似呢。」

萬阿不無感慨地上下打量著光秀的臉。

「那個人，對尾張的信長大人也是喜歡得很呢。」

「確實不假。」

光秀微微點頭，沒再說什麼。只是，聽到信長的名字，他不由得想起濃姬。然而自己已經淪爲一介牢人，這些人和事，距離自己實在是太遙遠，遠得太不現實了。

太陽開始西移，光秀這才發覺自己已經停留了很長時間，驚道：

「我想多講講道三大人的事，話不由得說得太多了，天色已經不早。」

「不用多慮。」

萬阿回答：

「我更喜歡聽你講你自己的事情。」

「哪裡哪裡，道三大人……」

「道三大人那個死鬼，在美濃怎麼混，又是怎麼個結果，我壓根兒不想聽。」

「這？」

光秀滿臉不解之色：

「這又是爲什麼呢？」

「齋藤道三這個名字，對我來說根本就是個陌生人，更說不上是丈夫了。」

「可是……」

「當然不是。萬阿的夫君是油商，名叫山崎屋庄九郎，年輕時去了美濃，時不時回京都來。至於他在美濃幹什麼，和萬阿沒有半點關係。所以，關於山崎屋庄九郎的事我可以聽，那個齋藤——對了，叫什麼來著？」

「道三。」

「對，對，叫這個名字的人，就算和山崎屋庄九郎同屬一人，對萬阿這輩子來說，也是個毫無瓜葛的人。」

「您這話太讓我意外了。」

「不過，山崎屋庄九郎老爺每次回來都會說，萬阿我要當將軍了，到時候就把你接到宮裡什麼的，其實想想，世上再沒有人比他更有意思了。」

說到「世上再沒有人……」這裡時，萬阿雖然仍微笑著望著光秀，眼中卻盈滿淚水。

萬阿又挽留光秀在庵裡住了幾天，光秀告辭時，她一直送到庵門口。

「你要去哪兒呢？」

她問道。

「並沒什麼打算。」

光秀回答，自己只想浪跡天涯增長見識，萬阿的笑容凝固了，她緊盯著光秀道：

「男人真是不易啊！我看你的樣子，也想奪天下吧！」

「哪兒的話，我才沒有那麼大的雄心壯志。離開美濃，就像是從樹上掉下的猴子一樣，一文不名的牢人而已。」

「牢人才可怕呢。山崎屋庄九郎起先就是妙覺寺的法蓮房，後來逃出寺還俗時，身無分文便在京都闖蕩。」

「但願吧，」

光秀微微笑道：

「能有法蓮房的福氣就好了。」

他轉身沿著門前的小路向東邁開大步離去，連頭也沒回。

朽木谷

光秀踏著落葉一路北上，來到琵琶湖以西的山區。

時值弘治二年的冬天。

就在這一年，恩師道三戰死沙場，明智一族沒落，光秀自己也變得無家可歸。

（今年眞是多災多難啊。）

光秀越是這麼想，越是感到前途茫茫。

（以後怎麼辦呢？）

應該擇主而仕才對。只是身在亂世，他不甘心屈就於碌碌無爲之人。最理想的是能夠走遍天下投靠到某位英雄豪傑門下，從而改變自己的命運。

只是——

光秀的渴望遠不止這些。身爲武士的他飽讀史書文學，立志要成爲諸葛孔明或文天祥那樣的人物。這些人爲了復興王室、保衛國土傾盡心血，死後也在青史上留下光輝燦爛的篇章。

看看諸葛孔明和文天祥，光秀想道，名字就充滿詩一般的高雅格調。身爲男兒，一定要有所作爲。

應該如何理解光秀呢？他渴望自己的一生能像一首詩，歸根結底源於他的心志——男人當中的有志之士。明智十兵衛光秀本人，無疑也知道自己是這麼一種類型。

因此，僅是侍奉主人難以得到滿足。他夢想的未來，更加刺激、更加壯大、更加轟轟烈烈。

（像我這麼厲害的人）

他頗爲自負：

（只是尋找主子的話，一兩千石的俸祿豈不是唾手可得。）

倒也不是吹牛。

他掌握的技能中，光是鐵砲之術就足以換來兩千石的報酬。尚在年少時，道三就教導他：

「以後都要靠鐵砲了。」

他從堺市購來鐵砲，交給光秀反覆練習。如今的光秀，甚至可以站在二十間（近三十五公尺）開外，射中樹枝上掛著的縫衣針。從火藥的製作方法到戰場上指揮鐵砲部隊等，光秀掌握了這種新兵器的所有知識，足以發揮威力。遇上獨具慧眼的大名，就算用一萬石來評價光秀的這項才能也不爲過。

此外，光秀還精通槍術和劍術，熟讀古今兵書，通曉城池的營建，無論在哪一方面，天下之大恐怕也沒有幾人能與光秀齊肩。

他有這個自信。

（可不能賤賣自己。）

他琢磨道，既然自己天資過人，比起區區一個大名，他更想做出一番事業，流芳百世。

那麼找誰作爲對象呢？

把志士的一腔熱情用在哪裡呢？

光秀逃出美濃後一直在苦思這個問題，終於找到答案。

那就是足利將軍家。

光秀上京後停留數日，前往將軍居所室町御所和二條館打探了一番。那裡已經變成一片廢墟，住著幾個不明來歷的鄉間武士。

京都受三好長慶的掌控，他手下的阿波兵在城內橫行霸道。提到三好長慶，從將軍家來看，只是個無名小卒而已。

將軍不在京都。

他被驅逐出境後流亡在外。

「將軍殿下現在何處？」

光秀在京都期間，只要一有機會就到處打聽，卻無人能夠答覆他。只有萬阿，到底曾經給幕府機構裡供過油，透露道：

「聽說在近江的朽木谷。」

她還說：

「朽木谷地處深山，腿腳不麻利的人可去不了。」

（到朽木谷去看看。）

光秀下定決心。將軍藏身在豺狼虎豹出沒之地，光是這一想像就合乎光秀的胃口。

朽木谷。

位於琵琶湖西岸的裡端，湖面佔據大半個近江，湖東地勢平坦，湖西卻是綿延不斷的山脈。

安雲川從這些山脈的溪谷中穿過，朽木谷就位於這條河的上游。

山幽路遙，卻有路通向京都，另有山道通向若狹，地名很早就廣爲人知。

自稱爲近江源氏分支的朽木氏在此建城居住，已過數代之久。

（看來這裡不會受到時局的影響。）

光秀一邊想著，一邊順著安雲川的溪谷向北攀登而上。滿山的落葉已是一副冬天景象，這裡的秋天想必是楓葉醉人吧。

（簡直就是世外桃源。）

光秀歎道。朽木氏之所以能在亂世中保全自己，多虧了這個遠離塵世的山谷。

這裡要提一下朽木氏。

正如光秀所感，朽木氏之後也安然躲避開戰國的風雲，德川幕府建立後位列諸侯，又分出數支，成爲將軍之下的旗本，以六千石位居其首直至明治時期。

足利將軍家每逢京都發生叛亂，便會躲到朽木谷避難。光秀出生的享祿元年（一五二八）將軍義晴，道三建造稻葉山城的天文八年（一五三九），將軍義晴、義藤（後來的義輝）父子都曾寄居在此，當今的十三代將軍義輝帶著幾名近臣正隱居此地。

朽木氏的當主稙綱雖年事已高，卻以自己能夠親手保護落魄的日本武家之首將軍爲榮，在城裡建了一座小小的公方館供義輝將軍居住。

光秀來到朽木谷。

這裡的村落名爲「市場」，雖在山中，卻是炊煙裊裊，稱得上是朽木谷的首邑。

天色逐漸暗淡。

他找了一戶農家，遞上銀兩朗聲道：

「途經此地，可否借宿一晚？」

這家人十分熱情，拉著他的手進了門，當家的還讓出火爐旁的上座。

「客官從哪裡來？」

「美濃。」

光秀早已習慣遊子生活，臉上一直帶著微笑。出門在外的人最忌諱不通人情，否則反倒容易讓人懷疑。

山村向來缺少娛樂，講述各國的傳聞一定會大受歡迎。光秀挑了一些美濃和京都的風土人情娓娓道來。

很快，火爐上架起一口鍋，燉著豬肉湯。

「聽說朽木大人的城館裡，住著將軍殿下呢！」

「時運不濟啊！」

當家的詳細描繪一番將軍的日常起居。他的手下好像只有五個人而已。

「五個人嗎？」

光秀凝視著半空，不禁熱淚盈眶。

他向來多愁善感。

「日本堂堂的一國之主、征夷大將軍，居無定所，四處流浪，身邊只有五個人伺候，實在是……」

「生不逢時啊！」

當家的似乎受到光秀情緒的感染，也開始吸著鼻子。

「朽木大人的城館在哪兒呢？」

「就在林子那邊。」

「不遠吧？」

當家的直點頭。

「我身為武士，能見一次將軍殿下此生足矣。」

「不過，這……」

當家的雖心地善良，也不禁狐疑地上下打量著光秀。將軍說是人，不如說是神。即使再怎麼落魄，起碼也要大名才能參見。美濃來的區區一介牢人，別說參見了，就連跪拜可能都不夠格。

「癡人說夢而已，當我沒說過好了。」

「此人真是個好人啊！」

當家的盯著光秀心想。如今，天下的武士早就忘了京都還有個將軍，互相殘殺爭名奪利。此人卻千里迢迢來到朽木谷，為將軍的不幸處境潸然淚下。倘若不是好人，又怎會有如此舉動呢。

家裡的其他人也都這麼看。

坐在光秀身邊為他斟酒添飯的少女，也深深被光秀的人品打動。

「您儘管喝吧！」

她不停勸酒，帶著當地的口音。

光秀向來謹慎禮貌。

雖說是在普通的農家做客，他卻像造訪貴人府上一樣，坐姿端正，彬彬有禮。每斟上一杯酒，他都要點頭謝過：

「不敢當。」

他的一舉一動、一顰一笑都滲透到少女的心裡，她不禁感覺到心底起了某種悸動。

少女名叫志乃。

按照這裡的風俗，不僅是這裡，到處都有這種習俗，她今晚將要陪伴這名過路人。

到了就寢的時間。

光秀被安排在大堂北邊的一間房裡休息，不久聽見門響，志乃端著蠟燭進來了。

「志乃姑娘嗎？」

光秀躺在褥子中望著移動的燭火。志乃沉默著跪坐下來。過了一會兒才開口道：

「我來陪您說說話。」

光秀未作回答。

他在這方面也一向懂得自律，旅途中即便有這種機會，他也總是委婉回絕。今晚卻不同，他渴望女人。

自從他踏上朽木谷這片土地，對流亡將軍的離愁卻是有增無減，裹在被褥中仍覺得身體燥熱、心頭濕潤，四顧清冷。不知爲何，他無法忍受隻身一人度過這個漫漫而冰冷的長夜。

「你過來。」

光秀清晰地喚道。少女在他身邊躺下。

「我的腳很冰吧。」

少女有些羞澀。

「我幫你偎熱吧。我可是熱量很足，冬天只穿一件單衣就夠了。」

「和您的長相挺不相稱的。」

「我看上去很冷漠嗎？」

「剛開始有點兒——不過圍著火爐說話時，覺得就像個善良的哥哥。」

說著，少女突然縮緊了雙腿。

光秀的手伸向她。

「講個故事聽聽。」

「還是明智君來講吧。」

「男人在床上是不講話的，閉著眼睛才能享受女人發出的各種妙音。」

於是，少女講起村裡的事情。

「有件事很可怕。」

「哦？」

「這裡出了個妖怪。」

志乃說：

「在村裡的明神神社裡，好幾個人都見到過。」

旅途中經常有這樣的傳聞。都當眞的話，那麼每個村裡都住著一隻妖怪，天下之大，豈不是有幾百萬隻妖怪在夜裡出來作怪了？

「妖怪長什麼樣？」

「說是化成武士的貓怪，每晚都會到廟裡偷油吃呢。」

「什麼？偷油吃？」

這種傳聞已經見怪不怪，光秀不由得笑了起來。

「這些事情都是騙人的。」

他不再繼續這個話題，只是沉默著在少女身上摸索。

少女也不再往下說。漸漸地，她的身體開始濕潤。

「志乃，」

光秀抱緊她：

「你好好聽著，我是美濃明智鄉的明智十兵衛光秀。直到今年九月，我還是美濃的一座小城之主，加上族人家丁也有七百人。現在已經沒有了，只是一介牢人而已。但是，將來你肯定還能聽到這個名字。」

「……？」

「可不是一般的血統。」

光秀接著說：

「來自土岐源氏，家紋是桔梗。」

「……」

已經被侵入領地的志乃，不明白這個男人爲何偏要在此時，就像武士出陣時一般自報家名。

「你要記住。」

「是。」

「將來萬一有了孩子，你就來找我。記住了嗎？」

光秀叮囑道。少女這才明白過來。這個男人還真是考慮周到，事先聲明倘若有了孩子，自己願意承擔父親的責任，才進行男女之事。與其說他心思縝密，不如說他的性格極其自律。

「志乃，交給我吧。」

光秀呢喃道，志乃在黑暗中微微點頭。後來，志乃長大成熟，想起這件事，才發覺光秀真是個細心的男人。總之，志乃眼中的光秀，乍看是個舉止文雅的公家子弟，仔細想想，卻是位與眾不同的男子。

清晨，志乃在光秀的懷中醒來。他溫和的外表下藏著熱情的火焰。

第二天，光秀並沒有離開的意思，他掏出橡樹葉般大小的銀片遞給當家的，說：

「我喜歡這裡，還想再逗留幾天。」

家裡人自然也無異議。

到了黃昏，光秀忽然問道：

「志乃，你昨晚說的妖怪，是在明神神社嗎？」

光秀雖不信這種怪事，然而他想弄清楚這件事使眾人信服，以方便自己接近朽木館。

「今晚我去看看。」

林中妖怪

光秀沿著石階直奔明神神社。

林中樹梢上掛著一輪彎月，就像一把鐮刀。

（等等。）

光秀途中彎下腰去。倒不是發現什麼，是草鞋的綁帶有些鬆了。

他的後背吹過一陣涼風。樹上的枯葉被風捲向夜空，又被甩向林中，發出簌簌聲響，聽上去就像下起豆大的雨點似的。

（眞是不辭勞苦啊。）

他安慰著自己，在這夜深人靜時還要孤身一人來到林中。

（但願能碰到妖怪。）

光秀繼續爬著石階。只要發現妖怪，揭露他的底細從此不再作怪，光秀就可以接近朽木谷中流亡的將軍，即使無法接近，也可以從中獲得機會。

（無名牢人，也只有用這個辦法了。）

年輕人就得多行動。凡事付諸行動才能抓住機會，死去的道三曾如此教導光秀。光秀深信不疑，才會來到朽木谷。將軍在這裡，爲了接近將軍，光秀採取除妖這一奇妙的行動。

（將軍的日常生活中一定缺少新鮮話題。流浪的牢人除去妖怪——這件事一傳開，明智十兵衛光秀的大名一定能傳到將軍耳中。）

（妖怪，你一定要出來啊。）

光秀拾階而上。就算是妖怪，也可能為光秀帶來一生中難得的機緣。

他進了社門。

社殿中透出一盞燈光。

光秀踏著青苔滑到大殿前，撫劍觀察著四周，很快便鬆了劍柄。

（看來不會來了。）

他大步走向社殿，躍上走廊打開格子門。

燭火搖曳。

（今晚就歇息在此吧。）

尚不清楚社殿上供奉的是何方神明，光秀繞到神壇背後，只管鋪好稻草躺下來。

迷迷糊糊地挨到天亮。

清早，他回到志乃家中。

「怎麼樣？」

志乃向這個好事的牢人打聽結果。光秀溫柔地笑道：

「沒出現。他每晚都會來嗎？」

「聽說是啊。他是來偷神燈裡的油吃的，當然會每天都來囉。」

「此話怎講？」

「肚子餓了呀！」

光秀笑了。志乃雖是成年女子，卻仍童心未泯。

「也是，妖怪也會肚子餓的。」

「就是嘛。」

志乃一本正經地點著頭。

「晚上我再去看看。」

「討厭。」

志乃臉上稍有怨恨。她想說的是，今晚你也不和我親熱嗎？

「妖怪有那麼好嗎？」

「挺有意思的。」

「什麼地方呢？」

「我是被趕出家園的天涯孤客。恐怕也只有妖怪，才願意搭理我這個被世間拋棄的一介牢人。」

「志乃也願意啊！」

「謝謝，」

光秀伸手捏了捏志乃的下巴：

「志乃確實對我很好。不過，男人總不能沉迷於夜裡吧！」

這天晚上，光秀又來到社殿。

（今晚我就不睡了。）

光秀坐在神壇後面。過一會兒，初更的鐘聲響起，隨後傳來踩著落葉的腳步聲。

（來了。）

光秀屏住呼吸，抓過大刀。

吱呀一聲，格子窗被抬起，然後是落地的腳步聲。有人進到社殿裡。

（比想像的個子要大啊。）

從動靜和聲響判斷，此人身材高大。傳來一陣窸窸窣窣的響聲，想必他正在碰盛油的碟子。

很快，格子窗嘎噠落下，妖怪已經出了社殿。

光秀立即轉到神壇前，隔著窗戶望著正要離開的妖怪。

妖怪的背影一身武士打扮，體格魁梧。

「等等！」

光秀大叫道。

武士猛地一回頭。

「不許動！」

光秀喊道，他一腳踹開格子窗躍身而出。

「來者可是每晚到廟裡偷油吃的妖怪？」

「你又是何人？」

妖怪說，他小心翼翼地把盛油的碟子放在地上，嗖地拔刀。

光秀也拔了刀，從走廊上跳下來。

他想取對方性命。

光秀藝高人膽大。他雙手揮刀上前，刀鋒直指雲霄，到了跟前騰空一躍，嗖地就向對方的頸項砍去。來勢兇猛，一般人怕是早就頭顱落地了。

妖怪卻紋絲不動，硬生生接了一招。雙刀相碰，頓時火花四濺。

兩人相持不下。對方似乎對自己的臂力頗有自信，不但不見退後，反而直逼過來，局勢千鈞一髮。

對方身材高大，臂力驚人，光秀明顯處於弱勢。他正想後退，對方的刀勢卻讓他動彈不得。

有個主意。

光秀試著從左側刺對方的手掌。對方果然中計——想必在劍術上略遜光秀一籌——重心轉移到右側面，正中光秀的下懷。他借對方的力道向左邊躲閃，稍一站穩後即刻從左方刺向敵人的面門。

對方不敢大意，馬上揮刀接招，光秀乘勢逃開。

他躍到六尺開外，正面對著敵人擺開架勢。

正在此時。

「奇怪。」

他不禁自言自語道。剛才和對方舉刀對峙時，覺得對方的臉並不像妖怪。

光秀這句話問得不合時宜。

「喂，你是人是妖？」

「人。」

對方卻從容地答道。想必此人一定不同尋常。

光秀連忙解釋道：

「村裡風傳有個妖怪，」

「老到神壇前偷油吃。難道是你？」

「正是，是我偷的油。」

武士回答道。

「這是爲何？」

光秀接著問道，語氣已經不似剛才那般凌厲。他已經注意到其中的誤會。

對方似乎也察覺到了，緩緩收起刀鋒。

光秀一看，便把刀收回鞘，輕輕點頭道：

「方才失禮了。」

對方也收刀回鞘。

「明白了。」

對方聽光秀道過原委後，大方地表示諒解。

誤會了對方的光秀於是自報家門。

他需要對方理解，自己乃出自美濃的名門之後。對他而言，身爲一名四處流浪的無名牢人，能顯示自己存在的，也只有自己的出身了。

明智氏確實是土岐氏的分支。祖上出自清和天皇。自從源賴光的第十代孫子土岐賴基之子彥九郎定居美濃的明智鄉以來，便改姓爲明智。光秀便是彥九郎的曾孫。

然而，光秀剛說了句：

「鄙人乃美濃明智鄉所居明智十兵衛光秀。」

對方便點頭道：

「呃，是土岐的明智啊！」

對方似乎很熟悉明智氏的由來。

「這次道三大人不幸沒落，很是可惜啊！」

對方接著說。如此通曉各國武家家譜與盛衰情況，此人一定來歷不凡。

「敢問閣下是？」

「我是將軍身邊的侍衛，人稱細川兵部大輔藤孝。」

「請恕鄙人有眼無珠，多有得罪！」

（能遇上此人運氣眞不錯。）

光秀心想。

「只是，您身爲將軍侍衛，爲何要到這種鄉下的廟裡來偷油？」

「晚上的燈油不夠用。」

藤孝朗聲笑道。

「我偷了油，回去挑燈夜讀。將來若有成就，想必神明也會原諒我吧！」

「一定會的。」

看來此人酷愛讀書。

二人沿著台階下山。

細川藤孝解釋道，白天要陪伴將軍左右，因此只好夜裡等將軍睡下後才能看書。

「晚上看書是要花錢的。」

細川藤孝爽朗地笑道。沒有這筆開支，只好來偷明神的燈油。

（看來將軍比想像的要困窘。）

通過此事也能知曉一二。保護將軍的朽木家算不上很有勢力，也無法提供豐厚的生活費吧。

光秀一向感情豐富，聽到這裡早已熱淚盈眶。

「恕我斗膽，」

他說：

「鄙人聽說將軍藏身在朽木谷，本想遠遠參拜將軍的居所，沒想到處境竟是這般艱難。」

「寄人籬下啊！」

細川藤孝道：

「無奈得很。」

光秀點頭又道：

「提到征夷大將軍，是我們日本武士之統帥。如今統帥落到如此落魄的田地，眞不是滋味啊！」

「生在亂世啊！」

「眞想平定天下之亂，恢復將軍家往昔的榮耀，創造一個萬民安樂的太平盛世啊！」

「你這種人還眞是少見啊！」

細川藤孝著實吃了一驚。他反覆端詳著光秀歎息不已。沒想到群雄割據的年代，還有人如此殷殷期待著將軍家的復興。

而且此人絕不是普通的鄉間武士，從他的談吐就能感覺到良好的教養。

（不是一般人。）

細川藤孝斷定。

下了山，兩人分頭告別時，細川藤孝說道：

「今天得一知己，明日請來寒舍小坐如何，咱們好好一敘。」

「哪裡，鄙人求之不得。明天定當拜訪。」

兩人約好後分頭回家。

在回志乃家的路上，光秀覺得自己好像一下就升了天似的。

（這次的除妖堪稱奇遇啊！）

光秀又想到兩人的緣分起源於燈油，不禁歎道：

「眞是不可思議。當初道三大人也是入贅到油商奈良屋，辦起山崎屋，一路賣油到了美濃。雖說是姻親關係，都和油有關也太過巧合了吧。」

只是自己和道三的野心卻截然相反。道三一心想推翻傳統守舊的足利時代的秩序，憑藉實力在美濃建立起新的王國，光秀卻要在亂世當中復興已經衰弱不堪的足利幕府。

光秀抬手敲門，志乃出來開了門。看到光秀早早回來，她不由得驚訝地問道：

「怎麼樣了？」

光秀笑答：「也不知道妖怪會不會出現，恐怕自己再等下去會凍死，於是就回來了。」

他看上去春風滿面。

（這人眞奇怪。）

志乃眼中，尙看不穿男人爲何物。

光秀讓志乃燒水洗過手腳後，便回了屋。

很快志乃就來了，她揭開被子的一角鑽了進來。

「我的腳很冰吧？」

她重複著前天晚上的話。志乃的腳確實有些冰涼，光秀卻親切地用自己的腳攬過她的雙腳：

「我來給你偎熱。」

他的動作不帶有任何的猥瑣，而是與生俱來的溫柔。

「將軍的貼身侍衛中，是不是有個人叫細川兵部大輔藤孝？」

光秀腦子裡全是此事。

「年紀很輕嗎？」

「嗯，很年輕。個頭很大。」

確有此人。志乃想起來了。

不僅在作詩和學問上頗有造詣，還是位力大無比的勇士。

「有一天……」

志乃講起一件小事。一天，將軍帶著五名侍衛上山，回來時有隻牛擋在路中間睡覺。幾名侍衛試著用各種方法想把牠趕走，牛卻紋絲不動。

「這時那位勇士，他抓住兩隻牛角，硬是把牠拖到田埂上，然後拍打著身上的塵土，連大氣也不喘。」

「有意思。」

光秀道。他指的並不是此人的力氣之大，而是拖牛這種粗魯的、異樣的，可以說是冒失的行爲，說明此人與眾不同。缺乏這一點，細川藤孝也只不過是個愛好學問的武士，還不足以讓光秀產生興趣。

（人生有這麼一位朋友也不賴。）

光秀的情緒高漲。

細川藤孝。

後來號稱幽齋，與其子忠興一道將細川家發揚光大，成爲江戶時期肥後熊本享祿五十四萬石的大名。忠興的妻子即光秀的女兒，洗禮後的名字叫做伽羅奢，後來因爲別件事情廣爲天下人所知。然而此時的光秀，自然無從預料這次的緣分會延伸到遙遠的將來。

桶狹間

光秀浪跡天涯時，信長正在尾張的清洲城裡。

正如癡者一念，他正勤於和國內的其他豪族爭奪地盤。

濃姬看在眼裡，心想：

（先不論他是否是天才，著實很勤奮。）

信長時常嘟囔著：

「我要攻打美濃爲蝮蛇報仇。」

卻遲遲不能實現。美濃兵強馬壯，濃姬的義兄、同時又是殺父仇人的齋藤義龍巧妙地籠絡國內的人心，信長尚且不具備從尾張前去討伐的能力。

此時信長的版圖被統稱爲「尾張半國」，嚴格說來尚且不到半國，而是五分之二左右。按照豐臣時期的石高法計算，尾張的總收穫量是四十三、四萬石，信長的統治範圍不過十六、七萬石而已。就兵力而言，只有四千人左右。勢力弱小。

不言而喻，給蝮蛇報仇的事情，還是遙遙無期。

結果，還等不到攻打美濃，織田家正承受著來自東部猛獸的巨大威脅。

駿府（靜岡市）的今川義元有了動靜，就像巨龍從睡夢中醒來。

今川義元以駿府為都城，佔據著駿河、遠江、三河三國，是擁有百萬石的一大勢力，兵力也不下於兩萬五千人。

義元今年四十二歲。

今川家原本是足利尊氏創業時期的大名，是僅次於將軍的名門望族。與中途出道的大名織田家不同，他們在東海地區深受軍民的愛戴。

——假如京都的將軍家斷了血脈，將由吉良家來繼承，如果吉良家也沒有合適的人選，那麼就將輪到駿府的今川家。

以上有關足利隆盛的傳說，至今東海道一帶的軍民仍然深信不疑。

今川不僅身為名門，還擁有龐大的領土和軍事力量，恐怕是那個時期天下最大最強的大名之一。

因此，駿府被稱作小京都一點也不為過。

不少公卿都從京都搬到城下居住。義元的生母原是中御門宣胤之女，義元的妹妹也出嫁到山科家。

然而，包括山科家在內，這個時代的宮廷官僚已經無法在京都維持生計，便大舉搬到駿府，在今川家的庇護下生活。

義元主宰著整座小京都城。城下連一般百姓中都盛行圍棋，這種娛樂信長之輩連見都未曾見過。

此外，駿府城裡還頻繁地舉行和歌、蹴鞠、彈弓、香道等各類集會，幾乎每日都大擺酒宴。

義元也不是等閒之輩。

他素有教養，氣宇不凡，具有身為駿遠三三國的領主所應具備的資質，只是過於附庸京都文化。

他喜好公卿打扮，雖是武家卻梳著公卿的髮髻，剃去眉毛後畫上柳葉眉，齒染黑漿，臉施薄粉。

前面講過，他的年紀四十有二。

正是「音樂歌舞也有些膩了」的年紀。到了這個時期，開始追求權勢。

「上京都豎旗擁立天子將軍，謀天下之政治。」

義元揚言道。也就是說，他要復興名存實亡的天子、將軍的權威，自己坐鎮天下。寄居於他籬下的那些公卿和文人墨客，都紛紛勸他：

「請重振京都。」

他們盼望有朝一日能離開地方，重返京都。擁立義元統一天下是最快的捷徑。

「憑我的實力，還不是輕而易舉。」

義元心想。事實上也的確如此。他開始熱衷於這項與他年紀十分相稱的奪權遊戲，並在永祿三年（一五六〇）五月一日這天，毅然將此事昭告天下。

按照新曆的話，也就是六月四日這天。東海道的天氣進入盛夏季節。

信長的領土處於沿途，任誰來看，都不是擁有將近十倍兵力的今川的對手。

——駿府的今川義元開始準備揮軍上洛（戰國時代特指大名率軍開進京都、宣示霸主地位的軍事行動，編按）了。

信長接到這個消息時，並未感到十分意外。儘管他手中的棋子都處於劣勢，只有一樣，讓他尚且保留一絲自信。

——義元曾是先父的手下敗將。

父親信秀在世時的天文十一年（一五四〇），信長年僅九歲，信秀在三河的小豆坂與今川義元交戰，大獲全勝。如果沒有這一前例，即使是這個天不怕地不怕的年輕人，恐怕也會嚇破膽。

「能打贏嗎？」

濃姬問他。

「不知道，不過先父勝過他。」

信長簡短地答道。

然而，畢竟和父親的時代不同了。織田信秀在尾張頗有威信，加上他的活動能力和英勇善戰廣受稱頌，尾張國內的豪族紛紛倒向他這邊，兵力多少也能和今川拚個上下。

如今卻不同。

「傻瓜公子」的稱謂使他備受嘲諷。

若是正常人，一定會想：

「讓他當上國主織田家就毀了。」

因此，尾張國內非織田派的豪族都暗自與今川方面私通，從今川義元的角度來看，自己還未踏出駿府一步，前線就已經推進到了尾張。

永祿三年五月十二日，義元率領大軍兩萬五千人從駿府出發。他的先遣部隊和偵察隊十五日出沒於池鯉鮒，十六日大軍到達岡崎，十七日出沒於鳴海，十八日大軍到達沓掛。

尾張沓掛的西邊，有織田家最前線的兩個砦（城寨），分別是丸根砦和鷲津砦。翌日十九日，兩軍就該首次交戰了。

義元命令大軍在沓掛紮營，進行部署，準備第二天十九日進攻。

「織田的砦簡直就像隻蒼蠅般不堪一擊。」

義元根本沒把織田放在眼裡。

義元將大軍分爲四支。一支五千人的部隊繞過兩座砦直奔織田的大本營清洲城，直接威脅信長。義元親自率領五千人隨後。另兩支部隊各兩千餘人，對付兩座砦。其中統帥進攻丸根砦的兩千五百人隊伍的松平元康，就是年輕時的德川家康。另部署預備隊三千人馬，防守今川軍隊的前線要塞鳴海城和沓掛城。單是從作戰部署和兵力上來看，恐怕沒有任何一位軍事家會懷疑今川軍隊必勝的局勢。

——今川方面正駐紮在沓掛，準備進攻。估計明天一早就會發起總攻擊。

當天夜裡，清洲城的信長接到探子來報。

「來了嗎？」

此時信長正在濃姬的房裡。

他還穿著平常的衣服。

「立刻召集重臣。」

他下令後，轉身出門。濃姬端正坐姿，微微頷首相送。信長的行動敏捷利落，勝過常人，然而這回究竟有多大的勝算呢？即便她如此瞭解信長，此刻也不禁有幾分狐疑。

（他會怎麼做呢？）

這個道三的女兒心想。

信長到了大廳。重臣們已經在此等候，昏暗的燭光照射在眾人的臉上。

信長入了上座。

「說說你們的想法。」

他一聲令下。

老臣林通勝帶著一副不容置疑的表情，沙啞地表達了意見：

籠城。

可說是常識。敵人沿途部署的兵力號稱四萬（實際爲兩萬五千）。而己方的兵力，除去前線的丸根、鷲津兩砦後還不足三千。

「出城與敵人進行野戰十分不利，應該守在清洲城中抵抗敵人的進攻才是。」

信長兩眼望著別處，沉默不語。

其他的重臣都沒有異議。眾人都認爲，只有採取林的這個方案了。

信長挪了挪身子。

似乎牙裡塞了東西，他呲地咧了咧嘴，說道：

「我不同意。」

他接著說：

「自古以來，恃城而戰者都沒有出路，多數不戰自亡。籠城會使士氣消沉、心生膽怯，最終有人變節。先父說過，打仗不能賴在城裡，應出城迎戰。」

先父的確如此教誨過他。

「生死有命。我已經決定出城迎戰，願意的人就隨我一道。」

他並沒有說，「那就出發吧」。也沒有部署軍隊。他只是表達自己的決心後便解散會議，讓眾人各自回府，自己則再度回到濃姬的房間，仰面躺下。

夜已深。
（他到底要幹什麼？）
濃姬滿腹疑問。
而信長表現出的行動，只是躺下盯著天花板發愣，似乎在思考著什麼。
其實他並不是在思考，也沒什麼東西可讓他思考的。他只是睜著雙眼，在心裡說服著自己。
（不能貪生怕死。）
他想。從濃姬的方向看去，信長的臉十分奇妙，就像白蠟做成的佛像，晶瑩剔透。
（眞是俊俏。）
濃姬不由得暗暗驚歎。信長將全身的氣力都集中在死這件事上。他的臉，從未像現在這麼莊嚴肅穆過。濃姬屏氣注視著他，她感覺到一種無名的恐懼，似乎自己窺視了原本不應看的神靈之物。她的身體微微戰慄著。
信長很快恢復常態，這才發現濃姬就在身旁，驚道：
「阿濃，有事就叫醒我啊！」
說完，他疲倦地睡去。
凌晨兩點。
「今川開始攻打丸根砦了！」
送信的人一路跑過來彙報。
「來了？」
信長一躍而起。
他飛奔到走廊上，大喊：
「吹號出陣！」
經過跪在走廊上的老女阿菜身邊時，他又問道：
「現在幾點了？」
「已經過午夜了。」
阿菜茫然地答道。一向要求彙報準確數字的信長此時僅僅說了一句：
「是嗎？過午夜了？」
便點頭離去。對他而言，任何數字都不帶有任何意義了。他手下的兵馬，都少得可憐。

「拿盔甲來！放好馬鞍，還有泡飯！」

他一路嚷嚷，進了大廳。

「嗚鼓！」

信長命令道。只見他逕直走到大廳中央，側身向東，啪的一聲打開銀扇。

他開始吟唱起那首拿手的歌曲，翩翩起舞。並不是為了讓人觀賞。他只是通過這一舉動來表達自己決心赴死，並勇敢挑戰死亡的身體裡的躁動。

信長載歌載舞。

人間五十年　不過渺小一物

看世事　夢幻似水

任人生一度　入滅隨即當前

他重複了三遍，舞畢，小姓拿來盔甲給他穿上，很快地準備就緒。

信長走向上座。那兒擺著軍用的案几。他坐了下來。

面前擺著三方。裡面放著出征時的吉祥物海帶和勝栗（譯注：與「勝利」諧音）。信長隨手拈起一粒，扔進嘴裡。瞬間他已經飛奔出去。

「跟我來！」

他大喊著出了玄關，翻身上馬而去。跟在後面的只有七、八名小姓。

穿過城裡到達大手門時，柴田權六勝家和森三左衛門可成等一百餘人正等候在此。

「權六、三左衛門，你們跑得挺快嘛！」

信長表揚著穿過隊伍，一群人爭先恐後地急忙跟上。

夜黑風高。

高舉的火把在前往熱田的街道上閃爍，沿路人家只聽到一團逐漸遠去的馬蹄聲，不知道發生了什麼事。

這名年輕人對政務並未表示出特別的熱情，他的「不語自威」卻是家喻戶曉。只要有人違法則絕不留情面，家人和領民都熟知他的性情，來自國外的行人只要進到信長的領地，把行李扔在路邊呼呼大睡也不用擔心會被偷盜，商戶農戶夜裡睡覺都不用上鎖。可以說是亂世之中罕見的國泰民安。

另外，尾張本來就土地富饒，再加上尾張南部推進填海開發水田，領民的生活相較於其他領地更加富裕。社會秩序自然安定，軍事力量和經濟力量也頗有實力。當然這些並不是出自信長的功勞，而是生他養他的尾張這片國土上大自然賜予的恩惠。此刻，信長正在這片幸運的國土上，揚鞭疾馳著。

信長中途幾次勒馬原地等候著跟上來的將兵，然後再次趕路。他佩戴的佛珠不知什麼時候斜落在肩頭。

不知不覺間天色已亮。到達熱田大明神宮時已經是上午八時。信長停下來休息片刻。不一會兒，傳來一陣馬蹄聲，又有二百餘人追了上來。等的時間越長，趕來的人越多。

……………………

話說沓掛城中的今川義元，天亮時起床，第一次穿上盔甲。

他的一身戎裝可謂耀眼奪目。胸衣上披了一件紅緞質地的陣羽織，頭盔上鑲著五枚黃金八龍前立，腰上掛著今川家祖傳的二尺八寸松倉鄉太刀，和一把一尺八寸長的大左文字的匕首。他正要跨上青色寶馬的金履輪圖案的馬鞍離開沓掛城時，卻一不小心從馬背上摔下來。

此人腿極短，上身卻奇長。據說在他小時候，見過他的人都會驚歎道：

「天啊，怪物。」

由於腿太短無法勒住高頭大馬的馬腹，才會從馬上滾落。

而正在熱田歇息的信長，隨著趕上來的人越來越多，終於聚集了千餘人。

風雨

說是織田軍隊的最前線陣地，其實簡陋得很。丸根砦由這一帶的舊寺院改建而成，船底板的地樁上稍稍插進樹枝作爲圍牆，砦周圍則挖了一圈兩間距離的溝而已，在勢力強大的今川大軍看來，不禁要嗤笑。

——這就是尾張織田的關所嗎？

負責進攻丸根砦的今川軍隊分隊的將領，正是十九歲的德川家康（松平元康）。

十九日的朝陽升起時，這支兩千五百人的大部隊已經沿著丘陵地帶的街道包圍整個丸根砦。這天的日出正好在凌晨四時二十七分。

丸根砦的防守部隊僅四百人。

「狠狠地進攻！」

家康的先鋒舉著明晃晃的刀槍撲了上去，卻立即遭到城裡守軍弓箭和鐵砲的攻擊，紛紛倒在城牆腳下，先鋒隊長松平喜兵衛、筧又藏也先後陣亡。守城的主帥佐久間大學看到包圍敵軍的陣腳開始紊亂，便下令道：

「時候到了，跟我來！」

一行人衝出城門突襲。德川部隊的足輕措手不及，死傷慘重，將校高力新九郎和能見莊左衛門兩人也未能倖免。

一看敵人受到重創，守軍立即收兵回城。

「這樣可不行。」

身穿紅色盔甲的家康騎在馬上自言自語道。他的性格雖然謹小慎微，卻擅長野外作戰，對這種需要耐心的攻城術並不拿手。想必眼前這場仗，他的心裡一定不是滋味。

「都回來，退後！」

他重新整頓陣容，讓弓箭組和鐵砲組上前射擊以削弱敵人的氣勢，瞅準機會準備突襲。

這期間，守城主帥佐久間大學也數次出城突擊，卻遭到敵方的射擊而死傷者眾，最後自己也在城門外中彈，一頭從馬上栽下來，當場氣絕身亡。守軍正要把他的屍體運進城門時，德川的部隊緊跟上前，蜂擁著擠進城門，將城裡的守軍殺了個片甲不留，還放火燒城，頓時黑煙衝天，宣告著哨所的淪陷。

沒過多久，與丸根砦同為織田家前線哨所的鷲津砦，也終於不敵今川軍隊分隊長朝比奈泰能率領的兩千人部隊，同樣城滅人亡。

話說信長，凌晨兩點從清洲城出發後，疾馳三里來到熱田神宮，在此地進行整頓，準備最後的進攻。

他進了春敲門後，大喊道：

「熱田的眾人聽好了！孩子們的菖蒲旗也好，只要有現成的棉布料、白絹的布頭之類的，實在不行白紙也行，只要讓敵人看起來像是旗幟之類的白色東西，都用竹竿掛到熱田高處的樹上，越多越好。」

這是信長下達的第一道軍令。

他想虛造軍勢。今川軍隊遠遠望見，會以為：

「織田的大部隊在熱田的樹林中，一時半會兒動不了。」

信長想由此迷惑敵軍，爭取時間。

接下來，信長在熱田做的第二件事是，這個一向不信菩薩佛祖的人竟然率領著家臣來到神壇前，祈禱戰爭的勝利。

「簡直是太陽打西邊出來了！」

追隨在後的老臣心裡驚愕不已。想當初在亡父的葬禮上，這小子還狂叫著對棺材亂扔香粉，如今這是怎麼了？

「死到臨頭才知道求菩薩，總算是變成正常人了。可悲啊！」

一名老臣搖頭歎道。

信長喚來文官武井夕庵，下令道：

「寫篇禱告的文章。」

並口授了大意。夕庵不敢耽擱，立即揮筆寫起長篇的漢文。

隨後，信長獨自一人進入社殿，合上門，開始禱告。

不一會兒，只見他出來站在社殿走廊上。

「太神奇了！」

他叫道：

「我正在禱告，黑暗的大殿裡神明的寶座旁有黑氣翻湧，傳來盔甲上金屬相撞的摩擦聲。神明一定是聽見我的禱告了！」

（不得了！）

林通勝等老臣大吃一驚。他們本以爲這個白癡又要胡言亂語，然而此刻的這番話讓他們開始相信，神明眞要出動神兵神將顯靈了。他們也希望如此。

老臣們無不祈盼：

（打勝仗！）

如果輸了，他們將死無葬身之地，家人也將流浪街頭。

信長這番話，多少鼓舞了士氣消沉的織田隊伍。

「大夥兒聽好了，」

信長接著喊道：

「人死了一次就不會死第二次。大夥兒都把命交給我吧！別想著再活著回到熱田神宮了！」

信長率領著千餘人出了海藏門。

在此之前，信長還表現出一些古代名將的風度，然而出海藏門上了街道後，信長在馬上的姿勢可就不那麼雅觀了。只見他將雙手搭在馬鞍的一前一後，側著身子不住地搖晃著，鼻孔裡還發出蒼蠅似的哼哼聲，唱著熟悉的小曲。

熱田城裡的人看見了，無不譏諷道：

瞧他那副德行，

能打贏才怪呢！

山澄本的《桶狹間合戰記註》中有此段記錄。也許對信長來說，用這種慵懶的方式騎馬更加舒服吧！

熱田神宮的南方不遠處是上知我麻的祠堂，從那兒可以遠遠望見東邊三河的景色。

遙遙望去，有兩股濃煙染黑了天空。

（沒守住。）

信長心裡有數，但面不改色。將士卻坐不住了，一名老臣策馬上前。

——報告，丸根、鷲津兩砦似乎已經被破了。

信長面無表情地答道：

「我自然看得見。」

接著，他厲聲下令：

「不許交頭接耳，不許擾亂軍心，不許議論雙方強弱，違者斬！」

隊伍立即肅靜下來。

此時，前面跑來一名渾身是血的士兵，跪倒在信長馬前報告佐久間大學的死訊，信長在馬鞍上坐直身子，仰天長嘯道：

「大學，你終究是比我先走一步！」

信長揚鞭下令部隊火速前進。一行人風馳電掣，一路與各哨所的將士匯合，經由井戶田、新屋敷，渡過黑末川出了古鳴海，掉頭奔南而行。三河已經不遠，地形也開始變成低緩的丘陵地帶。

敵情尚且一無所知。也不清楚今川義元的大本營駐紮在何地。信長的戰術只有一個原則，就是：

（朝著敵人的方向。）

前進。也只有這一條路可走。漸漸靠近敵人，如果運氣好的話便能發現敵人大本營的地點。那時只需決一死戰就行了。

天氣很熱。

烈日烤著身上的盔甲，人和馬都汗如雨下，只是機械地移動著腳。上山坡時有人窒息跌倒，很快又撐著長槍爬起來追趕隊伍。

這裡插一句，山澄本《桶狹間合戰記註》中記載道，當日爲信長牽馬的馬倌尚且存活在鳴海村，尾張德川家的家臣山澄淡路守和成瀨隼人去找他，他親口描述了當時的情形。大致意思如下：

我只記得那天，信長公騎著御馬翻山越嶺。只是到現在記憶猶新的是，五月十九日那天異常炎熱，就像被火烤著一樣。我活了一大把年紀，還從沒經歷過那麼熱的天氣。

鳴海的東部有座善照寺，也是織田家的砦。信長抵達善照寺的東部高台時，已經是上午十一時。雖然快速行軍，卻由於中途與各方將兵匯合的緣故，從熱田到善照寺花了將近三個小時。

在善照寺的東部高台上，信長命令停止前進，進行最後的進攻準備。加上各方湧來的將兵，目前的人數達到三千人。這也是信長能投入決戰的最大人數了。

從熱田出發時，信長就派出大量探子打聽今川義元的蹤跡，卻仍然沒有線索。這時，有急報傳來。又是戰敗的消息。向鳴海方向行進的信長右翼部隊五百人遇上敵人的大部隊，全軍潰滅。右翼隊的隊長佐佐隼人正和熱田的大宮司千秋加賀守季忠都戰死沙場。

「死了嗎？」

信長聽後只說了這麼一句話。很快的，右翼部隊的殘兵敗將前來匯合，其中一名叫做前田孫四郎（之後的利家）的將校，年方二十，他高舉著自己討取的人頭跑上前來：

「主公，這是我砍下的第一顆人頭！」

信長只是回了一句「笨蛋」就移開視線。孫四郎氣得七竅生煙，退下後便把人頭狠狠地摔到泥塘裡。

這時傳來一則偵察消息，改寫了信長的命運和整個日本史。

消息的內容是：

「義元大人此刻在田樂狹間搭起帳篷，正要吃午飯。」

帶來這則消息的是沓掛村的豪族、從織田信秀時代起就歸附織田家的梁田四郎左衛門政綱。這天，梁田自己也派人四處打聽情報，其中一人潛入田樂狹間一帶，得到這個重要的資訊。後來信長論功行賞，賞賜了梁田三千貫的封地。

順便一提，後世把這次決戰的地點稱作「桶狹間」，其實按照地理上正確的稱呼，應該是「田樂狹間」。桶狹間是田樂狹間南部的村落，距離一公里半，和這次戰役並沒有直接的關係。

「全軍出發！」

信長大吼，隨即翻身上馬。他下令直搗敵人的大本營，鼓舞將士道：

「要想成名興業就看這一戰了。大夥兒加油！」

他率先奔出，接著喊道：

「全軍獲勝才是我們的目標。別光顧著個人的功名，不用取項上人頭，刺中了就可。」

從善照寺到田樂狹間有兩條路可選。信長挑了山裡的繞遠道。距離有六公里。

這時，太陽旁邊忽然多出一片烏雲，天頓時暗了下來。

山澄淡路守找到的馬倌回憶道，當時感覺天就要黑了。

早些時辰，今川義元從沓掛村向大高村行進，中途接到丸根、鷲津兩座敵砦攻陷的報告。

「果然不出所料。軍旗所指之處，連鬼神都要退避，更何況區區一個信長！」

他欣賞著前線送來的織田家諸將領的人頭，像個孩子似的開懷大笑。

今川部隊戰捷的消息傳到戰場周圍的村落裡，附近寺院的和尚、神社的神官紛紛前來賀喜。他們估計，今川部隊的絕對勝利將大大改寫東海地區的政治地圖，爲了保住寺院和神社的領地，必須提前討得義元的歡心。他們帶來美酒佳餚，以及數不清的禮品。

義元一路上歡喜地接受著他們的道賀，開始考慮如何處置這些酒肴。運的話太沉，扔掉又太可惜。於是，他下令大軍停下來用午餐，兼作一場小型的慶功宴。當時還盛行一天兩餐的習俗，就算中午要補充乾糧，大軍也不會特意停下用餐。義元之所以下此命令，是出自戰勝的欣喜和進貢的酒肴這兩大原因。

「有沒有合適的地方？」

「前面的田樂狹間有一塊松林圍繞的窪地。」

「好，就在那兒吧！」

義元策馬而行。手下人急忙先行一步前去佈置。

義元的坐席安排在松林中的草地上，鋪著虎皮，周圍則圍上印有桐葉紋的帷幔。

義元坐在虎皮上，肥白碩大的上身看上去儼然氣派非凡的東海霸主。臉上卻由於不斷出汗，原先化好的妝早就一塌糊塗了。

義元舉杯暢飲，酒過三盅之後便讓貼身侍衛敲起鼓，開始高聲唱起歌來。

今川的兩萬五千名大軍，其中五千名是義元親自率領的親衛部隊，都集中在田樂狹間的小窪地裡。

義元的帳篷戒備森嚴，路上的各處要道也都有重兵防守。然而不幸的是，所有人都在用午餐。

「下雨了！」

不知是誰喊了起來。時值正午時分。天忽然暗下來，緊接著刮起狂風，一時間飛沙走石，暴雨傾盆而下。

附近沒有可以避雨的農家，只好躲在松林中的松樹根旁。身分低賤的士卒則向松林的四周逃散，跑向山的背面或是野外的小屋子。

此時的信長，正翻越山頭進入山谷，途中遭逢這場暴雨：

（天助我也！）

他心頭狂喜。然而這場暴風雨來得太兇猛，風大得像要捲走地面上的一切，大雨傾盆，幾乎什麼也看不見。

部隊沿著狹長的山谷前進，水位猛然上漲，不少人被困在水中。信長卻命令繼續前進。

途中，他們穿過寬約六百公尺的平原，由於暴風雨的掩護，今川部隊沒有發現他們。信長又改行山路南下。山裡連路都沒有，全軍只好拽著樹枝、草根攀登，信長卻始終未曾下馬。從小就酷愛騎馬的信長，只要馬蹄能夠落腳，他就能駕馭自如。

離開善照寺後，在沒有道路的山裡一連行軍了六公里，下午一時過後，終於到達可以俯視田樂狹間的太子根。風雨的勢頭更加猛烈，大軍暫時原地歇息。

天空略微見晴，風卻未見停。下午二時左右，信長的大軍也如颶風一般向田樂狹間發起突襲。

敵軍的護衛隊爲了避雨而四處分散。意識到織田部隊來襲的人，由於風雨和友軍失去聯絡，無法採取有效措施，只好四下逃散。於是，亂軍中出現最不幸的情形。

「有人叛變！」

傳來喊聲。今川部隊以為信長還在熱田，頂多到了善照寺，只能判斷內部出現叛亂。這種混亂的情形下一旦起了疑心，原先的自己人也互相猜疑。他們廝打在一起，逃的逃，跑的跑，部隊頓時四分五裂。

義元孤零零地守在松樹邊。小姓們都不知道跑到哪裡混戰去了，沒人顧得上他。

「駿府的主公！」

有個人嘴裡大喊著，挺槍直奔義元而來。他是織田軍隊的服部小平太。

「賤賊，看招！」

義元拔出今川家祖傳的二尺八寸「松倉鄉太刀」，啪地削去小平太的青貝槍槍柄，並躍上前去刺中小平太的左膝。

小平太應聲倒下，毛利新助從一旁揮刀欲取義元的首級，義元倒地後被反扭雙手，兩人滾在泥地裡廝打不停，很快新助刺中了義元，割下他的首級。義元的嘴還緊緊咬著新助的食指不放。

下午三時，偃鼓息兵。四時，信長清點人數，像一陣疾風般離開戰場回到熱田，太陽落山後，部隊回到清洲城。

「阿濃，我打贏了！」

他這樣告訴濃姬。

須賀口

從近江木的山腳下沿著北國街道的山坡而行，左邊可以看見賤岳，山對面的余吳湖波光粼粼。

山頂上有座茶館。茶館靠山而建，周圍種滿皋月杜鵑，也稱做為杜鵑茶館。

茶館裡來了名遊僧，他坐下不久後便開始向一名商人模樣的男子講起東海地區發生的政治巨變。據這名僧人說，他一路經過駿河、三河、尾張、美濃和北近江，正打算前往若狹，因而十分熟悉東海地區最新的政治動態。

「說到尾張的織田上總介大人，那可是個出了名的呆瓜，連當地的婦孺都罵他白癡。沒想到這個呆瓜，竟然在田樂狹間輕而易舉地就要了東海霸主今川治部大輔大人（義元）的性命。今川大人竟然死在清洲的呆瓜手上，一定死不瞑目吧！」

「那是什麼時候的事？」

「五月十九日那天。」

「呃。」

眞是最近發生的事情。

「不就是三天前嘛。」

商人很是興奮。沿途講給其他人聽，一定很有趣。

「據說今川大人舉大軍上洛，是爲了挾天子、將軍而號令天下呢！」

（確有此一說。）

坐在角落裡品茶的一名膚色白皙的武士，不禁暗暗點頭。

「東海的霸主，」

遊僧接著又說：

「要是上京，天子、將軍的生活也會好轉。公卿和將軍身邊的武士都引頸盼著今川大人到來呢！」

（是啊，都等不及了。）

一旁的武士心中暗歎。

「眞是可憐啊！」

遊僧道。

「一切都化作泡影了。今川大人死於非命的消息今天會傳到京城，那些顯貴人家還不知道要哭成什麼樣呢？」

「客官，」武士站起身來：「剛才你說的可當眞？」

「半點不假。我經過戰場去了尾張，又從美濃趕到這裡，都是親眼所見，親耳所聞，怎會有假呢？」

「在下失禮了。」

武士鄭重道歉，茶錢放桌上，帶上斗笠離開了。

他身後的杜鵑花，在陽光照射下如同一團燃燒著的火焰。

武士停頓下來稍微思考片刻，像下定決心，轉身走上來時路。

「剛才那個牢人，不是要到越前方向去的嗎？怎麼好像回去了？」

遊僧對茶館的大嬸說道。

這名武士就是明智十兵衛光秀。

他本來想從京都前往越前的一乘谷，經過湖北到了這座山峰。沒想到在此聽到如此重大的消息，便臨時改變主意前往尾張。

這幾年，光秀遊歷天下，掌握各國豪族的動靜。

（我要復興足利幕府。）

這個決心沒有改變。他堅信，要想統一當今亂世建立秩序，除了恢復日本武家之首將軍的權威別無他法。他走訪各國的城池，訴說自己的志向。

比如說，他前往中國的毛利氏領地時，在重臣桂能登守的府上逗留了幾日，勸說道：

「毛利氏可謂富甲天下，應該趁此時機樹立大志，鎮服山陽道同時揮師擁立將軍，天下諸侯便會聞風而來臣服於腳下。光秀不肖，願意從中牽線。」

「你能為毛利氏和將軍家牽線？」

周圍的人無不感到驚訝。

「絕無半句假話。」

光秀世上唯一志同道合的摯友細川藤孝，侍奉於將軍左右，藤孝負責打理宮內，光秀則擔任外交，兩人裡應外合，以復興幕府為共同目標。光秀雖說是無職無位的草民，卻肩負著將軍代理的任務。

然而，即使光秀磨破了嘴皮，各國的大名都以一句「所言甚是，只是時機未到」敷衍了事。幾乎所有的大名都處在混戰中，根本沒有餘力揮師上京。

不過他的遊說倒也沒有白費。最起碼周遊列國使他掌握了大小諸侯的動靜，而且給將軍家也帶來好處。有的大名聽了光秀的勸說後，對將軍家的沒落處境深感同情，當即表示：

「至少為將軍家的日用開支略盡綿薄。」

下令給將軍送去銀兩和糧食。甚至有的大名看中光秀，勸道：

「投靠天子、將軍不切實際，不如到我手下做官如何？」

光秀卻毫不猶豫地一口回絕。理由很簡單。如果投靠在一名既無意願、也無實力擁立將軍的大名之下，終其一生，也不過是個鄉間大名的家臣而已。

——自己可是出自明智氏，代表美濃源氏的名門望族。

光秀撇不開這個頭銜。雖說家道中落，怎麼說也是足利將軍家的分支，比起當一名為了一兩千石就心滿意足的武士，不如獨自闖出一條道路來制動天下。正因爲有如此志向，他才會遍訪鄉間的大名，訴說如今雖爲草芥、將來卻是前途不可估量的將軍家復興的必要性。

（這是我的志向。）

可以說是光秀的行動理論。生在這個時代，光秀罕見地有自己的理論。而且他屬於那種沒有理論就不付諸行動的性格。

就在這個時候，光秀聽說了今川義元上洛的事。是將軍的心腹細川藤孝透露給他的。

「將軍家總算有希望了！」

細川藤孝說：

「不過，十兵衛，你說今川義元此行會順利嗎？」

「依我看……」

光秀憑藉自己對各國情況的理解，把今川家的軍勢力量和沿路各國大名的實力分析了一番，得出結論道：

「今川義元應該會趕走三好的黨羽，爲將軍建造新的宮殿吧。這些事情都能成功。問題在於靠義元的實力這種權威能夠維持多久。這點讓人懷疑。」

「那要如何是好呢？」

「把越前的朝倉氏請到京都來。」

光秀復興幕府的構思是：由這兩名大名聯手擁護足利政權。

藤孝也表示贊同。於是光秀決定由自己先去找朝倉氏商議，之後再送去將軍諭旨。這就是他爲何單身一人前往越前首都一乘谷。

（終於等到實現多年夙願的機會了。）

光秀滿懷希望地離開京城，北上直奔湖北地區，從近江木本一路上山，到山頂想找個地方歇腳，便進了這家茶館。未曾想竟然聽到今川義元在田樂狹間一命嗚呼的消息，光秀驚得心臟都快停止跳動了。

（將軍也是如此時運不濟啊。）

他黯然歎息，又覺得應該前往尾張清洲城下證實這個傳聞是眞是假，再做打算。

他轉向取道清洲。

這個行動迅速的男人，在湖北五月的習習涼風中衣袂飄飄，片刻不停地向木之本方向下山而去。

出了近江，就是美濃的關原，穿過大垣城下，經過墨股和竹鼻，便是木曾川。

（那個信長？怎麼可能？）

渡了河，光秀仍未能打消這個疑問。那人不是白癡嗎？對光秀來說，信長的傳聞已先入爲主，所以他才會判斷此次今川義元上洛「應該輕而易舉」。

還對細川藤孝這麼說。

雖然是間接，光秀與信長的淵源卻不淺。已逝的道三曾經說過：

「將來能有出息者，不外乎美濃的外甥光秀和尾張的女婿信長二人。」

道三還將自己畢生所學的《戰國策》傳授給光秀，據說也同樣傳授了信長。從這點上來講，就是同門師兄弟關係。再說，信長的妻子濃姬乃道三與小見之方之女，而光秀是小見之方的外甥，和濃姬是表兄妹的姻親。

正因如此，光秀對信長的感情才更加複雜。

（信長算什麼？）

他的情緒近似於一種競爭意識。信長的諸多傳聞中，光秀甚至爲他的愚笨感到竊喜。

（不知道看中了那個笨蛋哪一點？和我的才能無法相比。道三大人想必晚年也昏了頭吧。）

他心中憤憤不平。出於這種偏見，他才判斷這次今川義元上洛必會一氣呵成，清洲的信長將會像隻螞蟻一般被踩死。

然而現狀是，這隻螞蟻居然一路攻到三河國境，還在田樂狹間割下義元的人頭。

「此事千眞萬確！」

最初證實這個消息的，是美濃大垣城下旅館的主人。他並不喜歡鄰國的大名，語氣也毫不遮掩：

「就像垂死掙扎的老鼠把貓給咬了。看來人不可貌相啊！」

他似乎對信長沒什麼好感。

然而，一旦渡過木曾川到了尾張，由於戰爭結束還不到十日，領土內一片慶祝勝利的景象，光秀所到之處，所有的村莊和城鎮都津津樂道田樂狹間的戰績，信長也一掃過去的傳聞，成爲炙手可熱的人物。

「那人是個白癡。」

曾親口這麼說過的人如今嘴裡讚歎不已：

「簡直就是軍神摩利支天再世啊！」

態度上出現一百八十度的轉變。白癡僅僅一個晚上就變成活神仙，就算是一路聽說各國稀奇古怪之事的光秀也是聞所未聞。他熟讀的本朝他朝史書中，也未曾出現過如此極端的事例。

（不過，信長在田樂狹間取下義元首級後，爲何不乘勝追擊，殲滅敵人的大部隊呢？要我的話肯定這麼做。）

這個疑問，隨著逐漸得知當天戰事的細節得以分曉。信長爲這次奇襲投入了全部的兵力，奇襲的目的只有一個，就是取義元的首級，事成後並沒有追擊今川部隊的餘力。不如說，在取得如此赫赫奇功後，並不擴大戰果，而是滿足於一顆人頭便打道回府，此等忍耐力可非比尋常。

（不過，也就僅此而已。）

光秀途經大小村莊，終於來到信長的主城清洲城下。

這裡的情形也讓光秀微微動容。尾張領地內的其他村莊無不在慶祝戰勝，而作爲首府的清洲城下光景卻截然不同。街道井然有序，肅然這個詞用在這裡可謂恰如其分。街上行走的武士都舉止端正，老百姓也無人交頭接耳議論戰事，就連列隊走過的足輕也都有禮有節。

（大家好像都害怕著什麼。）

恐怕就是信長這個人吧。這個喜歡立規矩喜歡到病態的人，自己雖然爲所欲爲，卻要求家臣和領地的百姓絕對服從命令。當然，這種脾性是織田家一貫的作風。

「尾張人膽小懦弱。」

這是東海地區對他們的評價。在東海一帶，最強勢的要數美濃，其次是三河，這兩國的兵力都很強大。尾張卻由於土地肥沃，百姓豐衣足食，再加上海陸交通便利，商業較早得到發展，並不具備培育猛兵的條件。而信長率領著這些弱兵，能夠一舉擊潰駿遠三三國的猛虎今川軍隊，可以說完全是仰仗他的統帥能力。

（也許此人不容小覷。）

光秀找了家旅店住下。

他馬上給織田家的豬子兵助寫了信，讓旅店的主人送去。

並沒有什麼特別的理由。只是來自國外的牢人要在城下逗留，爲了不招人懷疑，讓家裡的朋友做個擔保而已。

豬子兵助原是美濃的武士，在道三生前深受其寵愛，道三遇難後逃出美濃，投靠尾張的織田門下。光秀原本沒有和豬子兵助這種身分低下的人打過交道，不過，對方聽到「明智十兵衛光秀」這個大名時，一定會連滾帶爬地跑來拜見吧。

很快的，豬子兵助來到旅店，與光秀寒暄了一番方才回去。

第二天。

光秀上了街道，走到清洲的須賀口附近時，聽見遠處傳來一陣馬蹄聲，四周的路人頓時像遭遇雷陣雨一樣紛紛退避到路邊的屋簷下，屈膝跪倒在地。

「發生什麼事了？」

光秀詢問路人道。路人告訴他主公要路過此地。

光秀感到萬分驚訝。百姓如此懼怕信長，甚至能從老遠就分辨出信長的馬蹄聲。

「你也快跪下吧！」

路人扯著光秀的袖子。光秀於是摘下斗笠，退到屋簷下的一角，微微弓腰等待信長的到來。不一會兒，只見信長一身獵鷹狩獵的打扮揚鞭而來。隨從大概有五騎、三十人左右。作爲剛剛討伐今川義元的尾張大將，陣容未免過小。

（這就是信長啊。）

光秀第一次看到他。唯一讓他感到異樣的是，信長一直仰著臉凝視著天空，視線未曾動過，雙眼一眨也不眨地從眼前走過。

信長走出半町開外，向身旁的豬子兵助開口道：

「剛才在須賀口看見一個怪傢伙。」

信長的視線曾一瞬間停留在光秀身上，光秀卻絲毫沒有察覺到。他反而緊盯著信長。直視主公是大不敬的行爲，路人的禮儀應該是跪地低頭，視線望著地下一直等到領主通過。信長所說的「怪傢伙」，是指「有人在看著我」的意思。他想問豬子兵助此人是誰。

豬子兵助也注意到屋簷下的光秀。

「那人是，」

他似乎下了個小小的決心：

「夫人的表兄、美濃明智人，叫做十兵衛光秀。」

「美濃人嗎？」

信長面無表情：

「查查他來這兒幹什麼？」

兵助立即掉轉馬頭返回須賀口，早已不見光秀的蹤跡。他又馬不停蹄地趕到光秀住處，卻被告知：

「已經離開了。」

去何處了——兵助追問道，旅店主人歪著腦袋想了想，說：

「好像說要去越前，其他就不知道了。」

一乘谷

光秀迎著盛夏的山間涼風，朝著越前一乘谷信步而行。

（今川義元在田樂狹間命喪九泉，東海的政局爲之大變。我得修改自己的思路，暫且先到一乘谷去，再考慮以後的事吧。）

一乘谷。

此處是越前霸主朝倉氏的首府，可說是北陸的雄都，光秀的希望可以在此重新點燃。

從敦賀向東延綿七里都是山坡，只有一條小徑穿越於樹海之中，陽光照射進來，感覺手腳都被染成綠色，光秀走著走著，突然感到失落。

（這樣走了一年又一年，不知道自己究竟會走到何方。）

人的一生，有時候不免要和這種突然來襲的失落感搏鬥。

到了木之芽峠，他與一名旅行的商人結伴同行。這是個習慣外出的中年男子，自稱是一乘谷的人。

「我也要去一乘谷。」

光秀自報了姓名和出生地。對方商人既然是一乘谷的人，自己可以沿途打聽今後要棲身的都城情況，倒也不錯。
「一乘谷很是繁華嗎？」
「是啊，畢竟是朝倉家五代的百年老城了。城堡、寺院神社、武家大院、百姓人家、冶煉廠什麼的應有盡有，就算是一介山谷，也絕不亞於京城的繁華。」
「谷中之城嗎？」
光秀來了興致。
這座山谷長約一里，只有一條道路貫穿谷中。沿著道路兩旁形成狹長的街市，從防衛的角度來看，只需堵住道路的兩端便難攻不落。
（就連大唐都不曾選擇如此地形建都，本朝也前所未聞。可見開闢一乘谷的朝倉氏的開運之祖敏景是何等英明的人物。）
朝倉氏的祖先朝倉敏景原本住在但馬，由於協助足利尊氏統一天下有功，被封爲越前的守護代。之後又取代守護職斯波氏升任守護職，在一乘谷建立了首府。
「敏景大人雖是五代前的主公，卻眞是料事如神啊！」
「眾人都這麼傳聞。」
敏景十分擅長籠絡人心，按照越前的說法是，「一顆豆粒都要與將士同享，一杯酒水也要和下人共飲。」
敏景親筆寫下的家訓，成爲日後朝倉家繁榮的源泉，光秀也略有耳聞。
即「不採用宿老制」。
也就是說不根據門派血統分配官職，而是完全按照實力任用重要官員。
在奉行門派主義的足利時代，這種組織思維簡直難以想像，光秀卻認爲，正是由於這種體制，才使朝倉家在戰國時期得以抵擋四方的風起雲湧。尤其是對於浪跡天涯的志士光秀而言，這種體制無疑太具有誘惑力了。

（像我這樣的放浪之士，說不定能得到朝倉家的重用呢！）

光秀心想。正因爲聽說此處愛惜人才，他才舉步踏上這片北方霸主的土地。

不僅如此，越前緊挨著京都，擁有強大的軍事力量。扶持流亡的將軍復興幕府，此處的可能性無疑最大。

然而，只有一個缺憾。

當主義景與先祖敏景簡直沒有相似的地方，平庸無爲。這一點缺憾或者足以致命。

「當主義景大人爲人如何？」

光秀追問道，商人停止評論緘口不語，緊接著很快轉移話題：

「宗滴大人眞了不起啊！」

宗滴也是朝倉氏的同族，名字叫做朝倉教景，輔佐當主義景掌管軍事和政治，把朝倉氏的權威提升到當年的敏景之上。

「只可惜前幾年不幸離世了，好像是在弘治元年的九月。」

道三死去的前一年，稱不上很遙遠。

「從那之後家道就中落了。」

商人用辭向來委婉，其實不僅是家道中落，京都一帶嚴厲地批評道，宗滴死後朝倉家就像一具空架子。看來當主義景不是一般的無能。

（眞可惜，要是讓我坐上原先宗滴的位子，朝倉的權勢定能蒸蒸日上，吞併鄰國揮師京城，擁立將軍而號令天下。）

義景無能也沒關係。此人無能，反倒能給光秀提供盡情發揮的空間。光秀心裡琢磨著。

光秀在一乘谷並無熟人，不過在北邊二十公里處一個叫做長崎（今丸岡町）的村落，有一座時宗的大寺院名爲稱念寺。

他脫鞋進了寺裡。這裡是京都相識的一名叫做禪道的和尚介紹給他的，還附上一封介紹信，裡面寫道：

「明智十兵衛，乃美濃貴族所出。」

有這句話，稱念寺也不敢怠慢。

稱念寺的住持叫做一念。一念和一乘谷的很多高官都有交情，還經常被當主義景請去作陪。

「您在越前有什麼打算嗎？如果能幫上忙，老衲願意效勞。」

兩人剛打照面，一念便答應做光秀的後盾。也許是光秀的貴族氣質、舉手投足之間流露的高貴教養使他折服。

「如果想做官，我來給你介紹吧！」

「倒也不是。」

我想坐上宗滴死後的空缺位子，這句話畢竟說不出口。

「我要是說出來，您一定會笑話區區一介牢人口出狂言，不過我想在一乘谷的城裡先安頓下來，結識一些朝倉家的人，再觀察觀察當家的情況，是否眞的值得我光秀託付終身，然後再做決定。」

這確實是光秀的肺腑之言。

「好啊，有志者就該如此！」

一念爲光秀絲毫不肯看低自己的姿態而感動，由衷欣賞光秀的器量。

「那好，我想在一乘谷城下舉辦講習文武的道場。」

「道場。」

一念拍手稱快。

「這個主意不錯，一乘谷還眞沒有這種東西。」

任何國家都沒有。武士大部分都不識字，頂多是跟著寺院裡的和尚學學，沒有這方面的專門設施。學「武」就更不用說了。當時的常見做法是，把武師請到自己家裡，或是追到武師的家中學藝。

「我要講習的內容是，」

光秀道：

「兵法、槍術、火術（鐵砲）、儒學的概要，以及中國的軍書。」

「這麼厲害啊！」

一念不由得連連點頭稱是。先不用說無人能夠同時教授如此多的門類，而且，能夠將這麼多方面的科目聚集一堂來教授的私立學校，可以說普天之下再無第二家。

「肯定能吸引很多人。」

「嗯，我也要努力。」

「我會到處去宣傳的。這麼一來，應該要在一乘谷借一處作爲落腳之地，這件事也交給老衲吧！」

「那就有勞了！」

光秀低頭謝過。

之後二人又接著談古論今，一念得知光秀正在致力於復興幕府後，更加感動了，

「當代將軍是位什麼樣的人物呢？」

他天眞地問道。

「要說起來，義輝將軍他……」

事實上，光秀由於沒有官職，未曾參拜過將軍。不過他早就通過將軍的貼身侍衛細川藤孝，對將軍身邊的諸人諸事都瞭若指掌，聽上去就像每日侍奉在將軍左右似的。一念越聽越感激涕零，對光秀佩服得五體投地。

（雖過意不去，也只好如此了。）

光秀心裡有些懊悔。不過他又馬上安慰自己，凡是流浪天下的孤客，身在異鄉，爲了求得人緣，稍微吹些牛皮也是情有可原的。他故意用謹愼保守的口吻，娓娓道出將軍的日常起居。

「將軍曾拜劍客上泉伊勢守的門人塚原卜傳爲師學了一身好劍術，深得眞傳。」

「劍術嗎？」

一念又驚歎道。他似乎很容易受感染。

「將軍竟然學習下等士兵的劍法？——想不到竟然沒落到如此地步！」

一念不禁淒然淚下。劍術這種個人的伎倆，稍有

名氣的武士尚且不屑一顧，將軍怎麼能學這種東西呢？看來將軍的生活已經困窘到接近平民百姓的地步，想到這裡，一念不禁悲從中來。

「你說的確實不假，」

光秀有些困擾：

「或許是將軍的愛好也說不定。不過最大的理由是，將軍身邊沒有眾多侍衛，只有寥寥數人護駕而已，修練劍術可以防身。然而要想得到眞傳，那可不簡單。」

「嗯，確實不簡單。」

一念也點頭表示同意。

總而言之，一念承諾明日會開始準備光秀長居一乘谷的各項事宜，他由衷地笑道：

「越前來了個貴人啊！剛才您說的打算，明天在一乘谷傳出去，想必人們會高興得不得了。」

第二天，一念去了一乘谷，拜訪當地一名稱爲「土佐大人」的武士，將漂流到稱念寺的牢人明智光秀大肆吹捧一番。土佐是朝倉的家老，名爲朝倉土佐守。

土佐守聽後，卻並不像一念那麼激動，只是開口道：

「既然身懷絕技，就在府裡給他騰出一間小屋，讓他教足輕劍法吧。」

幾天後，光秀來到土佐家，拜見過管家後，在府邸外分得一間小屋。

（如此而已。）

他心中雖感到失望，卻也早就習慣了這種冷遇。他又請求管家無論如何想拜見土佐守大人，管家心想，「這人是不是有問題」，而滿臉狐疑。土佐大人可是朝倉國的家老，豈是一介牢人能夠拜見的？

「我找找機會吧。」

管家敷衍道。

光秀在小屋裡住了下來。這間小屋和牛舍沒什麼區別，連地板都沒鋪，只有五坪見方的土間。

光秀從百姓家要了一些稻草，鋪在角落充當床具。想當初自己也是明智城城主的公子，身爲美濃的村落貴族過著錦衣玉食的生活，今天竟然落魄至此。他也顧不得多想，先在門前掛起一塊「武藝教習所」的牌子，等待弟子入門。一天下來，竟連飯錢都沒掙著。他只好到稱念寺找一念借錢。

反覆幾次後，稱念寺的一念也逐漸對光秀失去耐心。

他甚至想：

（還說是將軍身邊的人呢，怎麼窮得叮噹響？）

雖還不至於懷疑他是吃白食的，只是隨著光秀借錢次數的增多，他的態度也開始變得傲慢起來。這天，光秀又來找他借些零錢，一念問道：

「十兵衛啊，還沒有上門的嗎？」

他的語氣也透露著不遜。

「是啊，還沒人來。」

「這可不行啊！」

「我也不想這樣，可是沒辦法啊！」

光秀卻語氣強硬。

（這裡可是關鍵。）

光秀心想。多年四處漂流的經驗告訴他，如果在這種節骨眼上低聲下氣，就會變得和乞丐一樣一文不名。

「我聽說……」

一念又說道。

一乘谷的城下很早就來了個牢人，曾是武田家的下人，名叫六角浪右衛門。

此人一面寄人籬下，一面教授家中的士兵劍術。他自稱是常州鹿島明神松本備前守的門下，劍術之精湛在城裡無人能及。

「聽說那個浪右衛門，到處放出狠話不讓人們投到十兵衛大人的門下呢。」

「是嗎？」

光秀對此事也略有耳聞。

修練劍法之人的圈子本來就窄，何況俗話說一山不容二虎。光秀要想在一乘谷開創門戶，首先就要和六角浪右衛門比試並擊敗對方。

「和他比試比試如何？」

「那不是太傻了嗎？」

光秀冷靜地笑著說。

「此話怎講？」

「比試劍術，不是在優劣上取勝，而是機遇性太強。就算我本來技高一籌，也可能因爲運氣或一念之差而失手。我可不想死在拚劍術上。」

「想不到你會有此言。這麼說你是不想收徒弟了。要是這樣，恐怕本山就無法收容你了。」

一念心中不悅，就差沒下逐客令了。

光秀回到一乘谷。

翌日清晨，他正在小屋裡煮飯，門外有人敲門。

（是不是有人來報名了？）

他滿懷期待地開門，只見門口站著一個身高三尺的壯漢。

「我是六角浪右衛門。」

來人不屑地笑道：

「你就是明智十兵衛嗎？」

「正是。」

「聽說閣下要在城下傳授劍術。我早在之前便立了門戶，左等右等也不見你上門求見，只好自己上門找你。能否賜教一手？」

「賜教？」

「比劃比劃吧。」

意思是比試一番。

光秀心中暗叫不好，臉上卻浮出笑容，緩緩地點了點頭道：

「遵命便是！」

六角之死

「那就定在十三日辰刻，地點在楓林馬場，記住了嗎？」

「記住了。」

光秀點頭。

「有證人的人選嗎？」

六角浪右衛門問道。

「悉聽尊便。」

也只能如此。光秀對朝倉家的人根本一無所知。

「那好——就請士兵隊長鯖江源藏大人吧，他用的是天流劍法。我去請他好了，你沒意見吧？」

六角浪又衛門接著說道。

「您安排就好。」

「離比賽時間還剩十天。你可別悄悄溜走了。」

浪右衛門心裡其實說不定是希望光秀溜走的。向面前的這名職業劍客下戰書，不知道會是什麼結果。他一定也不是發自內心的。雖沒有親口說出「快逃吧」，卻故意留出十天的時間，足以準備逃走。

光秀也揣測到他的用意。

（要不就開溜吧。）

這個念頭一閃而過。不過他又轉念一想，如果這次溜走了，將留下洗刷不掉的汙名。

「我不會溜走的。」

他向六角保證後送走他。

七天後的黃昏，光秀正在小屋前掃地，看見街道西面升起淡淡的霞光，暮光中只見一對旅人打扮的男女正朝著自己的方向走來。

由於逆光，他看不清對方的面容。眼看人影披著霞光越走越近了。

（這不是阿槇和彌平次嗎？）

阿槇是他的妻子。

彌平次光春是徒弟。

兩人都看見了光秀，一路小跑著過來。兩人的表情都像激動得要哭出來。

……………………

光秀的妻子叫阿槇。

她是在美濃時娶的妻，同族的土岐賴定之女，漢字寫作「於牧」或是「於槇」。性格雖略微內向，但還在少女時就因才智出眾而享譽美濃。身材嬌小卻胸懷大度。後來被譽爲天下第一美女的細川玉子（伽羅奢）就是阿槇所生。

光秀深愛這位夫人，幾乎終生未娶偏房。然而，這對夫婦年輕時卻是處境淒涼。

剛舉行婚禮後不久，道三就魂歸西天，新國主齋藤義龍下令攻打明智氏，明智城淪陷，當主叔父也戰死沙場。光秀帶著妻子和叔父之子彌平次光春逃往國外，過著流亡的生活。

連溫飽都成問題。

京都的天龍寺裡有位叫做禪道的老和尚，曾雲遊列國，後來駐足美濃的明智城，一住就是三年。由此，光秀才把妻子和彌平次託付給禪道。

禪道欣然應允，借了門口的房子讓他們住下，還供給他們米糧。

「我要去越前。」

光秀離開京都時，曾交代他們：

「倘若我在越前朝倉家待遇不錯，就把你們接過來。」

光秀覺得，不能總是給禪道添麻煩。

（怎麼偏偏這個時候來越前了呢？）

光秀感到不解。自己並不曾寫信讓他們過來呀。

他先讓二人進屋。天色已晚，光秀沒錢買燈油，屋裡漆黑一片。

「你們也看到了，還不到能把你們接過來的時候。出什麼事了嗎？」

阿槇抬起臉來：

「禪道大師已經圓寂了。」

「眞的嗎？」

「我們無處可去。」

他們離開京都也是迫於無奈。阿槇在黑暗中垂著髮辮，蒼白的臉低著。光秀雖然看得不是很清楚，但似乎在啜泣。

「阿槇，振作起來。生活總會好起來的。」

「我並沒有消沉啊！」

「那就好！」

光秀心裡暗暗讚賞著眼前的阿槇。在美濃時，她是土岐賴定的千金，整天被一大群丫鬟伺候著。現在雖說過著乞丐一般的生活，她卻不曾抱怨過一句。

「肚子餓了吧！吃飯吧。」

光秀站了起來，有沒有米心裡卻沒底。打開米罐一看，剩下的還能煮頓稀飯。

「我來做吧。」

阿槇起身出去了。屋裡沒有爐子，只好到外面生火。

彌平次生來機智過人。他點了火把，拿著魚竿出去了。一路上，他們爲了不挨餓，尋找溪谷釣魚充饑，才來到越前。

過了半刻鐘，晚飯準備好了。

彌平次把火把插在土間的地上，藉著火光，三人圍著鍋開始吃飯。

「這種生活也蠻有意思的。」

光秀道。如果世道未變，十兵衛光秀和彌平次光春都是明智家的年輕公子，阿槙也會是美濃備受崇拜的土岐一族的千金小姐。

「阿槙，你說呢？」

「阿槙不怕挨餓，就是不願和相公分開度日。」

「如果你這麼希望，」這對年輕夫婦，自從明智城被攻陷後，一起度過的日子還不足二十天，「以後不再分開便是。」

「真的？」

阿槙低聲歡呼起來。

「那，阿槙可以住在這裡嗎？」

阿槙所指的「這裡」刺痛了光秀的心。這裡，其實是一間連乞丐都不願住的小庫房而已。

「太高興了。」

（女人太容易滿足了。）

光秀強忍住就要浮現的淚水，開始吃飯。

吃過飯，彌平次道：

「剛才我去河邊時，發現一塊好河灘。我這就去，明早定能釣上魚回來。」

說完，他就舉起火把站起來。

「不用了吧。」

光秀勸阻道。彌平次前額還蓄著瀏海，稚氣地笑著：

「我喜歡。」

便出去了。日後，這個年輕人成爲光秀的部將，在坂本城渡湖時留下英勇事蹟，此時雖然尚且看不出驍勇善戰，卻能洞察成年人的心思。

「他這是操的哪門子心啊。」

他走後，光秀不禁苦笑道。彌平次想讓這對年輕人獨處，其用心良苦讓光秀感動不已。

阿槙恍然大悟，在黑暗中羞紅了臉。

「我還當他是孩子，沒想到心思這麼細膩。」

「不過，」他在阿槙的眼裡始終還是個少年，「他還是個孩子呢。一路上不是捉魚，就是抓鳥，把我扔在一旁自己跑到樹林裡和河邊，經常是不到天黑不出來。」

「照你這麼說，他沒什麼別的意思了？」

光秀抱起阿槙，把她放到牆角的稻草褥子上。兩人頓時陷在稻草堆中。

他雙手捧著阿槙小小的臉，俯下身子吻她的唇。

兩人從小都是在貴族家庭長大，一向懂得控制情緒，此時的阿槙卻伸出手腕緊緊勾住丈夫的脖子，光秀的呼吸聲也開始粗重起來。

「我太想你了。」

阿槙喘息道。她雪白的小腿在稻草堆中緩慢優雅地開始蠕動，光秀也似乎換了個人。他似乎要填滿阿槙的整個身體，直到抵達快樂的巔峰。

過了一會兒，光秀喚醒阿槙，用手指輕輕爲她拈去長髮上的稻草屑。

兩人回到房中間。

「我早就想問你，在京都沒生病吧？」

「受過一次風寒。」

幾句平常夫婦間的交談後，光秀突然道：

「我想暫時不抱太大的野心了。」

光秀原本想當上朝倉家的軍師，與潦倒的將軍家結盟，由朝倉氏執政來復興足利幕府。然而到了一乘谷後，他才知道想一躍成爲朝倉氏的軍師，簡直是可望而不可即的事。

「就怕一旦當上個小官，讓人覺得沒什麼大本事，眞讓人發愁呢。」

然而，阿槙和彌平次既然來了，不能總在這個小屋裡過著有一頓沒一頓的日子。光秀決定暫時放下遠大的志向，先想辦法維持生計再說。

「是不是……？」

阿槙抬眼看著他。她的表情像是在詢問，是不是因爲自己來到越前，反而給光秀帶來負擔？

光秀捕捉到她的含義，否定道：

「不是的。」

接著又連忙掩飾道：

「男人總是沉醉於胸中翻湧不已的欲望。我就是這樣，現在也還沒醒過來。」

「不過，」光秀話鋒一轉，又回歸正題：「最近我才明白，光是有志氣可過不了日子。我是個男人，就得養得起老婆阿槇你。」

（什麼呀。）

阿槇笑了起來。這麼簡單的道理，卻在四處流浪後才明白過來，到底是個不諳人世勞苦的公子哥兒。反過來說，這點倒也是自己相公的可愛之處，阿槇心想。

「其實，過幾天我有一場劍法比賽。輸了的話會沒命。」

「你說什麼？」

「其實我，」光秀就像說著別人的事一樣：「想過逃跑。離開這個越前的一乘谷。倘若死在一個無名劍客手上，我明智光秀也未免太可惜了。」

「那，那就別去了。」

「本來是這麼想的。但是你來了後，我就改變心意了。」

「因爲我來了嗎？」

阿槇哽咽道，如果自己的到來消磨了光秀的意志，那麼自己願意立刻動身回京都去。

「不，我不是這個意思。正因爲你來了，我才感覺渾身充滿力氣，可以和那個劍客比試一下。如果打贏，朝倉家一定會看上我的。起碼也能當個小領隊，怎麼也能掙個二、三百石左右。」

光秀解釋道，爲了不讓老婆挨餓而戰，也是男人的一大榮耀。

（和那種身分下賤的劍客。）

阿槇面對著光秀，竟說不出話來。

她想起少年時代的光秀，在美濃明智鄉時是那麼的高高在上，不禁心如刀絞。

那時，光秀還是十二、三歲的少年。

那年夏天，他在城外的河邊玩耍，看見蘆葦叢中漂著一尊大黑天的木像，便拿回城。

明智城的年輕侍衛看見了都說：

「古人說撿到大黑天就能位居萬人之上，少爺您一定能飛黃騰達啊！」

光秀卻不言語，只是取錘子將大黑天砸碎，丟到火裡燒了。

叔父光安，也就是彌平次的父親，聽聞此事後卻欣慰地說：

「做得好啊。不愧是我亡兄的兒子，將來一定能位居大名，立身於萬人之上。」

光秀聽了卻不以爲然。萬人之上，他並不覺得滿足。

（如今，卻要和一個無名鼠輩比試劍術，甚至賠上自己的性命。）

想到光秀懷才不遇、身處逆境，阿槇甚至找不到合適的話來安慰他。

不過，她對光秀的劍術卻沒有半點擔心。

寄居在明智城的中村閑雲齋，從光秀幼年時就一直悉心傳授他槍術和劍法，就連閑雲齋本人也打不過的西國牢人中川右近，光秀卻代師出手，憑著一支練功槍僅一個回合下來就刺穿對方的喉嚨。

「有把握嗎？」

阿槇小心翼翼地問道。

「沒問題。」

光秀沒有這麼回答。他一向習慣腳踏實地地加以思考，不喜歡隨便吹牛皮。

「勝敗取決於當時的運氣和意志，劍術只是其次，所以我也不好說。」

「只是——」

「不用擔心。打敗了六角浪右衛門這個練武的原本倒也不值一提，只是這回關係到能不能吃飽的問題。」

這樣便能背水一戰。光秀的意思是，在這一點上比一心想防守的浪右衛門要強。

且說到了比試這一天。

光秀按照約定好的時間，手拎一根拳頭粗的黑木棍，站在楓樹下。

浪右衛門手握一把四尺見長的木刀，從南面的帳篷後走出來。

他一步一步走上前來。

只見他身形矯健、眼神銳利，不愧是習武之人。

（想必武藝不遜於我。）

光秀心下思量，扔掉了手中的黑木棍。

「那我就動真格的了。」

光秀緊握刀柄，上前邁出三步。

浪右衛門一聽此話不禁一愣，他眼裡浮現出瞬間的猶豫。

似乎有所動搖。

等他下定決心扔了那把四尺的木刀，伸向腰間的刀柄時，光秀已經撲過來。

浪右衛門拔刀出鞘，眼看就要刺向光秀的頭部，光秀的刀卻比他更快一步，只見寒光一閃，噗哧一聲刺中浪右衛門的右胸。

光秀逕直躍出十幾步後，轉身收刀。浪右衛門已經一命嗚呼。

堺與京

再說信長。

永祿四年（一五六一）正月，信長在清洲城擺宴賀歲後，「有此醉了。」他嘟囔著起身離席，進了內院。

——主公不勝酒力。

大廳上的群臣早就知道，也都見怪不怪。

信長搖搖晃晃地穿過走廊。

右手邊的庭院裡，青苔上昨晚下的雪尚未融盡。

臥龍梅的枝條上，花蕾已經含苞待放。

還有櫻花樹。

枝條尚在寒風中瑟瑟抖動，離開花還早著呢。

（死去的老丈人道三酷愛櫻花。如此喜愛櫻花的男人，還真是少見。）

他突然想起道三。

（道三真是個奇人。）

自己在尾張飽受眾人歧視，道三卻沒來由的賞識自己，臨死前竟然送來委讓書：

「讓出美濃國。」

（道三給我的讓國書，到如今不過是一張紙片而已。）

出人意料的是，新國主齋藤義龍竟然在美濃的武士中深得人心，要想攻打美濃，可不是件容易的事。

（一定要爲道三報仇。）

心裡雖暗下決心，卻遲遲找不到機會。

這期間也不是沒有成就。之前，就突襲桶狹間（田樂狹間），取了今川義元的性命，剷除來自東部的威脅。

（接下來就該瞄準北部的美濃了。）

雖然有此打算，卻沒有足夠的把握。

他的想法一向與眾不同。

行動上雖然疾如閃電，然而事先必須做好周密的偵察、政治工作，除非穩操勝券，否則他是不會輕舉妄動的。

雖然，信長的骨子裡滲透著「機敏」，卻似乎天生帶有某種「輕率」的脾性。

此刻的信長，並不是爲了緬懷道三才中途離席來到走廊上。

他突發奇想。

才從家臣的眼皮底下溜了出來。

（悄悄地出城。）

他暗自決定。

很快來到濃姬的房裡。

「阿濃，借膝蓋用用。」

他倒頭躺下，頭枕在濃姬的膝蓋上，閉著眼睛開始盤算。

「您睏了嗎？」

「要說睏，我一天到晚都想睡覺。」

他不耐煩地擺了擺手，意思是讓濃姬閉嘴。過了一會兒，他開口道：

「阿濃，我要出去一個月，可別大驚小怪。」

「不會的。」

「和丫鬟們就說我受風寒了，在內院養病。其他人，可信的才可透露。我暫時要去名古屋城。」

「您要去名古屋城嗎？」

「你就別管了。」

信長睜開眼，從濃姬的膝蓋上望著她。

緊接著信長又把兩名家老喚到茶亭裡。

他們是柴田勝家和丹羽長秀。

「我要去一趟京城。」

信長直截了當地說。兩人聽了差點喘不過氣。

「主公您在說什麼呢。如今四面楚歌，國內也有心存異念之徒，這個時候怎麼能去京城呢？」

「還要去一趟堺。」

信長只管下令。

「權六（勝家）留下來守城，五郎左（長秀）隨我一道去。隨從都穿便裝，別引人注意。就像鄉下的小大名去逛京城一樣。人數控制在八十人以內。」

「主公您要去京城和堺做什麼呢？」

「逛逛。」

他用慣常的口吻嚷嚷著，之後便再不言語。

「那麼，您打算何時出發？」

「現在。馬上備馬。」

再問下去信長大概就會大發雷霆了。柴田和丹羽忙不迭地退下。

（見見京城裡的將軍。）

這是目的之一。

（去堺看看南蠻傳來的東西。）

這是目的之二。

使他滋生這種想法的固然來自他超出常人的好奇心，背後卻有他自己的打算。爲了他日統一天下，他需要觀察中央的形勢，以用作今後思考的根據。

現在的時機難得。

正月中，人們都沉醉於飲酒作樂。今川氏的威脅也剛剛解除，這一短暫的安全時期正是天賜良機。

藉著夜色的掩護，二十騎人馬、六十名步兵像一陣疾風般出了清洲城，從一處不知名的海濱上船，駛向伊勢。

穿過伊勢就是大和。一行人翻越葛城山脈出了河內，又經過羽曳野的丘陵進入和泉，終於抵達堺的入口。

「這就是堺嗎？」

信長勒馬望著眼前這座都市的景象。

就像南蠻（指葡萄牙、西班牙等歐洲諸國與東南亞地區，編按）和唐土的城市一樣，城的周圍挖了護城河，蓋著土壘，上面則插著數不清的巨木搭建的柵欄。（整座城市就是一棟城池。）

這裡聚集了日本的財富，施政也幾乎依靠居民的自治。各國武將都不得在此駐軍，城裡別說打仗，就連吵架都不允許。結下怨仇的武士要拔劍爭鬥，必須出了城門才行。

據說大名即使在別國交戰，路過此地時，也會像好友一樣談笑相處。

「和威尼斯市一樣，由市政官來管理。」

信長初到堺的那一年，到過此地的傳教士曾對他說過。

這裡的大部分富商都從事海外貿易，爲了防備海盜，他們雇傭牢人作爲士兵隨船航行。這些士兵下船待在城裡時，便充當守護這座自由之城的財富與秩序的警衛軍。

「五郎左，我只帶十騎進城。」

信長命令道。如果帶著八十名侍衛進城，一定會引人注目。剩下的七十人分頭借宿在市外。

信長策馬徐行，渡過護城河上的板橋進了城門。他知道太陽下山後這座城門將關閉，從裡面拴上巨大的吊鎖。

進入市區，信長下馬徒步而行。街頭建築的華美讓尾張的鄉間武士目不暇給。

信長下榻在宿場町。這裡有妓女，還有美酒。只要客人需要，還有各種紅紅綠綠的南蠻酒。

器具用品也都是唐國或南蠻風格的，感覺置身國外。

信長生來就討厭古舊傳統的東西，喜歡新鮮的事物，他馬上就愛上這些南蠻的舶來品。

第二天，信長挨家挨戶觀察商鋪，思索他們是如何成功地積累財富的。

來自與海外的交易。

（能有這麼豐厚的收入。）

他驚歎於這種交易。

順便也去了一趟港口。

唐國的船隻停靠在岸。港口內外還到處可見龐大得猶如一座城市的南蠻商船。

「你們看看船舷側面大砲的數量。」

信長不禁叫出聲來。

港口裡到處都是身著絨製服裝的南蠻人。

「給他們發糯米餅吃吧。」

信長吩咐丹羽長秀。

丹羽長秀只好把眾人聚集到信長面前，讓他們單膝跪地，依次給他們發糯米餅。

這些南蠻人手中握著糯米餅，不解地望著信長。

「你們的國家很遠嗎？」

信長冷不防地問道。

由於語言不通，這些南蠻人紛紛搖頭不語。這時在他們船上充當翻譯的一名唐國人趕了過來，才得以繼續。

「有時候在海上漂流一整年才能來到此地。」

「這樣啊？」

信長不禁為他們驚人的冒險精神與雄心壯志感到驚歎。

（我也要像他們一樣。）

他生出這個念頭，接下來又問他們國家的情況、政治和風俗習慣等等。

信長一連在堺逗留了好幾日。這裡成為他培養氣概和增長世界知識的課堂。

在此之前的信長，最大的願望只是一味地要：

——稱霸日本。

然而來到這裡，感受到華美的時代潮流，他覺得先前稱霸日本的野心變得微不足道。

「稱霸日本」這個概念，不再是這名年輕人的憑空想像，而是變成理所應當、非常現實的一個目標。

幾天後，信長從南莊的城門出了堺，和等在那裡的隨從會合後朝北而上。

「主公，您離城已有好些日子了。就怕發生什麼大事，儘快動身趕回去吧。」

「去京城。」

信長不為所動。

到了京城，他想拜訪將軍義輝的寓所。為了實現在堺逐漸膨脹的稱霸日本的野心，他需要事先掌握情況。先和將軍打過照面，將來自己吞併鄰國具備實力後，一舉揮師進京擁立將軍，憑藉將軍的諭旨剷除反抗自己的各國大名。信長此行的兩大目的，便是親自觀察堺的繁華和京城的局勢，所以他必須前往京城。

到了京城，信長借宿在二條的日蓮宗寺院裡，派出使者。

義輝沒有自己的將軍府。

他最近寄居在足利家歷代的菩提寺等持院中，然而寺裡擔心隨時會有外面的大名衝進來討取義輝的性命。

——受到牽連可不得了。

因此並不歡迎義輝在此停留。

接待信長使者的，是將軍的心腹、年紀尚輕的細川藤孝。

「將軍同意接見。」

藤孝回話道。鄉下的大名進京總是會帶來一些金銀禮品，將軍又掌握著向朝廷申請加封官銜的奏請權，還能加收一些買官的禮金。這些人來參拜並不是什麼壞事。

信長來了。

他恪守室町風格的禮節，遠遠地隔著屏風向將軍跪拜。

「這位是織田上總介。」

將軍的侍從介紹著下座叩拜的信長。

將軍義輝微微點了點頭。

他是個虛歲二十六的年輕人，膚色黝黑，長臉，眼裡放著異彩。

雖稱不上相貌出眾，卻也身材矯健，和信長原先想像的日本最高貴族的印象相差甚遠。

當然，義輝醉心於時下流行的劍術，朝夕都練習木劍，又深得塚原卜傳的眞傳。

信長一向少言寡語。

將軍自然也不發話。

參拜就這麼結束了，信長退到另外的房間休息，受到細川藤孝悉心款待一番後，離開等持院。

當天夜裡，藤孝到信長下榻的地方找丹羽長秀。

「有事相告。」

他透露了一件意想不到的事情。

美濃的齋藤義龍也派了隨從進京，幾天前還給將軍送來禮品。不僅如此。

「我還聽說……」

他們知道信長上京一事，密謀在京城刺殺他。

細川藤孝似乎對織田家頗具好感，臨走前甚至留下齋藤一行人留宿的地址。

丹羽長秀立即彙報信長。

「這樣啊。」

信長只是用一貫的口吻應了一聲。

第二天天還沒亮，信長忽然下令出發，上路後，吩咐寺裡的和尚道：

「帶我去美濃刺客住的地方。」

寺裡的和尚將他們領到二條西洞院的臨濟寺時，天已經亮了。

「包圍這裡。」

信長下令後，獨自拿著馬鞭進入寺門，喚來小和尚領路去刺客睡覺的房間。

美濃一行人在院裡借了三間房，此時剛剛起床。

有人還在床上。

有人在洗漱。

信長沒脫鞋就逕直進入房間，大搖大擺地站定：

「我就是上總介。」

他大喝道。

屋裡的美濃侍衛有十二、三人，都冷不防地嚇了一跳。眾人紛紛跳起來端正姿勢，來不及多想就跪趴在地。

「城裡傳言，說你等奉義龍的密令欲加害於我。天子腳下，怎能如此不遜？」

他的聲音透露著威嚴。

「絕無此事。」

等他們抬起頭時，信長已經消失得無影無蹤了。有的慌忙去取劍，有的衝出走廊去追信長，頓時一片混亂。等他們再看到信長時，只是一道出山門的背影。

信長頭也不回地離開了。

隨後門前響起一片馬蹄聲，都朝北漸遠而去。

信長回到了尾張清洲城。

「信長秘密拜謁了將軍。」

越前一乘谷的明智光秀接到細川藤孝的來信得知此事時，北國的雪已經開始消融。

（尾張的信長？）

信長是表妹濃姬的夫婿，光秀總是有意識地記著此人。

（難道此人也有到京城稱雄的野心？）

他心頭有些不屑，又感覺到一絲對對方實力的嫉妒。

（也許眞的像道三大人所說，此人說不定膽識過人。）

他覺得有必要重新認識信長，心中情緒不禁百般複雜。

浮沉

雖然打敗了六角浪右衛門，光秀卻並未因此而名聲大噪。

「兩名窮牢人在楓林馬場比武，一個死了，一個還活著。」

僅此而已。這算什麼事啊。

（眞讓人失望。）

光秀只好作罷。光秀之所以和六角賭上性命，就是爲了出名。如今的情形，想必六角也一定死不瞑目吧。

（六角也是徒有虛名。）

光秀在破舊的柴屋中想了又想。他分析了所有可能的原因。

首先，朝倉家是越前歷史悠久的大國。五代前的朝倉敏景呑併鄰國，定都一乘谷，制定家規，大到軍紀、人才錄用、選用武器，小到服裝、器皿、獵鷹狩獵和耍猴等日常生活和娛樂的所有項目，都奠定了朝倉家運營的基本方針。那時候的朝倉家，可以說是北國的太陽，散發著耀眼的光芒。

五代後的今天，當主義景碌碌無爲，重臣也都安於享樂，沉醉在國泰民安之中。

（所以才不爲所動。）

光秀心想。年輕且具有活力才會受外界事物的影響，一乘谷的人已經失去這種勁頭。

（所以他們才會覺得兩名牢人比武一決勝負，就像乞丐之間打架一樣。）

朝倉一乘谷這個古老社會對外界事物的感受性，就像老人一樣遲鈍。在這樣的環境中再怎麼掙扎，一舉成名，這種牢人的夢想恐怕難以實現。

不過，還是有人聽說了光秀的事蹟上門拜師。

寥寥數人而已。

而且這些人都是足輕，頂多是個足輕組長，或是武士家的雜役工。要想靠這些人攀上朝倉家這棵大樹，不過是白日做夢罷了。

光秀雖然教給他們劍術和槍法，卻並未打算眞正把戰略戰術傳授給他們。一名足輕學了大將的謀略又有何用？

生活也捉襟見肘。

光秀不曾向他們收取任何的學費。倘若收了，就會淪爲流浪的牢人。谷裡的權勢人物，都把光秀視爲：

——窮鬼。

由此，光秀決心不收學費，就算餓死也要維持自己的尊嚴。

不過這些學生多少會送些柴米油鹽上門。加上阿槇到底是土岐一族的千金，生得一雙巧手。堂弟彌平次也經常上山打打獵、下河捕捕魚什麼的，總算得以勉強度日。

這時，光秀病倒了。起先是受了風寒，高燒不退，食欲減退，人也迅速消瘦下來。得的像是肋膜炎。

「我來替您教，您就放心養病吧。」

彌平次自告奮勇道。他把光秀教給自己的劍術和槍法傳授給徒弟們，眾徒弟卻心生不滿。

——怎麼能代替呢？

他們逐漸減少上門的次數，很快就無人登門了。

前面提到的越前長崎稱念寺的旁邊，住著一名叫做考庵的醫生，在鄉里頗有名氣。考庵多少和光秀有些交情，特地到一乘谷來看望光秀，他給光秀把了脈後說：

「這樣可不行，趕緊搬到我家附近來吧。我就不收你藥錢了，專心給你醫治。」

光秀離開一乘谷去了郊外的長崎，在稱念寺門口租了一間小屋。

（我怎麼這麼不走運啊！）

他感慨道。

自從離開美濃，他周遊列國，得以和足利家的年輕幕僚細川藤孝成爲莫逆之交。兩人發誓要復興幕府，他隻身前來越前的朝倉家，是爲了要說服義景揮師上京，借他的兵力和財力擁戴義輝將軍。

這個願望，就像平原的天際上架起的一輪彩虹般壯觀而華麗。然而，現實中的他卻連朝倉家的家老都無法接近，還被迫離開一乘谷，病倒在荒草叢生的郊區，窮困潦倒。

堂弟彌平次也是如此。光秀總是叮囑他：

「有朝一日，我會當上大將，那麼你就是首席家老，負責守城衛國。一旦打仗，你還要替我統帥大軍。平時你一定要勤於修練身心，可不能到了那個時候上不了檯面。」

可實際上，彌平次不但無法修練，還要受雇於附近的百姓，整日耕地鋤草幹些雜活，只爲換些粗糧度日。

阿槙也一樣。

醫生考庵曾悄悄告訴阿槙：

「十兵衛大人的病只有一種藥能治，那就是朝鮮人參。」

朝鮮人參價格昂貴，一匁要花上一兩黃金。

阿槙不知用了什麼辦法買來人參，讓光秀服下。

光秀躺在病床上望著阿槙，只見她像寒念佛的尼姑一樣，頭上包著一塊白色的麻布頭巾。

（你把頭髮賣了？）

光秀發現眞相後，心裡難過得想要大哭一場。

（壯士人窮志不窮，然而連累妻兒一併受窮，就不是什麼引以爲豪的事了。眞正的貧窮，足以消磨人的志向氣節，到最後淪爲眞正的窮人。）

光秀悟出這個道理。此時，除了「有朝一日，我一定要出人頭地」這個夢想之外，光秀再沒有第二個能支撐自己熬過目前困境的方法了。光秀越是心灰意冷，這個夢想就越是強烈。類似念佛的和尚拚命念佛來渴求西方淨土的如來佛祖的心境，不斷念叨著佛祖的名字，就能心生嚮往，一心向佛，最終功成名就。

這場病整整耗去一年時間。

病後的身體仍然虛弱，尚未完全康復。

這時，越前的上空已經籠罩著戰爭的陰影。

加賀是越前的鄰國之一。

加賀的守護大名原本是富樫氏，前後持續了五百年，歷經二十三代。

這裡的富樫氏，與《勸進帳》（譯注：歌舞伎的一部歷史劇）中出現的富樫氏乃同一人物。《平家物語》中有富樫入道，《義經記》中描寫了義經主僕的道行，記載道：

附近有加賀國的富樫。該國大名叫做富樫介。

歷史悠久的加賀國大名家族，也早在這個故事前半部描寫的齋藤道三出生前幾年就破落了。

促使他們沒落的原因是宗教。信奉淨土眞宗的本願寺門徒的一揆，與加賀的地侍裡應外合推翻了富樫氏。

之後的七十餘年，加賀始終未出現統一全國的大名，由地侍、本願寺的僧侶和門徒三方聯合執政，形成一種共和制國家。或可稱作本願寺之國。

這個加賀本願寺之國也經常面臨內部分裂，或是捲入與能登、越後和越前的交戰中，這七十年也並不是風平浪靜。不過，這種「共和體制」一直維持到後來信長攻打本願寺之前。

「共和」其實內部頗爲複雜。地侍爲了爭奪權勢，國家難以統一，期間又不斷地湧現出野心家。

當時，加賀有個叫做坪坂伯耆的人。

此人原是加賀石川郡鶴來的地侍，是個天才戰略家和權術家。他很快就在「共和國」中嶄露頭角。或者說是炙手可熱的人物。

坪坂爲了掌控國內的權勢親任野戰軍司令出征，想憑藉在國外打勝仗來樹立自己在國內的名氣。

「坪坂伯耆要打到越前來了。」

傳來這條消息，是在永祿五年（一五六二）初秋。對方的間諜不停在一乘谷附近出沒。到這一年九月，對方的軍隊開始騷擾邊境一帶的居民。

「坪坂伯耆在北陸道可是智勇雙全的人物，不知朝倉家會作何反應？」

光秀住在稱念寺門前的陋室裡，仍不忘打探各方傳來的消息。

聽說要出兵了。

又聽說朝倉義景撥四千名兵力交給家臣朝倉土佐守，自己親自率領一千人殿後，駐紮在靠近加賀、越前邊境的加賀大聖寺城中，建起大本營。

「阿槙，彌平次，秋天到了。」

光秀讓彌平次迅速收拾行李，帶著一柄槍、一把白扇離開稱念寺門前的陋居。

他朝北而行。目的地是大聖寺。

過了九頭龍川，通往邊境的道路上都是朝倉大軍的運糧部隊。

光秀進入大聖寺城，在朝倉的大本營附近找地方住下，先去打探敵方軍情。

坪坂伯耆的人數比想像的要少得多，只有一千五百人。

朝倉大軍卻有五千人。

然而，朝倉的將兵卻被敵人坪坂伯耆的作戰能力所震懾，士氣消沉。坪坂伯耆率領的加賀門徒士兵都是信佛之人，打起仗來都是拚命三郎，他們在頭盔的內側貼上南無阿彌陀佛的名號，堅信一種就連佛祖都不曾聽說過的信仰：

進則天堂

退則地獄

這是來自本願寺的僧侶想出來的非正統信仰，號召大家，勇往直前者將升上天國，逃跑後退者則墜入地獄。加賀軍本著這種信念馳騁沙場，朝倉的五千大軍反而戰慄於人數甚少的加賀兵，在前哨戰中一敗塗地。

（明天應該就是決戰了。）

當天夜裡，光秀帶著彌平次潛入最前線，藉著夜色的掩護接近敵陣，他趴在地上側耳聆聽人馬的沸騰聲，又眺望前方分辨敵情，過了半晌，他喃喃自語道：

「坪坂明早一定會衝過來。」

他們穿過田野和樹林回到大聖寺，整理裝束後趕到朝倉的大本營。

在軍營門口他們被朝倉的手下人攔住，光秀凜然道：

「我絕不是什麼奸細。我出自美濃的明智家，名叫明智十兵衛光秀，有十萬火急之事要求見朝倉土佐守大人。事關眾將士的生死存亡，千萬不能誤了大事。」

士兵被他的氣勢壓倒，便通報給朝倉土佐守。光秀被請進軍營中。

他邊走邊觀察著軍中的情況，更加確定自己的猜想。

（這樣下去朝倉肯定要吃敗仗。）

陣中軍紀鬆弛，軍隊之間缺乏溝通，每個帳房和軍營中士兵都鼾聲大作。天亮前坪坂伯耆一旦發起突襲，恐怕連片刻都招架不住。

朝倉的家老土佐守接見了光秀。

他看見坐在走廊下的光秀時才想起來：

（此人不就是在我府上門口的小屋教授武藝學問的那名美濃牢人嗎？）

土佐守不由得傲慢地問道：「你有何事找我？」

光秀滿臉凝重道：

「如今局勢緊急啊！」

他告訴土佐守，明早天亮前坪坂伯耆就會率領大軍奇襲，然後不說話等著對方的反應。

「加賀軍早上會發起進攻？」

「沒錯。」

「你怎麼知道的？」

（真是頭蠢驢。這不是兵法的基本嗎？連這一點都察覺不到只顧著呼呼大睡，真不知道朝倉家怎麼都是一群飯桶？）

敵人人少兵寡。兩軍相距不到五里。要想以少勝多，只能夜晚或是拂曉偷襲對方。光秀通過偵查已經否定夜襲的可能，那麼就一定是拂曉時分。憑著坪坂伯耆的智慧，一定會這麼做的。

然而，如果講出上面的理論，兵法的神秘性就會大打折扣，尤其是對朝倉土佐守這類的俗人。光秀於是提議道：

「您要是不信，可以登上城樓證實一下。」

土佐守帶著幾名隨從上了角樓，眺望著敵軍的方向。

四周一片漆黑。

夜空中只有幾顆星星，什麼都看不見。

「您看看那個方向。」

光秀用手指著茫茫夜海中的一角：

「那裡就是加賀的陣營。御幸塚以東的天上升起一片好像月暈的紅光，您看得見嗎？」

「沒看見。」

「肉眼是看不見的。」

光秀卻不這麼說。他解釋道，兵書上說敵陣上如出現紅光，就是拂曉偷襲的前兆。

「您再仔細看看，一定能看見。」

土佐守又仔細望去，不知道是不是光秀的暗示起了作用，他好像隱約看到對面有紅光升起。

「看到了。」

「那就請您早做準備吧。」

做好準備總是萬無一失。土佐守立即傳令下去，又轉向光秀道：

「如果真讓你說中，想要什麼賞賜？」

光秀拒絕了。

「不過，請允許我加入您的陣營一戰。」

那個時代的規矩，牢人往往請求加入一方大將的「陣營」，立功後接受軍功。

土佐守應允了。

果然不出所料，丑時三刻後，朝倉大軍四周的草木中冒出坪坂伯耆的部隊。

敵人未豎起指物，也未點火把，只是在盔甲上套了白紙做成的披肩用以辨認自己人，並一路用暗號接頭圍過來。無奈朝倉軍隊已經事先做好圍剿的準備，敵軍很快就被擊退，太陽升起時，敵人已經被追得落荒而逃，潰不成軍。

光秀可謂立大功。

鄉下大名的家老朝倉土佐守，開始對光秀刮目相看。

「我一定要舉薦你。」

他把光秀帶回一乘谷，在自己的府上招待了幾日後，引薦給義景。

義景一眼就看中光秀的不俗氣質和相貌，當即表示要收留他。俸祿不過區區二百石。

美濃攻略

再回頭看信長。

弘治二年四月二十日，老丈人道三死後已經過了五年。

這期間，信長好幾次嚷著要爲丈人報仇，卻始終未能對木曾川對岸的強國「美濃」發起攻勢。

謀殺道三的美濃國主齋藤義龍，出人意料地擁有統治才能，可說是一點一點地消磨了信長的野心。

信長在這五年中，也曾對美濃領土打過主意，卻每次都被義龍巧妙的指揮和美濃軍隊的英勇擊退。自然而然地，信長打出的「爲丈人報仇而戰」旗號也就不再有號召力了。

這天，信長來到濃姬的房裡小憩：

「我說不定被道三給騙了？」

信長道：

「你說是不是，阿濃。道三大人老罵他的義子義龍頭腦簡單，四肢發達。」

的確如此。義龍身高六尺五寸，體重足足有三十貫。超出常人好些。

——怪物。

道三平時都不喚義龍的大名，背地裡叫他怪物。逢事都看不起他。

而這個義龍，且不論事實眞相，他推翻了形式上的父親道三坐上美濃國主的寶座，再怎麼看都不像是傻子。

國泰民安。美濃的領民似乎也對擁有土岐血統的義龍心服口服，尊他敬他。

而且，美濃國兵強馬壯。鄰國的信長竟然無縫可鑽。

「蝮蛇一定是看走眼了。」

「是嗎？」

濃姬含糊地回答道。美濃的齋藤家是她的娘家，雖說當主義龍殺了自己的父親，但那個身高六尺五寸的龐然大物畢竟是她從小一起長大的哥哥。她甚至很喜歡那個高大魁梧、待人親切的「兄長」。

信長仔細地向濃姬打聽義龍的事情。雖然都是些「在院裡採了蕨菜給我」「送給我京城做的小盒」之類的不足輕重的瑣事，卻能幫助信長瞭解義龍的一些特性。正因爲義龍如此脾性，美濃人才會臣服於他吧。

還有一次——

信長又問濃姬：

「聽說義龍有個女兒叫馬場，容貌出眾。你聽說過嗎？」

「我也確有所聞。」

「呃，你也聽說了。我想娶那個女孩給我生孩子，阿濃你怎麼想？」

信長突然冒出這句話，他的表情卻很認眞。

濃姬不能生育。信長需要後嗣，最近他身邊有幾名女子爲他生了幾個孩子。

濃姬並未作答。

信長卻不顧濃姬的反應，開始將自己的這條「妙計」付諸行動。他馬上派遣使者前去美濃的稻葉山城，向義龍提親。

對義龍而言，卻是這輩子聽到的最不愉快的事。

「尾張的小東西說什麼呢？」

他氣得吹鬍子瞪眼：

「他是不是瘋了。我家可是美濃守護職土岐家的嫡流。信長之輩，要追究的話也只是尾張守護職斯波家的家臣的家臣所出。就算他要娶做正妻都是癡心妄想，何況是個偏房！」

他趕走了使者。

使者回來向信長覆命，信長表面上裝作對義龍的傲慢很生氣，心裡卻暗暗佩服道：

（看來這個六尺五寸，眞的不傻。）

他的用意，一半是覺得有趣，一半是爲了試探齋藤義龍的器量。

之後，他告訴濃姬：

「阿濃，納妾一事沒成功。那個六尺五寸的傢伙似乎很生氣。」

濃姬也不禁皺起眉頭，嗔怒道：

「那要是這樣，主公眞是受委屈了呢。」

說完後，她才換上一副同情的表情。

（這傢伙到底想幹什麼呢？）

說實話，濃姬也有很多時候猜不透信長的心思。

還有一件事。有一陣子，信長一到夜裡就離開內院，爬到城牆的頂端，從窗邊眺望著美濃的方向。每天晚上都是如此。

濃姬覺得蹊蹺。一天，她忍不住問道：

「主公一到晚上就望著美濃的方向，難道有什麼事情嗎？」

「我在看有沒有起火。」

信長毫不掩飾地答道。

「起火？」

「美濃的一名老臣偷偷跑來找我，說義龍沒什麼前景了。我便對他說，你要是眞心，就放火燒了稻葉山城。所以我每天都在看有沒有起火。」

信長故意說得很大聲。

濃姬身邊的丫鬟不少來自美濃，當然不乏有人使用某種手段將尾張的情況向美濃方面通報。

信長大聲撒這個謊，是爲了讓那些人聽到。

這件事傳到美濃，義龍也聽說了。他自然而然地開始用猜疑的眼光觀察起群臣來。

不過，美濃可不是那麼容易陷入混亂的。

由於一件意外，美濃開始動搖了。

這是信長悄悄從堺和京城視察回來後，第四個月時發生的事。

傳聞義龍死了。

「會不會搞錯了？」

謀略家信長剛開始怎麼也不相信。

（是不是想引我上鉤呢？）

他心下懷疑。而且就在不久前，義龍還派出刺客想在京城暗殺自己。義龍一心想要除掉自己，絕對不可能先從這個世界上消失。

「去打探一下虛實。」

信長派出幾名探子，從其他管道打探消息。發現此事確實千眞萬確。永祿四年五月十一日，義龍在稻葉山城暴病身亡，年僅三十五歲。

「是他的老毛病復發了嗎？」

信長問來人。義龍身患頑疾。

「不是，死於腦溢血。」

來人還特意抄下義龍臨終時前留下的詩歌。歌中寫道：

三十餘年
守護天人
剎那一句
佛祖不傳

充滿禪道教義。義龍生前沉迷於禪道並皈依在禪師別傳和尚門下，故會做此詩歌。信長向來對禪道毫無興趣，根本連意思都看不懂。

他也根本不想明白。信長只是清楚地瞭解到一件事：

（我的道路沒有障礙了。）

「喜太郎是個蠢貨。」

信長如此評價義龍的後繼人。喜太郎名叫龍興，十四歲。

義龍死的那天是十一日，信長是第二天的十二日得到準確消息的。

義龍死後第三天，也就是十三日這天，信長利落地穿戴好盔甲，下令吹響戰號，出了清洲城。

（乘機討伐美濃。）

他的天性促使他下了決定。鄰國的不幸給自己國家帶來千載難逢的好運。如今，美濃國上下都沉浸在悲痛之中，土岐家的老臣也都慌了手腳。準備葬禮一定忙得不可開交。這些對信長而言都是機會。

信長如同惡魔一般立刻付諸行動。

信長在國境的墨股附近糾集了六千人馬，浩浩蕩蕩地向西美濃挺進。

附近的美濃軍隊首領日比野下野守和長井甲斐守等人，一面急忙派人到稻葉山城通報信長的突然襲擊，一面吹號召集西美濃各村的士兵，卻終於未能抵擋住來勢洶湧的織田大軍，都死在織田兵的手下。

稻葉山城的老臣急忙編制軍團，以一萬大軍之勢出城迎戰，信長卻不戀戰，即刻下令收兵回尾張。

美濃武士素來驍勇善戰。信長比任何人都清楚，如果拿相同人數的尾張兵與美濃兵較量，簡直是拿雞蛋碰石頭。從上一代的父親信秀開始，尾張在與美濃的戰爭中就幾乎沒有占過上風。

信長撤回尾張之後，極力開展對美濃人的離間活動，在七月二十一日這天：

「這回看我的——」

率領一萬大軍，浩浩蕩蕩地蹚過木曾川，闖進美濃平原。一踏上美濃，他們就氣勢洶洶地逼近稻葉山城腳下。

可是這次，信長仍然慘遭失敗。

信長從河田渡的渡口上了木曾川的對岸，立刻命柴田勝家爲第一軍的先鋒，池田信輝率領第二軍，丹羽長秀率領第三軍，自己則親自率領第四軍，頂著炎炎烈日發起進攻。這個渡口距離稻葉山城只有十二、三公里，猛攻的話估計能一舉拿下稻葉山城下。

美濃的防軍卻出人意料的不堪一擊，處處敗退。織田軍乘勝追擊，不斷前進。

（眞不經打。沒想到義龍一死，美濃兵變得如此脆弱。）

信長也驚愕不已。對美濃兵的急劇衰弱，信長有充足的理由來解釋。或者說，信長過分迷信是由於義龍的死造成的原因，反而蒙蔽了自己的判斷能力。

雖然，日後的信長被譽爲天才戰略戰術家，此時也不過剛滿二十七歲。要說經驗，幾乎都是國內的小規模作戰，只有上次偷襲今川義元大功告成的桶狹間（田樂狹間）一戰，是他唯一一次與大規模部隊交戰的經驗。

（桶狹間一戰我打贏了。）

信長滋生出信心，這份信心讓信長勇往直前。

這裡要提到的是，信長作爲戰術家的特點是其驚人的快速行動。在需要的時間和場所迅速匯集最大限度的人數，以迅雷不及掩耳之勢攻擊對方，一旦發現形勢對己不利，便馬上掉頭撤退。這種戰法酷似拿破崙。

他不是那種巧妙應變型的戰術家。那種工匠型的戰術家，多出自甲州、信州、美濃北部等地形複雜的地區。例如，武田信玄、眞田昌幸、幸村和竹中重治等就屬於這一類型。

信長從小就在一望無垠的尾張平原長大，掌握了平原上的戰鬥經驗。尾張的道路網發達，便於靈活調動兵力，然而地形單調，決定了信長在利用山河或地形地物等小型戰術思想上有所欠缺。

就這一點而言，美濃的地勢多變，恰恰培育了很多陰險狡詐的戰術家。

來自單純的尾張平原的士兵乘勝追擊，一路無阻。

然而，眼看他們來到長森，面前就是稻葉山城，局勢卻發生翻天覆地的變化。

四周樹林、灌木、土堤、村落突然鑽出數不清的美濃士兵，分別從兩側襲來，而先前被切斷退路、仍在節節敗退的美濃兵，卻開始反攻織田軍的先鋒隊來。

美濃的戰鼓、號角聲響徹天際，織田軍全數中了埋伏。

（糟糕！）

信長意識到形勢不妙，扭轉馬頭想要逃離戰場時，美濃軍中以勇猛著稱的日根野備中守兄弟對信長的旗本發起猛攻，竟致信長無法脫身。

織田軍的陣腳一亂，美濃軍的主力部隊隨即衝出稻葉山城迎戰，他們採取隔斷織田部隊逐個殲滅的戰術。

信長隻身一人殺開一條血路，總算逃回尾張，回頭望向對岸，織田兵被美濃軍趕盡殺絕，慘不忍睹。

幸好太陽很快就下山了，藉著夜色的掩護，織田兵開始向南撤退。

不僅是夜幕的降臨救了尾張的逃兵，織田軍的一名將校，提前就帶著野戰兵埋伏在與稻葉山相連的瑞龍寺山山腳下。他們按照事先的計畫，在山腳點起無數的火把並來回晃動，讓衝出城來應戰的美濃軍誤以爲「這裡有織田方面的別働隊」，便急急忙忙解除包圍圈退回稻葉山了。由此，織田軍才得以虎口脫險。

而擺下這次火把陣、救全軍於危難之中的織田軍將校，就是奉命率領一支分隊殿後的木下藤吉郎秀吉。

這回，美濃軍把置信長於危險境地的巧妙戰術名曰：

「十面埋伏之陣」。

消息傳到尾張，發明者竟然是一名剛滿十七歲的年輕人。

這名年輕人是美濃不破郡的菩提山城城主，名叫竹中半兵衛重治。後來，半兵衛投靠織田家，成爲秀吉的參謀，參與多方作戰，天正七年（一五七九）病死在播州三木城的攻城戰中。總之，通過這次戰爭，敵方的半兵衛及己方的藤吉郎，讓信長領會到以智取勝這句話的價值。

身在越前一乘谷的明智十兵衛光秀聽聞此事時，不禁抓著堂弟彌平次的手唏噓不已：

「信長還眞是能折騰啊！」

在光秀看來，屢戰屢敗的信長對染指「美濃」這塊富強的土地毫不氣餒，簡直讓人匪夷所思，同時他又感到：

（這份執著也許最後眞的能吞併美濃。）

這一年五月，信長已經與三河的德川家康結爲盟友，消除了東部的威脅。他可以集中精力對付北部的美濃了。

（一旦得到美濃，那麼離得天下也就不遠了。）

對寄身在朝倉籬下的光秀來說，信長勢力的壯大並不是一件讓他高興的事情。

光秀奔走

光秀的野心只有一個。

那就是，「中興幕府」。讓在京都名存實亡的足利將軍家重新掌握天下大權，恢復以往作爲武家首領的威信，統一各國的部隊，平息天下的戰亂。

僅此而已。

（僅憑一介匹夫之軀。）

有時，就連阿槙和彌平次都對光秀這種不切實際的夢想感到懷疑。

光秀卻有其本事。每當他在越前一乘谷的家中一角莊重地提及此事時，阿槙和彌平次聽著聽著，都會不由自主地亢奮起來，眼前似乎展現出一幅鮮豔的太平盛世華麗繪圖。

光秀在朝倉家奉公的報酬是二百石。

這是他憑藉自己的能力所獲的第一份收入。

然而，這二百石的身價，對躊躇滿志的光秀來說微不足道。

當初，他受到朝倉家的家老朝倉土佐守的舉薦第一次參拜義景時，提出：

「如果無妨，在下想做主公您的門客。」

辭退了二百石的封地。光秀只想要二百石的身分，並不是封地。只要得到糧米，保證家人衣食無憂即可。而且門客擁有進退的自由。

越前的國主朝倉義景，卻是昏庸到極點。按照常理，光秀提出這樣的要求，一般都會感到奇怪：

「爲何有此要求?」

這樣的話，光秀就能乘機回答道，自己之所以這樣是爲了「立志於中興幕府」。然而，義景卻未有任何的疑問。

「這樣就行嗎?」

淡淡回了一句，便同意光秀的要求，收留他作爲二百石等級的門客，隸屬家老土佐守之下，草率了事。

（這個蠢傢伙，怎麼不問我理由呢?）

光秀多少有些心急，一天早上，他早早用過飯，便整理裝束來到朝倉家家老土佐守的跟前：

「有事相求。」

「什麼事?」

「我想去參見京都的將軍，請准許休假。」

鄉下大名的家老土佐守自然大吃一驚。雖說將軍家已經衰敗，到底還是天下第一的貴人。而早些天還是個牢人的光秀，竟然輕巧地說要去看將軍，就像要悠閒地回老家探親一樣。

「其實，」

光秀解釋道：

「將軍家的禮部侍衛細川兵部大輔藤孝大人有信在此。因此我務必上京走一趟。」

爲了證實自己所言不假，光秀遞上那封信。土佐守看了信之後，就像被魔法定格似的愣了半晌，才說：

「眞是人不可貌相啊。十兵衛大人到底是何方神聖?」

他連語氣都變得畢恭畢敬。

「哦。」

光秀開口道。其實自己不過是將軍心腹的朋友而已。然而在越前這種遠離京城的鄉下，沒必要透露自己的底細吧。

「在下深受將軍信賴。去年秋天，還曾陪伴將軍出席連歌的集會。將軍有不少機密的要事，也都會和我商量。」

「眞的嗎？機密要事？」

土佐守滿臉誠惶誠恐的表情。

「這麼說，您這次前去，也是有要事相談嗎？」

「據我所知。」

光秀把從細川藤孝每次的來信中得知的各種京都傳聞繪聲繪影地講了一遍。

京都的將軍義輝，早就受控盤踞於阿波、山城的三好、松永兩位大名之下。然而，居住在二條宮殿中的將軍義輝年輕氣盛，又在劍術上頗有造詣，不甘心一直任由三好長慶、松永久秀擺佈。

早幾年，義輝曾請求越後的長尾輝虎上洛，希望他助自己一臂之力，可見他有意擺脫三好、松永等人的糾纏。

輝虎率領北越的精兵強將上洛，進貢了數不清的金銀財寶，向將軍宣誓效忠。離開時，輝虎對義輝說：

「在京城這幾日，我發覺三好、松永之輩不僅對將軍沒有尊崇之情，反倒有叛逆之心。如將軍有令，我等即刻誅殺此等奸賊，當作我離開京城送您的大禮。不知將軍意下如何？」

輝虎在京都逗留期間，獲得名家上杉一姓的賞賜，又被封為名譽上的關東管領，形式上位居幕府的「重臣」。輝虎之所以這麼說，想必一是為了報恩，二來也是出於自己性格上的正義感。輝虎也就是後來的上杉謙信。要憑他的軍事才能，對付三好、松永之類就像拍死蒼蠅一般容易。事實上，輝虎在京都逗留的這段時間，松永彈正少弼久秀等人幾乎每天都到輝虎住的旅館，奴顏婢膝地討好巴結他。

「請殿下定奪。」

輝虎追問道。其實這時，只要將軍義輝一聲令下：

「殺無赦。」

就沒有日後的大患了。義輝雖然聰明勇敢，但到底有貴族的軟弱。他猶豫了，最後說：

「不必了。」

拒絕了輝虎的提議。

輝虎率領北越的大軍離去後，三好、松永又恢復之前的胡作非為，義輝重新陷入之前的煩惱中。

不過，義輝倒也沒有袖手旁觀，束手無策。他本就有勇有謀，再加上還有細川藤孝這位謀臣。

（總有一天要趕跑三好、松永惡黨。）

義輝暗自下了決心，開始秘密地拉攏諸如近江等附近地區擁護將軍的豪族，加入自己的陣營。越後的上杉畢竟山高水遠，一旦需要出兵，肯定來不及。

「將軍大人也真是勞苦奔波啊！」

……

土佐守聽得入神，也不禁心酸落淚。

「想必細川藤孝大人正是為了此事找我商量，討論天下到底有哪一位大名能夠成就大業。」

「我們朝倉家不知道怎麼樣？」

土佐守終於說出這句話。

光秀卻一直苦笑不語。土佐對光秀這種不置可否的態度感到不解，再次追問道：

「怎麼樣呢？」

光秀故意轉開視線道：

「如今雖是戰亂不斷，這十幾年期間一定會出現天下統一的大運。就看誰能成功了。」

「誰？」

「依我看，只有能夠與將軍志同道合、協助將軍，聽命於將軍，召集諸大名，奉將軍之命討伐忤逆之徒的大名，才能得以統一天下。」

（將軍有如此大的權威嗎？）

土佐守聽後，對光秀描述的統一天下的方式感到疑問。如果只需聽從將軍的命令，不早就能夠平定這個亂世了嗎？他提出這一疑問後，光秀微笑著答道：

「您所言極是。」

他接著說：

「如今的將軍確實無權無勢。然而，一旦出現天下統一的徵兆，將軍的存在就會重新大放光輝。統一需要一個核心，而這個核心只能是將軍，具有眼光的諸侯一定不會放過這個機會。尾張的織田信長就是最有競爭力的大名。」

「信長？」

朝倉土佐守不屑地笑了。織田家甚至連祖先都不明確，傳聞其原本是越前丹生郡織田莊的神官，不知何時流落到尾張，信長就是他的末裔。雖然，信長最近在東海地區稍有名氣，然而從名門的朝倉家來看，不過是從自己的領土流落到他鄉之人的後代罷了。

「信長有那麼厲害嗎？」

「我也不清楚。不過，我聽說他年紀輕輕，最近還親自到京城打探形勢，慧眼獨具，不容小覷啊！」

「到了京城？他拜謁了將軍嗎？」

「那怎麼可能？他原本出身低賤，雖自封爲上總介，又不是什麼正式冊封的官位，有什麼資格拜謁將軍？」

「就是嘛。哪能和我們朝倉家相提並論。我們可是代代相傳的越前守護職，主公身兼從四位左兵衛督的官職，不是時下流行的什麼自封，而是正正式式從京城賜封的。我們主公要是上京的話，天子也好將軍也好都能拜謁。」

「那麼，主公能上京嗎？」

光秀終於點到問題的核心，他目光緊緊地盯著土佐守。

「如果有這個打算，我就先行進京，提前通知將軍和公卿，做好迎接你們的準備。」

「這……」
這位家老有些狼狽。義景要想上洛，不僅要和東邊加賀國的本願寺門徒和睦共處，還要和中途必經的近江國的淺井、六角等實力強大的大名一決勝負或是主動示好，否則絕不敢輕易離開國土。朝倉家向來缺乏這種膽識。
「您意下如何？」
「眼下，即使我們有意如此，卻被近鄰絆住腳步，半點也動彈不得。心裡卻是一百個願意啊！」
「真的願意嗎？」
「絕無假話。」
「那我就先向將軍轉達朝倉家的意向。只是光靠語言不足以表白心意，請準備一封主公的親筆信，再帶上一些貢品以示朝倉家的誠意才好。」
這樣，光秀在將軍家和細川藤孝面前也有面子。
「朝倉言之有理。」
朝倉土佐守聽後大喜，答應在光秀出發前做好準備。

自然而然的，光秀奠定了自己的特殊地位。這次是他第一次因公進京，短暫停留後就回到越前，之後，作爲越前朝倉家的聯絡將校，光秀頻繁地往來於一乘谷和京都之間，成爲連接將軍家和朝倉家的紐帶。
如此反覆，將軍義輝也記住了光秀的名字和長相。甚至在他第三次進京時，將軍義輝破天荒地主動提出：
「我把你當做家臣看待，你意下如何？」
光秀由於沒有官位，跪在開滿山荻花的院子裡，將軍路過他身邊，站在屋簷下的走廊邊望著他。這句話從天而降時，足智多謀卻又多愁善感的光秀激動得伏在地上，淚如泉湧，感激涕零道：
「請細川兵部大輔大人作證，光秀在有生之年，不，哪怕是粉身碎骨、投胎轉世也要爲將軍鞠躬盡瘁、死而無憾。」

光秀的淚水止不住地往掉下，最後竟趴在草坪上嗚嗚地哭出聲來。光秀性格中讓人意想不到的這一面，讓將軍義輝無比憐惜。就連陪在一旁的細川藤孝，也不禁用袖子拭淚。

藤孝一向機靈過人，這一時機也沒忘記向將軍推薦明智光秀這位莫逆之交。

「光秀大人並未奉公於朝倉門下，只是門客。這種身分再好不過了。雖說失去家園，要說起來還是出身美濃明智鄉、土岐源氏的名流之後，尋根究柢的話恐怕和將軍家的血統同出一處呢，作爲將軍的家臣自然是不過分。從今天起你就將自己當做家臣吧。」

藤孝接過義輝的話題，又特意加以強調。義輝忽然想起來，賜給光秀一襲官袍和一把刀柄刻有白桐家紋的寶刀。

光秀伸手接過，拜謝道：

「這些賜品，就當做是光秀加入將軍麾下的證據。」

這件事，徹底改變了光秀在朝倉家的地位。雖然所獲的糧米薪酬並未提高，朝中看待光秀的目光卻不一樣了。在眾人眼中，光秀儼然「京都將軍家的使者」，對義景也擁有與家老同等的發言權。這也不奇怪。有朝一日，朝倉家擁立將軍起兵的話，光秀也就會成爲將軍家派遣的督軍。

到了永祿七年（一五六四）。

這段時期，尾張的信長始終未能放棄奪取美濃的夢想，不但沒有放棄，他還主動出擊，反被美濃兵打得落荒而逃。他卻執著於與美濃的爭鬥，從永祿四年至今，雖然是屢戰屢敗，卻始終沒有灰心。

（此人還眞是倔脾氣。）

身在越前的光秀心想。他發覺信長的體質中有一種執著，讓他不寒而慄。

（就衝著這份執著，也許信長才是眞正的英雄。）

以前聽多了信長的傳聞，光秀一直認爲他做事急躁，通過此事才有新的認識。在攻打美濃這件事上，信長的貪婪和執著給世人留下深刻的印象。這兩點可以說都是作爲英雄的重要資質。而且無論失敗幾次都不灰心，這可不是常人做得到的。更重要的是，每失敗一次，信長的戰術都會長進幾分。

（此人在失敗中進步。）

在越前的光秀眼中，信長的行爲甚至讓他相信，信長是爲了取得進步才故意打輸的。

最新消息傳來，信長爲了侵略美濃，暫時離開長年居住的清洲，在距離美濃邊境不遠的小牧山建設新城，趕著建成城下町，還把家臣的府邸都遷到此地。家臣由於生活不便並不樂意搬遷，信長卻一意孤行。

（他打算紮根在稻葉山城的咽喉地帶。）

光秀不禁感到心悸，對尾張的動向日益表現出過分的關注。

永祿八年（一五六五），信長依舊沒有放棄對美濃的想望，將之前指向西美濃的矛頭一轉對準東美濃。光秀聽聞，今年夏天，信長侵入了東美濃的部分地區，此後不斷地保持著進退。

這一年的五月，光秀身邊卻發生了一件大事。將軍義輝被松永久秀殺害了。

劍與將軍

這件發生在永祿八年、震驚整座京城的事，該從何說起呢？

這裡先要提到被稱作「彈正大人」的這號人物。官位是彈正少弼，名爲松永久秀。

歷史上，彈正是與齋藤道三齊名的惡人典型。在這個故事的某一階段，道三曾和彈正打過照面。當時，彈正還只是控制著京城實權的大名三好長慶手下的一名總管。

他的勢力日益增長，雖然表面上還是三好家的家老，實質上卻是三好家的主人，掌握著阿波、河內、山城和京都等地，控制著日本的中樞地帶。

「彈正大人無惡不作。」

儘管人盡皆知，卻無人能對付他。他不但擁有強大的軍隊，而且足智多謀，外交能力卓越不凡，論起戰術，近畿地區的諸國大小名沒有一個是他的對手。

他原是三好家的祐筆出身，寫得一手好文章。不僅如此，他還通曉風流之道，與京都的公卿、堺的富商往來密切，衝著他是爲數不多的當今風流人物之一，就足以看出他的實力。

他所在的信貴山城，也足以證明他的才能。

信貴山是生駒、信貴山脈的群峰之一，好似一座屏風隔開了河內和大和兩國。海拔四百八十公尺。

信貴山城位於大和國一側的山腹，是彈正在永祿三年間建成的。這一年，信長在桶狹間突襲今川義元大獲全勝，彈正也正忙於呑併河內和大和兩國。

城裡有座天守閣。

這座閣高高聳立在雲端，放眼望去，整個大和平原盡收眼底。城裡建閣還是頭一例。

「彈正大人蓋了一座龐大的樓閣。」

這個消息一傳開，京都的公卿、堺的商人都欽佩不已，不少人還專程慕名前來參觀。這件事也傳到尾張信長的耳中。

「此人還眞有本事。」

信長原本就喜歡新奇事物，尤其喜愛標新立異，對此事格外表現出興趣。只是，等到他擁有自己的「天守閣」時，卻是十六年後建起安土城以後的事。

「天守閣」。

其實並不具備太多的實戰功能，它華麗高大、直聳天際，向天下顯示城主的威風，倒不如說宣傳的作用更大。

理所應當的，世人的心目中：

「不愧是彈正大人啊！」

這一印象放大了本人的實力，並散佈到其他各國。

信貴山城建成兩年後，彈正覺察到主人三好長慶的世子義興比自己想像中要英明，並逐漸在疏遠自己。

（不除掉這個年輕公子，就不能隨心所欲。）

他使用詭計把義興毒死了。

這一時期的父親長慶卻昏庸無道。世間傳聞：

——彈正大人殺了義興大人。

他卻深信義興死於疾病，終日鬱鬱寡歡、厭惡塵世，躲避在河內飯盛山城不問政事，把權力移交給彈正，身體也日漸衰弱。彈正變成獨裁君主。

此時的彈正還有一塊絆腳石，那就是長慶的親弟弟三好冬康。冬康乃攝津茨木城城主，擅長連歌，被封爲「集外三十六歌仙」之一。

彈正向年老昏庸的長慶讒言道：

「冬康大人有謀反之意。」

得到長慶的許可後，他立即發動兵變殺害冬康。長慶後來才得知冬康的清白，後悔不已鬱鬱而終。義興、冬康、長慶三人接連死去，三好家只剩下一副空殼子。彈正立長慶的養子三好義繼繼位，自己掌握實權。

長慶死後，彈正還剩下一個棘手的對象。

將軍義輝是也。

義輝生來就氣概不凡，不肯聽任彈正的擺佈。

（有沒有什麼好計策。）

彈正苦苦尋思。

所幸足利家的血脈、將軍叔父義維的兒子寄養在三好家，即十四代將軍義榮。只要擁立義榮，彈正就能隨心所欲，最終把天下占爲己有。

（一定得殺了義輝將軍。）

彈正絞盡腦汁日夜思索。

當然，義輝嗅到了危險的氣息。他從小就生在亂世，身爲將軍，自然對自己的安危分外敏感。彈正時不時地到二條的將軍館拜見義輝。一看彈正的表情，義輝就能感覺出異樣的空氣。

（這個傢伙。）

松永彈正是位美男子。

年少時，他的美貌堪比少女，據說長慶曾寵幸過他。即使現在，他的風采也不減當年。

他雖然已年逾五十，卻膚色白皙，一雙大大的眼睛，臉色潤澤，嘴唇也生得精緻。乍看上去如此俊美開朗的男子，絕對不會有人相信他竟是接二連三謀殺主子的兇手。

這個彈正，最近頻繁地拜見義輝，每次都扯些不相干的話題，還對義輝身邊的大臣表現出異常的討好。

義輝不由得起了疑心。

「此人笑裡藏刀。」

彈正的笑臉甚至闖入義輝的夢中，義輝常常被噩夢驚醒。

「乾脆殺了彈正吧。」

細川藤孝提議。但要說動武，義輝手下卻沒有軍隊，只能請求鄰國的大名。而且這件事還要極其隱秘，一旦洩露，將軍反而會死在彈正的手上。

「可行嗎？」

「我到周圍各國求援。」

細川藤孝親任密使，懷裡揣著將軍的親筆信，打扮成各種裝束到鄰國打探，走遍對將軍懷有好感的大小名家中。當然，他也給越前朝倉家的明智光秀寫了信，讓他：

——一旦有事，即說服朝倉義景揮師上京。

雖然藤孝也明白，光秀的力量還不足以說動朝倉義景，但是好比落水瀕死之人，連一根稻草都恨不得緊緊抓住。

當然——

爲了防備外部的侵入，還向下深挖了將軍二條宮殿的護城河，加高城牆，並在四周大興土木搭建角樓。

這些動靜傳到信貴山城的松永彈正耳中。

（難道將軍猜中了我的心思？）

彈正判斷此事不能耽誤，乘著還在蓋樓趕緊動手，他叫來心腹林久大夫。

「你去探聽一下將軍的日常情況。」

他命令道。

久大夫即刻動身，住在京城七條朱雀後街附近的舊相好家中，每天都到二條館周圍晃蕩，打聽行情。

時值陰曆五月，正是梅雨季節，每日陰雨綿綿。

二條館的工程暫時中斷，護城河邊看不見人影。向市里的人一打聽，都說：

「將軍殿下由於雨季無聊，每天都飲酒作樂。」

久大夫急忙趕回信貴山城，將這個消息彙報給彈正。

彈正開始著手準備襲擊。當然，他沒有忘記推舉河內飯盛山城的三好家當主義繼爲總大將，結成所謂的「三好三人眾」，正式出兵。

爲了掩人耳目，他沒有採取大軍行進的方式，而是將人數分爲三十人或五十人一組，分頭向京城出發，沿途還散佈消息，自稱「西部某大名的家臣進京前往清水寺參拜」。

五月十九日這一天，太陽下山後，所有人馬都在京城市內的各個關卡做好部署。總大將三好義繼率領四百五十名士兵在鴨川沿岸的三本木布下陣營，松永彈正則在烏丸春日的正面、十河一存在室町、三好笑岸在西大路、岩城主稅助在勘解由小路一帶分別埋伏，將二條館包圍得嚴嚴實實，甚至連隻鳥都飛不進去。

當天夜裡下起雨。

二條館中，將軍的貼身侍衛已經退下，各自回到自己的住處。

館中只剩下小姓和同朋眾（在主君身旁負責藝能、茶道、雜務，或祭拜戰死主君的僧侶，編按），毫無戰鬥能力。

義輝的謀臣細川藤孝，這幾日都住在京都郊區的乙訓郡勝龍寺裡，這裡有他的一小塊封地和府邸。藤孝自然做夢也不會想到，今天夜裡會發生如此的劇變。

二條館的正門對著室町大街，已改建完成，角樓也已經建好。

晚上七點過後，雨勢稍微減弱。到了八點，各地埋伏的軍隊同時手持火把，從各自的所在地包抄過來，到護城河邊，聽從彈正指揮的戰鼓聲跳下河，向城牆上攀爬。

「什麼聲音？」

在後宮休息的將軍義輝一躍而起。

（難道是三好、松永的黨羽要造反？）

他猛然悟到，急忙派心腹沼田上總介（細川藤孝的丈人）去察看。

上總介從館裡跑到大手門的室町口，上了角樓一看，所有的大街小巷上都點著火把。

「究竟何人謀反？爲首的大將報上名來！」

他向下大吼道。負責進攻室町口的十河一存示意眾人安靜後，策馬走到河邊，大聲回答道：

「我乃三好修理大夫（義繼）的部下。爲報多年遺恨，今日特來此地。」

沼田上總介急忙飛奔下角樓，報告將軍後即刻前往守衛的房中，換上甲冑取了大弓，正想回到角樓時，城門已被攻破，敵軍闖進來了。

義輝的小姓在昏暗的後宮中摸索著套上盔甲，集合到義輝的身邊。他們都是出身幕僚名家的子弟，其中的畠山、一色、杉原、脇屋、大脇、加持、岡部等都是武家有頭有臉的大姓。

義輝似乎已經悟出自己的末日已到，下令道：

「把蠟燭都拿來，照亮大殿。有酒嗎？馬上拿過來。下酒菜就用墨魚乾吧。女官們也都過來，辦一場最後的酒宴吧。」

眾人連忙準備。

於是，在一片敵軍的吆喝打鬥聲中，一場酒宴匆匆地備好了。

小姓或許是因爲年輕，眾人臉上都不見驚慌。其中一名與細川藤孝有姻親關係的叫做細川隆是的年輕人跨步走上前來：

「我來助興一曲吧。」

他向女官要了一件鮮豔的和服，套在身上舞了一曲。

義輝拍手稱快，笑道：

「把衣服給我。」

他又讓人取來筆墨，在衣服上洋洋灑灑寫下一首辭世之歌：

五月雨
似雨似淚不如歸
還我英名於青雲之上

雖說歌詞並不驚天動地，然而這名年僅三十、劍術超群的將軍，寫出了自己的氣概。

「我要衝出去殺敵了，爾等也莫貪生怕死！」

義輝揮劍而起。小姓也應聲衝出門外，奔向敵人。

義輝換上足利家祖傳的長身盔甲，戴上配有五枚金綴的頭盔，從大殿後的床之間取出十幾把寶刀，隻身一人奔出走廊來到玄關前的高台上，對著撲上來的敵人就是一刀。只見刀光一閃，來者已經人頭落地。

他的劍術受到上泉伊勢守的啓蒙，又深得塚原卜傳「一之太刀」的眞傳，能是義輝對手的，想必當世沒有幾人。

玄關口很窄。

不斷有人衝上來。義輝不停地躲避槍頭斬落對方的薙刀，躍上前去刺中敵人的空隙，或是直取對方的首級，身形極其靈活。

（將軍難道是鬼變的？）

刺客們不禁心有餘悸，保持距離不敢靠近。義輝急忙跑回到大殿又取出幾把寶刀，再度回到門口殺敵。

這些寶刀都是足利家秘藏的名刀，有的甚至透過盔甲直刺入骨，每逢此刻義輝便大喝一聲：

「看刀。」

而後便舉起滴著血的刀放聲大笑，砍過盔甲的刀則隨手扔掉。一旦與金屬相碰，刀刃便會有缺口，無法再砍倒下一名敵人。

此刻的義輝，已經變成一個殺人狂魔。他本就武藝高超，再加上視死如歸。從鎌倉時代一直到明治維新，身爲征夷大將軍親自揮劍殺敵的，恐怕唯義輝一人。而且，作爲一名劍客，從兵法（刀術）時興以來，他的勤勉也無人可比。

不久，城館四周紛紛著火，火勢漸漸逼近玄關，義輝只好退至大殿繼續奮戰，這時有個叫做池田的人從背後揮槍對著義輝的雙足橫掃過來。

義輝被絆倒在地。

對方將門板蓋在義輝身上，使他動彈不得。槍從縫隙中不斷刺下，義輝終於嚥了氣。

光秀在進京的路上，偶然得知此一噩耗。

當時他正在江州草津的旅館中，從同樣在此下榻的出雲賣護身符商人那裡聽來的。

（前功盡棄。）

他不禁爲自己命運的不濟而唏噓。他之所以在朝倉家受到特殊對待，正是因爲他受到義輝將軍的知遇之恩。義輝一死，被委任籌畫戰事的自己，也就失去施展魔術的道具。

出於友情，他馬上想到好友細川藤孝的安危。

（是不是一同殉職了？）

藤孝一向勇猛。十有八九，他與將軍一同遇難了。

光秀飛也似的出了草津，一口氣趕六里二十四町的路，一到京城就直奔室町大街北端的二條館。

只剩一片廢墟。

光秀不停地向街上的居民打聽當天晚上犧牲的侍衛。從中得知，事情發生的夜晚，將軍的貼身侍衛幾乎都不在館中。他還打聽到，藤孝離開京城去了自己的封地勝龍寺。

（天意啊！只要細川藤孝還活著，幕府就還有希望。）

光秀心中狂喜，他決定先找到藤孝，於是離開京城前往藤孝的封地乙訓郡勝龍寺。

（藤孝一定還在那兒。）

光秀之所以有把握，是因爲松永彈正一派爲了將他們的下一顆棋子義榮推上將軍之位，貼出告示宣佈保護幕僚的性命、身分和封地。自然，藤孝也無需躲藏。

（一定要找到藤孝，共商重建幕府之事。不能讓松永彈正等人推舉義榮坐上將軍之位。我和藤孝要擁立其他人做將軍。）

他一路上都在思考這個問題。想著想著，心情也就變好了。換一種角度想，義輝的死，未嘗不是給自己提供更多的去向。

（我的人生倒也很精彩。）

光秀急急忙忙地趕路，從綠意盎然的南山城原野朝南而下。

奈良一乘院

（趁著天還沒黑。）

光秀一個勁地趕路。

天氣炎熱，裡外的衣服都讓汗水濕透了，簡直可以擰出水來，光秀卻不管不顧。

（這輩子，我都不會忘記這一天、行走在這片原野的自己。）

南山城的原野上長有許多竹子。竹葉已經換新，放眼望去，原野上一片新綠。

終於來到勝龍寺的村子。

「請問細川兵部大輔（藤孝）的府邸在何處？」

光秀打聽道。畢竟是此地的守護，村民們熱情地爲他指路。

「就在對面，那兒有棵椋樹。」

一看，果然有棵巨大的椋樹，枝葉參天。

「你朝著那棵樹走就行了。」

到後果然看見藤孝的府邸。到底是守護的住處，四周挖有淺溝，用土牆圍著，占地約有一町見方。

（荒廢了。）

門上屋頂上都鋪著稻草，房頂上青草繁茂。

光秀站在椋樹下，響亮地敲著門。

無人應答。

時近黃昏，東方的天空升起一輪彎月。光秀在門前徘徊。

（日後會不會想起黃昏時刻敲著門的自己？）

他腦中浮現出一幅栩栩如生的大和繪（日本繪畫的樣式概念之一。平安時代，國風文化時期發達的日本風的繪畫，以故事、人物、事物、風景爲主題，也寫作「倭繪」「和繪」等。編按），仍繼續敲著門。

門總算開了，一名下人打扮的男人小心翼翼地握著把大刀，露出腦袋。想必是京城的事變，讓他們如此提防突如其來的客人。

「請轉告兵部大輔，越前一乘谷的明智十兵衛光秀擔心他的安危，特地從京都趕來探望。」

「是您啊，明智大人。」

下人似乎從主人那兒聽過光秀，當即放下心道：

「我們主人一定很高興。稍候片刻。」

他說完立即彙報去了。不一會兒，就看見主人細川藤孝從裡面飛奔而出：

「十兵衛君。」

他握著光秀的手，泣不成聲。天色昏暗看不清他的神情，想必是掉淚了。

「咱們就別站著了。這兒雖簡陋，快快請進。」

藤孝引路帶他到客廳，又派一名婢女幫他換下汗濕的衣服。

藤孝卻不知去向。

（怎麼回事？）

光秀來到涼風習習的走廊上，呆坐著等藤孝。

房間已經殘破不堪，讓人看不下去。

（世道眞是不公啊。照理說位居從四位下、兵部大輔的幕僚身分顯赫，怎會淪落到如此潦倒的地步。）

很快藤孝就回來了。他換了身衣服，髮髻也重新梳過。不愧是從小受過室町流的宮中禮儀教育的，舉止端莊得體，這一點也頗得光秀的好感。

「這就去備茶。」

藤孝說。

（這如何敢當。）

光秀心想。細川的茶道技術可是在最正宗的京城裡的室町御所（將軍館）學來的，在茶道師中也是鼎鼎有名的年輕人。

（日子這麼艱苦，還能用茶道待客，眞是不容易啊。而且我只不過是一介鄉村武士罷了。）

想到這裡，光秀的胸口充滿感激敬畏之情。

「趁著備茶的功夫，你我情同手足，不妨見一下我的內人，你看如何？」

「榮幸至極。藤孝大人的夫人，不正是前幾日在二條館被松永彈正害死的沼田上總介的愛女嗎？如今公方（將軍）已不在人世，想必正是傷心之時吧。」

「那件事現在暫且不提。等會兒在別的房裡再談論此事吧。」

過了一會兒，藤孝的妻子進來向光秀施禮。

她還彷彿待嫁閨中的少女般年輕。光秀也回了一禮。

接著，一名貌似乳母的女子又抱著一個不滿周歲的男嬰進來了。

「名字叫熊千代。」

藤孝介紹道。光秀湊上前去端詳嬰兒的小臉。

睡著了。

「雖然尚在襁褓之中，但看他眉峰高挑、唇角緊閉，一看就是學武的好材料。將來一定能成大器。」

這名嬰兒就是後來的細川忠興，他娶了光秀的女兒阿玉（伽羅奢夫人），在關原之戰中表現出色，獲封肥後熊本五十萬石。當然，此刻端詳著嬰兒臉龐的光秀自是不會知道，日後兩家會結下姻緣。

茶室已經準備就緒。

光秀在客人的席位上就座後，先端上一碗山芋泥。

（簡直無可挑剔。）

光秀端起碗想道。如果說茶水相待是接待客人的心得，那麼爲遠道而來、饑腸轆轆的光秀先端上一碗山芋泥暖胃，幫助恢復元氣，這等用心良苦，不正是茶道的精髓所在嗎？

「喝了這一碗，感覺如何？」

藤孝憨憨地笑道。也許他自己也覺得滑稽，把光秀領進茶室，在茶爐前就座，端上來的卻不是茶水。

「這稱得上是山芋泥茶啊！」

光秀難得地回應了一句並不高明的玩笑話。光秀向來不解風情幽默，不過此情此景他倒也樂得體會。

接著上了山菜和魚肉，兩人開始飲起酒來。

他們談到京城裡發生的突襲事件。

「彈正這個賊子罪大惡極。」

藤孝怒道。

他殺了將軍義輝後又繼續作惡。

義輝有個弟弟在鹿苑寺（通稱金閣寺）出家做住持，法名周暠。一天夜裡，彈正命令平田和泉守率領別働隊，前往鹿苑寺拜見周暠：

「大師的哥哥將軍要在二條館連歌會友，特命我前來接您提前過去。」

便帶走了周暠。

周暠虛歲十七，他毫不猶豫地跟著平田和泉守，從鹿苑寺門口上了轎子，被眾人圍著下山。

一行人緩緩而行。

到了紙屋川時已經日落黃昏，奇怪的是只有前面領路的兩人舉著火把，其他人一律不用燈火照明。天開始下起雨來。

到紙屋川的土堤邊上，周暠也開始察覺到有什麼不對，他連聲喚著平田和泉守：

「泉州、泉州。」

其實周暠並不熟悉這名出生於阿波的三好家重臣。

「泉州，爲何不點燈呢？」

「臣惶恐，」

平田和泉守靠近轎子旁，說話帶著阿波口音：

「請您誦經吧。」

「什麼？」

「誦經才可謂是無明長夜之燈。」

他裝作悲痛地說。無明長夜是指人死了之後黃泉路上漆黑而漫長之意，而爲死者點亮無明長夜之燈的便是經文。眼下正時興的一向宗宣揚這一教義，變爲一種流行用語。

「恕我冒犯了！」

平田和泉守打過一聲招呼後，一把拽過周暠，將一把短刀刺進他的胸口，又利落地割下他的首級。

載著屍體和頭顱的轎子繼續前進著。

平田和泉守跟在一旁。畢竟是殺生，他口中念念有詞地朗誦著經文，對著轎子裡周暠的首級說道：

「勿要恨我。要怪也只能怪您生在武門之首的人家。自古貴人多風波，下輩子要記得投胎到尋常百姓家啊！」

他絮絮叨叨地說著。

人的命運果眞是無法預料。短短幾分鐘後，這名喜好念佛的平田和泉守也追隨著周暠踏上黃泉之路。

殺他的人叫做龜助。此人是上京小川商人美濃屋常哲的兒子，經人介紹到周暠手下當差，每逢周暠外出便爲他扛行李或是撐傘什麼的。

他一直跟在轎子旁行走。儘管夜色昏暗，他還是發覺了這場變故。這位豪膽的男子，既沒嚷嚷也沒逃走，而是屏住呼吸不動聲色，注視著下毒手的平田和泉守的一舉一動。和泉守取了周暠的性命後，逐漸放鬆戒備。

（時機已到。）

龜助神不知鬼不覺地抽出腰間二尺長的短刀，悄悄地靠近和泉守，從後背猛地刺去，一刀穿心，和泉守還沒來得及哼出聲便一命嗚呼。

「奸賊，讓你好看。」

他大叫起來。這一叫驚動了四周，眾人圍過來湊到和泉守的跟前。

「快、快拿火把來。」

舉著火把的人趕來一照，發現剛才還在念經的那個人已經橫屍倒地。

「誰幹的？」

他們舉著火把四下搜尋，發現一旁的龜助。

龜助剛剛取了一名武士的性命，還有些精神恍惚。

「是你幹的？」

眾人連連逼問，他才回過神來，「哇」的一聲撒腿便跑。身後是一家農戶。

他退到農戶的門前，揮劍抵擋來人。龜助已經決心一死，下手也異常勇猛。

「附近的人都聽好了。三好大人的家臣平田和泉守以下犯上，害死鹿苑寺住持周暠大師。我乃周暠大師的家丁美濃屋龜助，當場爲主人報了仇。」

他抬高嗓門，好讓全市人都能聽見。

有人循聲揮刀而來，對著龜助凌空劈下。沒想到一刀砍在屋簷一角，龜助乘機對著來人騰空的身子狠狠砍去。

然而，龜助終究寡不敵眾，死於亂劍之下。這則消息第二天一早便傳遍大街小巷，位於三條的夷川巷口掛著一首打油詩。

滾落而來的泉水（和泉守）
不及美濃龜一口之飲

事發之後，立即趕到京城的細川藤孝偷偷地去了一趟三條夷川，把這首詩抄下來。

他取出來給光秀看。

「美濃屋？」

提到自己出生之國，光秀首先想知道的是龜助的來歷。

「龜助的父親是何許人也？」

「市里傳聞是商人美濃屋常哲的兒子。」

「對了，美濃屋常哲可是通稱小四郎、住在京城上方小川町之人？」

「聽說正是如此。是相識之人嗎？」

「再熟悉不過了。」

光秀驚奇於人與人之間奇妙的緣分。美濃屋常哲原名武儀小三郎，是明智家家臣。明智城陷落後，他避開齋藤義龍的追趕，進京棄武從商。光秀也由於常哲曾爲舊臣的緣故，進京時經常在他家借宿。但龜助這個年輕人倒是未曾見過。

「眞的？竟然是你舊家臣的兒子？眞是太巧了！」

藤孝也不禁驚呼。

「而且美濃人太勇敢了。你雖然是美濃源氏的名門之後，已經城破家散、浪跡天涯，卻仍立志於復興幕府。這就已經夠稀罕了，沒想到你手下舊臣的兒子，身爲一介雜役卻揮刀爲周暠大師報了仇。相形之下，我們這些幕僚倒覺得慚愧了。」

龜助這件事，加深了藤孝對光秀的友誼。

「除此之外，還有別的嗎？」

光秀問道。他是指除了京都的這場事件外，有沒有其他的新聞。

「還有，皇宮也爲此驚慌不已。」

「那是當然。一夜之間征夷大將軍便死於非命，公卿們想必也狼狽至極吧。」

「關白以下都震動不小。」

義輝將軍位於二條的府邸距離皇宮很近。夜裡突發的這場惡戰讓公卿們大驚失色，他們急忙加固皇宮各個入口的防守，打算萬一有變時動員天皇到叡山躲避。到了天亮，只見一名全副武裝的年輕武士帶領三十餘人來到皇宮門外，大聲講述昨夜發生的事情，並喊道：

「如此一來，將軍家將不復存在了。今後，朝廷的事情就由我來負責了。」

皇宮裡的藏人（處理宮中雜務的職員）出來打開小門，戰戰兢兢地問道：

「請問您是哪位？」

武士答道：

「此番有禮了，在下乃三好修理大夫義繼是也。」

說完便掉轉馬頭揚長而去。三好義繼就是松永彈正推舉的三好家繼承人，對彈正是言聽計從。

「三好、松永一黨眞是狼子賊心，他們把在本國阿波長大的義榮推選爲將軍，妄想奪得天下。」

「必須粉碎他們的陰謀。」

光秀立刻接過話來。

「當然，」

藤孝點頭，又說：

「先代義晴將軍的次男自幼出家爲僧，如今是奈良一乘院的門跡（皇族、貴族擔任住持的特定寺院，或是其住持，編按）。要把他立爲將軍才妥當。」

「哦？」

光秀壓根兒不知道，將軍家還有這麼一個出家的嫡傳後代。他是死去的義輝的弟弟，在途中被殺害的周暠的哥哥。

「那位一乘院門跡沒遭到三好、松永的毒手吧？」

「還好，謝天謝地。」

細川藤孝頷首道，卻面現擔憂之色。雖說尙未遭到毒手，但是聽說三好、松永的手下在殺害義輝的同時也向奈良派出別働隊，包圍了一乘院，密切監視著門跡不讓他逃脫。

門跡的法號叫做覺慶。

他就是後來的十五代將軍義昭。

「太過分了！」

光秀道。他的聲音不由得顫抖起來。

「就算敵人的警備再森嚴，我也要前往一乘院，拚上這條性命也要把門跡給救回來。」

光秀的雙眼熠熠閃光。他意識到，這件事無論多難，也是他出人頭地的唯一機會。

「你願意嗎？」

藤孝上前握住光秀的手道：

「天下之大，願意爲救回將軍繼位者豁出性命的，只有你我二人而已！」

藤孝不禁氣血上湧，一張臉脹得通紅。

奈良坂

救人——

這個冒險的舉動，讓光秀渾身流淌的血液熊熊燃燒起來。

（此舉值得賭上性命。）

光秀下定決心，他絞盡腦汁，從早到晚地和細川藤孝商議如何行動。

首先要弄清楚奈良的局勢。兩人於是去了奈良。

奈良的油坂有家賣茶具的商店鎌倉屋，主人名叫柏齋，經常往返於奈良京都間，與藤孝也是至交。那個時代，武士反覆無常，談不上什麼仁義，反而是商人當中不乏俠義之士。鎌倉屋的柏齋，就是其中的典型人物。

兩人來到油坂的鎌倉屋，向柏齋透露計畫並請求他的協助，柏齋喜道：

「謝謝你們把我當做男子漢看待。」

隨即表示，即使粉身碎骨也當竭力相助。

鎌倉屋柏齋很早就被允許出入一乘院，覺慶門跡也很欣賞他。

出於這一緣故，光秀和藤孝委託他：

「請代交一封密信給門跡閣下。」

「這太容易了。」

鎌倉屋柏齋爲了不讓二人擔心，故作輕鬆地答應了。然而，這件事實際上並不容易。三好、松永的部隊死守在一乘院的門口，連隻貓都不肯輕易放過。不過，柏齋在奈良有頭有臉。他又買通看門人，得以進入後院見到覺慶門跡。

「柏齋你來了？有什麼事嗎？」

覺慶有嚴重的口吃，他一著急，兩道長眉便一聳一聳的。

他今年虛歲二十九。

不愧是足利將軍家的嫡傳之後，長得儀表堂堂。這天看上去卻是兩眼充血、雙頰發黑。三好、松永的手下隨時可能來取自己的項上人頭，他似乎六神無主。

「御所。」

柏齋叫道。奈良的市民都這麼尊稱覺慶門跡。

「我這裡來了一些京都的稀罕茶具，請您過目。」

他打開那些茶具。

其中有一只從唐國進口的壺身有棱肩黑釉製的茶壺，並不十分起眼。

覺慶卻酷愛黑釉，拿在手中觀賞個不停，結巴著說：

「這個，給我留下。」

柏齋俯身跪下道：

「您要是中意，就獻給您了！」

「不錯。」

覺慶說著說著，臉色卻變了。他並不是吃驚於自己能白白獲得這個茶壺。從壺中掉出一張折好的小紙條。是一封密信。

出自長兄義輝的侍臣細川藤孝之手，內容出乎他的意外。

「逃離此地。」

藤孝寫道。大致內容是：

「義輝將軍、周暠大師身亡之後，足利將軍家的嫡親就只有您一人了。如有心逃出此地繼承將軍之位，從今日起開始裝病。您的身體欠安，自然會有醫師上門診斷。我會派醫師米田求政前往，米田求政會偕同另一人前往。此人叫做明智十兵衛光秀，原是土岐源氏後人，絕非等閒之輩。一切聽從十兵衛光秀安排即可。」

覺慶的臉上漸漸湧起血色，雙眼放光。

「太好了。」

他喃喃道——他指的是將軍之位。這個出家爲僧的貴公子心裡，燃起一股欲望之火。

「鎌倉屋柏齋。」

覺慶的口吃竟然消失了。不知道是由於受到劇烈的打擊，還是因爲自己的命運中出現巨大的光明。

「給這家茶商賜名叫做鎌倉黑吧。鎌倉黑，聽著吉利！」

足利家是源氏的至尊。早在源氏的嫡流源賴朝時期，不過是伊豆蛭島的流民，後來奮發崛起，號召天下各國的源氏兵變滅了平家，親任征夷大將軍，在鎌倉建立幕府。覺慶寄寓於賴朝的「鎌倉」，所以才會賜給茶商此名。

柏齋出了一乘院的大門，飛也似的奔回油坂的家中，向藤孝和光秀彙報情況。

「柏齋君，大恩不言謝。」

藤孝緊握著他的手謝道。接下來，他繼續躲藏在柏齋家中，籌畫營救覺慶之事。

藤孝偷偷地聯繫上流散在京都附近的幕僚中的有志之士。然而，他們都不願意加入這項危險的行動，唯有一名叫做一色藤長的年輕人，原是前代將軍的小姓，他打扮成牢人找到油坂的柏齋家中。

「膽小之人反而會礙事，有我們三人足矣。」

光秀道。

出人意料的是，一色藤長爲人十分機警，由他擔任密使幫了二人的大忙。首先要考慮的是，救出覺慶後要把他安置在何處。

「近江甲賀鄉的鄉士和田惟政向來與足利家志同道合、才略過人。而且甲賀地處山中，也不容易走漏風聲。」

細川藤孝提議道。一色藤長即刻作爲密使動身前往甲賀。不久，他就回來向藤孝和光秀覆命：

「和田大人說要拚上全家保護覺慶門跡。」

後來，和田惟政被信長封爲攝津高槻城主。

京都醫師米田求政也聯繫穩妥，一切準備就緒。接下來只有一件未了的大事：從三好、松永的重兵防守下如何救出覺慶門跡。

太陽還未下山。

這天——準確地說，是永祿八年七月二十八日，春日的樹林中升起當地特有的暮靄，一乘院的門口來了一位醫師，自報官名道：

「法眼（譯注：僧位之一，僅次於法印大和尚）米田求政拜見。」

門旁的小屋中看守的武士晃著明晃晃的長柄大刀正要詢問，醫師後面的隨員猛地上前一步，大聲喝道：

「不得無禮！」

此人正是光秀。

「雖是醫師，卻不是尋常之人。官位法眼。」

光秀的聲音雖然有些尖，卻透露著一股威嚴。三好、松永的手下被他的氣勢所懾，回禮道：

「請問何事？」

「給御所看病。」

原來是足利家的御醫從京都趕過來了，看守的武士只好放行。

大門是四腳門。

周圍是一圈圍牆，裡面與其說是寺院，倒不如說是公卿的府邸，有主臥房的常御殿、雜舍、澡堂、看守房和馬廄，都是京都的建築風格。

光秀沒有官位。

按照常理，應該到侍者的房間等候，卻以「拿藥箱」爲由進了常御殿，一直進到覺慶的臥室，在外間等候。

米田求政按照慣例給覺慶把了脈，很快就退下。這是第一天。

第二天、第三天，接著第四天，他們都在同一時刻來訪，在常御殿把過脈後，開了藥方便退下。

第五天。

「今天法眼大人有些遲啊！」

看守的武士正在議論時，光秀舉著火把隨同米田求政來了。

「放行。」

武士們已經習以爲常了。

法眼一如往常看過病開好藥後，看到四下無人，便悄悄耳語道：

「御所，就在今晚。」

計畫已經事先安排好。覺慶門跡親自宣告：

——我的病已經全好了。

爲了慶祝康復，他下令給門旁的看守武士賜酒。一切按計畫進行。三處出口都各自分到三壺酒。

「大家痛痛快快地喝吧！這是喜事啊！」

小廝們甚至送來下酒菜。雖說三好、松永的侍衛現在掌握了京城，但歸根到底是阿波鄉下的出身。酒中自有含義。

他們都開始狼吞虎嚥，到了午夜，連值班的武士都喝得爛醉如泥。

（時機已到——）

等候在常御殿的光秀斷定後，躡手躡腳地從外間走到覺慶門跡的病榻前：

「鄙人十兵衛光秀。」

他第一次開口和覺慶說話，接著招呼一聲「失禮了」，便握住這位貴人的手。

「您千萬記住，現在開始離開這個地方，請一切聽從光秀的指揮。」

「明白了。」

覺慶點頭答道。然而到底還是害怕，牙齒直打哆嗦。光秀拽著他的手。

他的手掌很柔軟。

外面刮著風。

覺慶、求政、光秀三人從茶室的院裡翻過籬笆，又拱著腰跑到乾門旁的圍牆下，停下來觀察四周的動靜。光秀伏在地上傾聽。

（都喝醉睡著了。）

光秀立刻直起身來。他的動作利落。

嗖的一聲便跳上圍牆。又伸出手依次拽了覺慶、求政上牆，繼而跳到地面上。

天上沒有月亮。

不習慣走夜路的覺慶，根本邁不開步子。

「得罪了，我來背您。」

光秀輕鬆地背起他，放低腳步聲開始小跑。

「光秀，辛苦你了！」

後來當上十五代將軍的覺慶在光秀耳邊喃喃道。此時對覺慶來說，光秀就像是守護佛天的神將。

光秀跑得飛快。

（難道他晚上也看得見？）

覺慶不禁驚訝於他腳下的準確。光秀在黑暗中穿梭著。

過了樹林，前面可以看到二月堂的燈光。

「您再忍耐片刻。」

光秀說著，很快就到二月堂前方。細川藤孝和一色藤長從黑暗中奔出，俯首跪拜。

「你們這次的忠誠氣節，太讓我感動了！」

覺慶哽咽道。

藤孝替換光秀背起覺慶。他們一同向前跑著。

（一定能改變世道。）

奔跑著的光秀，覺得自己化身變成拯救世界的救世主。

這種豪情卻未能持續多久。到了奈良坂，他被藤孝喊住了。

「十兵衛君。」

藤孝指著眼前不遠處。只見一群人舉著火把，騎著馬緊追上來。

「藤孝大人，這裡交給我吧。翻過這座山就是山城，順著木津川往上游走，出了笠置，穿過翻山道，逃到近江甲賀去吧。」

「但是……」

「已經沒時間了。如果能活命，就在甲賀的和田館集合吧。快跑！」

光秀轉身衝向山下。

他藏在松樹林中，等著騎馬的人群靠近。心裡不禁感慨萬千。

（這才是男人出人頭地之舉。）

和細川藤孝等幕僚不同的是，光秀是朝倉家的門客，只是牢人的身分而已。倘若不捨命冒險的話，將來就沒有機會進入將軍的麾下。

突然。

光秀無端地想起尾張的信長。

（他在突襲桶狹間的時候，想必也是抱著豁出去的念頭吧。人的一生中需要有這種時刻。）

馬蹄聲漸漸響亮。

騎在馬上的是將校，下士或步兵則徒步行走。都說擒賊先擒王，光秀卻另有打算，故意放走兩三名騎在最前面的將校。

（奪取鐵砲。）

光秀的目的在此。

提到鐵砲，光秀小時候，早在鐵砲還很罕見的時期，就受到道三的指點開始學習，如今可以說是天下無人可比。

去年在越前一乘谷，朝倉義景親自點名，光秀在他面前演示了鐵砲術。

雖說鐵砲的威力顛覆了以往的戰術，要想射擊準確卻著實不易。

光秀在一乘谷的安養寺境內設置射擊場，距離四十間處堆起草垛，從上午八點到正午一共發射一百次，其中六十八發穿過靶心，其他三十二發也都射在內圈。就連義景這樣的平庸大將，也不禁爲光秀的鐵砲術大聲叫好。

他的鐵砲術堪稱一絕。

光秀從暗處閃身而出，左右靈活跳躍，只見他的劍光過處，三名鐵砲手瞬間應聲倒地。

（奪取鐵砲。）

是他的目的。

他奪下三挺鐵砲，連同火繩和子彈袋，原地輪番向敵人射擊，前面的三名騎兵統統被他射中。

戰鬥開始了。

奔向甲賀

光秀將三挺鐵砲夾在腋下，奔跑在黑暗之中。

「快追啊，那人跑到林子裡了。」

後面的人一路大喊著緊追不捨。

光秀擇路而逃，這也是他的戰術之一。

首先，給追兵製造麻煩，可以爲覺慶門跡一行逃脫爭取時間。另外，他想給敵人製造錯覺，在奈良坂抵擋的不僅僅是他一個人。

——而是五、六個人。

他在松樹林中時隱時現，不時現身大喊一聲：

「看劍。」

便刺中對方。

光秀思維敏捷，當他注意到追兵開始形成遠遠的包圍圈，便暗暗思量道：

（差不多該撤了。）

他心生一計。手裡握著三根火繩。

光秀將它們分別纏繞在三挺鐵砲的「火挾」上，然後悄無聲息地將它們掛在松樹上，每挺槍之間相距五間遠。

（準備就緒。有風，火繩應該不會滅。）

光秀將鐵砲抬高，打開火藥蓋，灌上火藥，又熟練地啪嗒一聲蓋上。
「對準哪一個好呢？」
光秀望向火光中的人群。有個人騎著馬，來回在白色的煙霧中穿梭。
光秀端起鐵砲，把槍身架在松樹幹上瞄準那人，他屏住呼吸。
他的手指已經扣在扳機上，卻沒有突兀地扳動。光秀那個時代的鐵砲術，已經講究「如同暗夜霜落般悄聲自然發射」。這一鐵砲術上的經驗之談，在數百年之後一直被用於日本軍隊的射擊訓練中。
光秀掌握好分寸後開火了。纏繞在火挾上的火繩碰撞到火藥盒中的火藥粉，產生火花之後轟地噴出火光。
黑暗中，子彈穿過三十間的距離擊中騎在馬上的人，他一頭栽落下來。
緊接著，光秀又跑到第二棵松樹根後蹲下，開始屈膝射擊，又是轟然一聲巨響。

只見他扔了鐵砲，飛奔到第三棵松樹旁，又射擊了一次。
追兵一片譁然，包圍圈頓時潰散，眾人紛紛四散逃向鐵砲的射程開外。
（好了。）
光秀蹬地而起。
他穿過樹林上了大路，隨即弓著腰向奈良坂上山而去。
一口氣跑出五町遠，突然從黑暗中奔出一個龐然大物。
光秀嚇了一跳，仔細一看，原來是匹馬。這匹馬失去了主人，自行跑到這裡。
（真是手向山明神的保佑啊。）
光秀手握轡繩把馬拽過來，又雙手合十對著興福寺方向、手向山的樹林施了一禮。這個男人對神仙佛祖也是一絲不苟。
他翻身上馬，朝北疾馳而去。

光秀跑出十公里路，進入山城（京都府）木津的村落後，棄馬而行。天色已亮，他走進一座寺院：

「取碗粥來。讓我睡到黃昏行不行？」

他把銀兩塞給寺裡的和尚。

和尚狐疑地打量著光秀沾著血跡的衣服，總算開口道：

「請。」

讓光秀進入院裡。

光秀在廚房的地板上喝了一碗涼粥後，便躺下來呼呼大睡。白天出去會很危險。

太陽逐漸西斜，旁邊有人發出聲響，驚醒了光秀。只見廚房裡站著五名武士，正觀望著自己。

（臭和尚，一定是告密了。）

武士們估計是來查房的。

（隨機應變吧。）

光秀假裝熟睡著，他調整了呼吸，猛地深吸一口氣一躍而起，出到土間刺倒其中一人，立刻迅速奔向門外。整個動作就像松鼠一樣敏捷。

他出了山門。

馬繫在門邊。他飛身上馬，雙腿緊夾馬腹狂奔而去，穿過木津的村落後，沿著木津川的街道向伊賀飛馳。

（趕快天黑吧。）

光秀一路祈禱著。除了夜色，沒有其他能保護自己的辦法。

到了加茂，太陽已下山，山河一色，變得黯淡下來。

光秀下了馬，爲了不讓人發覺，他把馬扔在溪流裡，自己則大步朝東而行。很快就到了笠置。

他選了近道，從山崖下跳入溪谷中，又在急流中游到對岸的崖壁下，攀上崖頂沿著險峻的山道而行。

（不會追到這裡來的。）

這片樹海東起伊賀，北至甲賀。由於是片原始森林，裡面巨木參天，有時還需要用劍砍斷樹枝才能前行。

光秀在山中露宿兩晚，第三天總算到了近江甲賀郡的信樂鄉。

信樂是一座山裡的小鄉村，這一帶地名稱作「信樂谷」，地如其名，是個四周群山環繞的小盆地，酷似碗底。因奈良時期聖武帝曾一度在此修建離宮而出名。

（快要走不動了。）

自從逃離美濃後，光秀浪跡天涯，卻從未如此饑餓勞累過，他覺得自己快撐不住了。

他敲響一戶人家的門，掏出錢袋懇求道：

「給口飯吃吧！」

此時的他看上去狼狽不堪。衣服襤褸，到處都濺著血跡，左腳的草鞋也不知道掉到哪裡了。

「你是何人？」

「我乃美濃人，名叫明智十兵衛，在山裡遇到狗熊才變成這樣。」

主人讓他進了屋，在桌角坐下，給他拿飯來。

這名中年男子說話柔和，接近京都的方言。

「這裡可是甲賀郡？」

「正是甲賀。您要去哪裡？」

「和田。」

位於甲賀郡境內。

「離這裡很近對吧？」

「哪裡。甲賀雖說是山裡的鄉下，方圓可不小呢。離這裡起碼有個八里吧。您到和田去找哪一位呢？」

「和田大人。」

「那不就是伊賀守大人嗎？」

主人的語氣增添了幾分謙恭。

甲賀的大小村落由五十三名所謂的「甲賀鄉士」統治，這五十三名鄉士交情頗深，結成同盟一致對抗來自外界的軍事和政治壓力。

「這一帶由誰掌管呢？」
「多羅尾四郎兵衛尉大人，他的府邸就在對面的多羅尾。」
「爲人如何？」
「聽說人品不錯，武功也很高強。」
（會會此人。）
光秀靈機一動。如果下任的將軍覺慶門跡逃出奈良後，要想在甲賀的和田惟政家中棲身，多一個幫手總是好事。
（勸說他，把他拉到自己這邊。）
光秀下定主意。他讓這家的主人帶路，來到多羅尾的府邸前。
屋前有棵巨大的杉樹。多羅尾家是當地歷史悠久的豪族，四郎兵衛尉光俊是第十三代。四周挖有溝壑，建有土牆，看上去像座城塞，大門和房屋也體現出京都的公卿住宅風格。
「在下乃美濃的明智十兵衛。」
光秀主動向看守報上姓名，請求會面。
多羅尾四郎兵衛尉雖說是當地最高的掌權者，卻爽朗地接見光秀這個名不見經傳的旅人。
比想像中年輕。
此人身高五尺七寸、身材魁梧高大，容貌卻是一副公卿的樣子，看上去很謹慎。
光秀並未馬上說出自己的來意，而是先閒聊了一些各國的情況。
多羅尾四郎兵衛尉每次都若有所思地點點頭道：
「原來如此啊」或是「沒想到會這樣」什麼的，時不時發表一些感想。
在那個年代，地方的豪族喜歡讓遊行僧或練武之人留宿在自己家中，聽取各國的風土人情。久居山中的多羅尾四郎兵衛尉對光秀的見多識廣、清晰易懂的講解，自然是十分歡喜。
（此人非同一般。）
他開始覺得，語氣也益發客氣了。

話題自然提到剛在京都發生的驚天動地的刺殺將軍一事。

「就連將軍的弟弟也慘遭殺害。」

多羅尾歎道。

光秀詳細地描述一番，才發現多羅尾對此事的瞭解並不比自己少。

（到底是甲賀鄉士。）

光秀不禁讚歎道。甲賀的武士與山對面的伊賀鄉士不同，尤以忍者出名。由此，他們對世間的動向反應要靈敏得多。

「甲賀此地，」

光秀道：

「離京都近，再加上在山裡持有軍隊，足以抵抗外部的侵略。正因如此，得到歷代將軍的信任，經常來此躲避。」

「哪裡哪裡，也有反過來的時候。」

第九代將軍義尚親自率領幕軍進攻近江的大名六角高賴時，甲賀鄉士團加入六角一方，獨自在夜裡對將軍義尚所在的鉤城發起突襲，將軍因此負傷，最終撒手人寰。多羅尾指的就是這件事。

「是那次有名的鉤城之戰吧。」

光秀苦笑道。那場夜襲後甲賀名揚天下，甚至傳聞說：

——甲賀人會變魔術。

其實並不是什麼魔術，甲賀原本就是山國，各個豪族割據一方，自然而然的戰術就變得細緻巧妙，往往做出一些平原上的武士意想不到的舉動。

「上一代將軍，」

多羅尾四郎兵衛接著說：

「應該還有個弟弟吧。我記得他在奈良一乘院當門跡。」

「千真萬確。」

光秀點頭道。

「那位門跡，不知道現在怎麼樣了？」

多羅尾問道。雖說是通曉世事的甲賀鄉士，畢竟門跡失蹤的事情是最近幾天才發生的，尚未傳到他的耳中。

（該講不該講呢？）

光秀有些猶豫。

（不，還是再觀察觀察此人心裡的想法吧。）

他拿定主意，巧妙地引開話題，不經意地開始聊起詩歌管弦來。

讓他吃驚的是，這位多羅尾四郎兵衛尉竟然也精通此道。甲賀鄉士歷史悠久，也許是來自多年來教養的累積。

多羅尾也驚詫於光秀造詣的深厚，他不由得拉著光秀的手要求道：

「今晚就留宿在我家中吧。拜託了。」

正合光秀的心意。

晚上，兩人又把酒言歡，各自介紹了經歷。

（此人值得信賴。）

光秀漸漸感覺到。多羅尾四郎兵衛尉似乎與光秀志同道合，兩人都對傳統的權威懷著強烈的愛戴與憧憬。

例如說：

「有將軍家才會有武家。」

或者：

「當今的世道是以下犯上，根本談不上什麼秩序。這都是因爲室町將軍的力量衰退所致。」

這些話聽起來，都帶有重新恢復幕府政權的意味。

當天夜裡，光秀留宿在府中的客房，在床上輾轉反側想了一夜。第二天，他低聲告訴多羅尾：

「其實，下一任的將軍覺慶門跡正藏身在同是甲賀八里外的和田館中。」

他又叮囑道：

「這可是天下機密。」

「那是自然。」

多羅尾欣慰地點頭道：

「我就覺得你不是個普通人，沒想到竟是覺慶門跡身邊的人。既然承蒙你告知我此事，我也斷不能袖手旁觀。」

他的目光堅定。

光秀拗不過多羅尾的挽留，又留宿了一晚。

緣分眞是不可思議。可以說，多羅尾四郎兵衛尉由於此時與光秀結下的友情，日後才得以飛黃騰達。

他後來經過光秀的引薦成爲織田信長的部下，仍舊住在甲賀信樂的府邸中，又得到山城、伊賀兩地的跨地區封地，當上六萬石的大名。後來效忠秀吉，因受豐臣秀次事件的牽連被沒收大部分領地，卻又受家康青睞成爲甲賀郡的代官，並世世代代世襲下去，直到幕府末期。

第三天清早，光秀離開多羅尾館，走了八里的山道，來到甲賀郡和田（今甲賀町內）和田惟政的館中。

幕僚細川藤孝看見光秀簡直欣喜若狂。

「你安然無恙嗎？」

他握著光秀的手進了門，立刻彙報覺慶。

「十兵衛背著我，」

覺慶的口吃益發嚴重了：

「跑了那麼遠的路。他在奈良坂與眾人告別時自告奮勇單獨對付敵人，一切還好嗎？」

「十兵衛一定是拚了性命。」

「此人一片忠心啊！」

覺慶掉下淚來。

「我本想帶他來見您，只是十兵衛光秀無官無職，無法前來參見您。」

「不礙事。我本來就是四海漂流之人，不必拘泥形式。」

「可是……」

藤孝還要接著往下說，覺慶卻不耐煩地招手道：

「十兵衛不是我的救命恩人嗎？快帶過來吧！」

他一陣咳嗽。看來覺慶對光秀很是中意。

和田館

和田館的大門朝西，背後和兩側都被低矮的松山環繞著。

光秀被領到門外看門人的房裡等著。雖說是戰國亂世，沒有官銜身分之人的待遇依舊如此。

院子的另一頭是主屋，覺慶門跡應該就在裡面，雖說將近黃昏，卻已是燈火輝煌，隱約有歡聲笑語傳來。

（我也想早點出人頭地。）

光秀在夕陽的餘光中，心裡彌漫著某種哀傷的情緒。不由自主地，他又想起尾張的織田信長。

（聽說信長終於攻陷了美濃的稻葉山城。）

雖說這個消息尚未核實，卻在這一帶流傳著。如果事實確實如此，信長不但擁有富饒的尾張，還掌控了強大的美濃軍隊，簡直是如虎添翼。接下來就算他要統一天下，也不足爲奇。

（信長運氣眞好。父親一死，他就繼承了尾張的半壁江山和織田家的軍隊。有了這些後盾，接下來就看他的能力是否能夠實現自己的野心了。）

光秀打從心裡感到羨慕。兩人都有各自的理想，然而光秀是赤手空拳，信長卻是一開始就有基礎，境遇大不相同。

（我到現在，甚至連座小城都沒有，還要四處漂泊。像我這樣有能力的人，遭遇卻是如此悲慘。）

光秀絲毫不曾懷疑過，自己比信長的能力高出許多。

（如果把我和信長都光溜溜地放在秤上稱的話，就會知道我更厲害了。）

然而赤手空拳之身，卻無能爲力。

（男兒有志，就怕赤手空拳。道三到美濃時只是一介油商，憑他的才幹、他的努力和計謀，終其一生不過得到半個美濃國。如果道三大人生下來就擁有半個美濃國，恐怕早就統一天下了。）

人與人之間的緣分眞是奇妙。道三的女兒濃姬是光秀少年時憧憬的對象，又是表兄妹關係，兩家曾經有意讓他們成親。濃姬最後卻嫁給「尾張的傻瓜公子」信長。從那以後，光秀對信長便懷有某種特殊的感情。這種感情，既可以說是嫉妒，也可以說是超出正常的競爭心理，兩種感情互相交織。總之無論何時何地，他都會意識到尾張的織田信長。

（秋蟲開始叫了。）

雖然離秋天還有些日子，山裡太陽一下山，風吹過來，已有些許涼意。

晚霞一片火紅。

院子前有棵巨大的樟樹。

樹的對面走來一人，手裡端著燭台搖搖晃晃地靠近了，又停在脫鞋的石階處。來者是細川藤孝。

「十兵衛，讓你久等了。蚊子很多吧？」

「哦，蚊子嗎？」

他一直陷在沉思中，竟然沒有發覺。一經提醒，這才發現小腿和手臂到處都很癢。和田館裡似乎無人關心光秀是否會被蚊子叮。

「十兵衛，告訴你一個好消息。門跡說十兵衛是自己的救命恩人，一定要當面道謝。還吩咐擺酒上菜，高興得不得了呢。」

「那眞是太感謝了。」

光秀禮貌地低頭回禮。自己爲了覺慶九死一生，他善待自己自是理所當然。

「請跟我來吧。」

藤孝舉起燭台照著路。光秀下了走廊，和藤孝一起穿過院子。

「已經聽得見蟲鳴了。」

藤孝吟了一首到這裡後新作的詩歌。是首佳作，絲毫不遜色於古人。

光秀進入城館裡的書院，覺慶門跡暫時在這座城館中居住。順便一提，這裡如今的位址是滋賀縣甲賀郡和田小字門田，由於覺慶門跡曾在此居住過，四周用槇樹籬笆圈起來，作爲「公方（將軍）寓所」而保存至今。

光秀被領到外間坐下。

俯首叩拜後，坐在大堂中央的覺慶，有些不耐煩地揚起手：

「十兵衛來了嗎？我可等急了。」

他又連著嚷嚷了好幾聲：「你上來吧，上來吧。」

要和覺慶同坐一席需要相應的官位，覺慶卻沒把這些規矩放在眼裡。

「十兵衛，你就別顧慮了。我要是當上將軍，還不是會封你個四位或三位的。按你的功勞，一點不爲過。」

（此人還眞是不太穩重。）

光秀心裡覺得有些意外，覺慶，也就是後來的義昭將軍，滔滔不絕的聲音從光秀的頭頂上方傳來。

「十兵衛，」

藤孝沉著地喚道：

「將軍既然都這麼說了，你就坐上來吧。雖然現在還沒有官職，你就把自己當做三位的官職吧。」

「那就恭敬不如從命了。」

光秀挽起衣襟向前跪爬幾步，入席後再次叩拜。

「抬起頭來。准許直接對答。」

覺慶道：

「讓我看看你的臉。你在奈良坂殺了三十多個人呢。」

「哪裡，不過七、八人而已。」

光秀低垂著眼睛。

「抬頭看著我。」

光秀這才抬起頭。

覺慶的聲音雖然不夠渾厚，卻生得一張國字臉，表情倒也誠懇。相形之下，眉目略嫌小，看上去有些猥瑣。

（虛歲才二十九，不知道將來能不能保持這種器量。）

且不論人品如何，覺慶的權威在於他身上流淌著足利將軍正宗的血液。這個世上能當上下一任足利將軍的，唯此一人而已。

（足以託付我的命運。）

光秀胸中激情澎湃。

（要想追上信長，除了成爲將軍的幕僚外，別無他法。）

將軍雖然沒有什麼實力，權威卻足以耀眼。將軍擁有（奏請天子）賜予天下的大名和豪族各種官位的榮譽授予權。光秀可以成爲將軍的心腹，左右將軍從而掌握天下風雲，這是一條前人不曾嘗試過的青雲之路。

（信長會做何反應呢？）

光秀不由自主地又想到信長。

光秀在和田館裡住了下來。覺慶似乎非常欣賞光秀，總是不停地喊著：

「十兵衛、十兵衛。」

讓光秀寸步不離自己的身邊。要知道光秀通曉各國的地理風俗和政治形勢，他的解說和分析也絲絲入扣、非常到位，在覺慶看來，恐怕世界上再沒有比他更有智慧的人了。

光秀還有一身好武藝。

覺慶與亡兄義輝將軍不同，他自幼投靠佛門，不諳武功。如今，他卻在外避難，需要有人護衛。身邊沒有可靠侍衛的覺慶依賴光秀，也是情理之中的事。

且說——

光秀進入和田館的第二天，就召集眾人商討日後的對策。

「廣招天下大名求得支援。」

覺慶道。

問題就在這裡。在這個兵荒馬亂的年代，群雄割據，到底哪一個會效忠將軍家呢？

「首先要數越後的上杉輝虎（謙信）。」

貼身侍衛的一色藤長發言道。他說的確實不假。普天之下，縱觀群雄當中，無人比得上上杉輝虎對將軍的尊敬，無論是從誠實、行俠仗義或是實力來說，他都無疑是最合適的人選。

唯一的不足是，距離太遠。

「而且，輝虎大人長年與鄰國的武田信玄爲敵。只要信玄還在，輝虎大人就無法離開本國。萬一我方情況突變，恐怕是來不及伸出援手啊！」

光秀道。他又繼續說：

「不過還是應該將輝虎作爲第一人選，派出使者遞上您的手書。」

覺慶等眾人紛紛點頭同意。

「說到遠國，薩摩的島津家向來以賴朝公以來的名家自傲，而且當代的島津貴久、義久父子倆經常心掛將軍，如果派使者前去定會感激涕零。我周遊列國，曾到過鹿兒島城下，他們也親切地接見我。」

光秀的見聞極廣，遠到鹿兒島，眾人也只有點頭驚歎的份兒。

「不過該國路途遙遠，也無法指望他們出兵。先送去御書，以防患將來之不測較爲穩妥。」

接下來，還提到中國的毛利氏、出雲的尼子氏以及土佐的長曾我部氏等等。然而這些領國都距離甚遠，而且各自的近鄰都存在強敵，自顧尚且不暇，更談不上對外出兵援助。

然而，覺慶必須得找個靠山。

只有找到強大的靠山，揮師上京，驅逐三好、松永的勢力，否則覺慶無法坐上將軍之位。首先，三好、松永等人正打算擁立阿波的足利義榮繼位。如果光秀等想要擁立覺慶，就必須搶在前面。

「尾張的織田信長怎麼樣呢？不是說最近幾年，此人勢如中天嗎？」

覺慶竟然也聽說過織田信長。光秀卻一反常態地搖著頭道：

「還不清楚信長的底細。再說，他的出身也太微不足道了。」

倒也不是讒言，光秀確實是這麼想的。信長出生的織田家家系低賤。

有志於擁立將軍的大名們有個共同點，就是名門意識。越後的上杉輝虎雖出自低微的長尾家，後來得以繼承足利管領家上杉氏的家系，對擁立宗家將軍一事也益發熱衷。薩摩的島津家亦是如此，島津家早在鎌倉幕府時期就家道興旺，更被賴朝封爲守護職。正因爲他們認爲自己有別於當今半途出道的大名，才強烈地主張要尊敬武門的首領足利家。

從這點來看，織田家又如何呢？不過是幾代前從越前漂流過來的神主而已。

「雖說當今世道憑實力說話，拘泥於姓氏出身聽上去也許愚昧，擁立將軍一事卻必須考慮到這些。現下流行的那些『出身卑賤卻具備實力』的半路大名，誰也不清楚他們心裡在想些什麼。或許是假稱保護將軍，私下裡卻是豺狼心，用作自己實現野心的誘餌也說不定。三好、松永之輩，不就是個活生生的例子嗎？」

光秀的論調確實有道理。然而，他的言辭中開始帶上過激的色彩，無疑是來自於他對信長的感情。

「有道理。」

和尚打扮的覺慶同意地點點頭。

「我看這樣吧。」

光秀道：

「對身在遠國的合適人選送去御書，軍隊則從附近召集吧。」

然而近畿地區的大名都兵少勢弱，不足以依靠。只有近江南部領有十數萬石的六角承禎勉強可用。盤踞在紀州根來寺的僧兵集團「根來眾」也不弱，他們擁有很多鐵砲，因鐵砲術高明而聞名四方。

還有越前的朝倉氏。

正是光秀身爲門客領取俸祿的那家。當主義景雖然平庸無爲，但從光秀的姓氏論而言，他是正式被任命的越前守護家，如果覺慶要拉攏他，應該會感恩的。

「朝倉家就由我去遊說吧。就算當主義景不能親自率領大兵前來護駕，先給將軍的御所撥個一、二百名警衛兵應該不成問題。」

「那就靠你了。」

覺慶眼中噙著淚道。他本以爲只要逃出寺院就能當上將軍，沒想到天下的局勢如此嚴峻，他開始有些心慌了。

隨著覺慶躲避在近江甲賀郡的地方豪族家中的消息傳到京都的幕僚耳中，他們都紛紛前來投靠。

「這些大人們，」

光秀又出了個主意：

「他們都聚在山裡，整天無所事事也不是辦法。不如讓他們拿著您的手信和御書四處奔走。」

可是路上的盤纏怎麼解決呢？

「遠國的大名無法出兵，就讓他們出禮金。去的時候發給他們盤纏，回來的路費就從禮金中扣。」

光秀道。

而光秀自己，也只在和田館裡待了十天左右，就和細川藤孝一同上路，前去說服朝倉家。

到了一乘谷，光秀立即登城，在義景及群臣面前展開三寸不爛之舌，當時就定下支援覺慶的對策。內容有二，派遣護衛隊和進貢禮金。回去途中又拜訪近江小谷的淺井氏、近江觀音寺的六角氏，得到支持覺慶的承諾後，回到和田館。

由於和田的所在地交通極為不便，不久後覺慶便搬到近江的矢島（守山附近）的少林寺中，蓄了頭髮，改名為足利義秋（義昭）。

矢島靠近野洲、守山和草津等街道樞紐，容易打探到各國的消息。搬到矢島後，不停傳來風聲：

「尾張的織田信長勢力是越來越了不得了。」

光秀更加坐不住了。

「我想去探探情況。」

得到義秋的應允後，光秀便動身前往尾張。能支撐這名將軍繼承人的存在的，似乎只有光秀的才華與活躍。

光秀來到尾張。

半兵衛

眞是奇怪。

筆者這段時間過分地關注光秀。人之常情，孤軍奮戰的光秀總是容易博得同情。

不過光秀也算小有成就。他把覺慶門跡這根人生中的魔法棒攥在手掌之中。接下來要做的就是四處奔走，召集覺慶的後援者，把這位足利家出身的和尚推上將軍的寶座。

再沒人比光秀更適合這份工作了。他屬於「奔走家」的類型。扯遠一些說，後世這種人物倒不少，尤其是德川末期。幕府末期，各藩的脫藩浪士都夢想著實現尊王攘夷、建立天皇政權而奔走呼叫。然而，在戰國中期的這個年代，唯有明智十兵衛光秀稱得上是志士和奔走家。

而光秀在輾轉各國時，也從不曾忘記：

（尾張的信長有何動靜。）

他始終關心的只有一件事，那就是信長這個傢伙勢力延伸到哪裡，或者在哪個地方吃了敗仗。

說是關心，可是到底是盼望信長勢力增長，還是希望他潰敗而逃，就連光秀自己也說不清楚。

總之，光秀爲了打聽信長的近況，去了尾張。

那麼，再來看看信長。

數年來，光秀眼中的「信長這個傢伙」，一直熱衷於攻打美濃一事。武力、計謀、在國境上放火，信長各種方法都試遍了，卻收效甚微。

「我想得到美濃和稻葉山城。」

他在濃姬面前嘟噥了好幾次。

濃姬終於受不了了，諷刺道：

「請便吧，把它們搶過來吧。」

對她來說，信長要攻打的對象是她的故鄉。雖說死去的父親道三在臨死前給信長留下「讓國書」，她卻無法接受美濃國支離破碎的結果。

情況卻發生變化——

「不好了！稻葉山城早就被攻破。美濃國守龍興大人棄城而逃，躲到偏僻的鄉下藏起來了。」

間諜帶來這個驚天動地的消息。

「一派胡言。」

起初信長根本不信。尾張的數萬大軍多年不懈的進攻，都未能拿下稻葉山城一草一木。

——其實早已被攻破了。

到底是怎麼回事？龍興逃到哪裡去了呢？誰攻破了這座城，又是誰留在城裡？

「再去查查詳情。」

他又派出眾多探子，他們陸陸續續地回來，異口同聲地肯定這一驚人的事實：

「確實是城破了。」

但又爲何，尾張境內連一聲槍響都未曾聽見呢？

（簡直就像是天方夜譚。）

信長心想，他又打聽了攻城者的姓名。

「一個叫做竹中半兵衛重治的人。」

說起攻城這件事，還眞是有些脫離現實、不可思議。

竹中家和光秀的明智氏乃同族，也是美濃的小豪族之一，在不破郡的菩提村中建有小型的城館。菩提村位於關原向北兩公里處的山裡。

後世將半兵衛重治評價爲天才軍事家，可是他在少年時代並不起眼。甚至有人議論他：

「菩提村的半兵衛是個傻瓜。」

半兵衛自幼喪父，尚未成年就當上城主。也許他擔心自己若耍些小聰明或是言語不慎，弄不好會被鄰國的成年城主給吞併了。戰國時期很少有像他這樣喜愛讀書的人，熟讀各種軍事書籍。

此人性情穩重，緘默少語。有時候，衆臣在稻葉山城集會，過了許久才會發現：

「喂，半兵衛你也在這兒呀？」

可見他在人群中顯得多麼安靜。

就連他的坐騎都是安安靜靜的。他不喜歡悍馬或是肥壯的大馬，他選擇的是那種瘦小沉穩的馬，可以安靜地駕馭。

雖然年紀輕輕，他卻喜歡退隱人士的穿著，顏色也一律是素色。

打仗時自然會穿盔甲。他的盔甲至今仍保留在岐阜縣關原町的區委會裡。盔甲用的是馬的內側皮，塗上速乾的紅漆後，用綠色和黃色的中間色（黃綠色）的線縫製而成。頭盔上立有一谷兜的標誌，腰裡佩戴的則是家中數代相傳的「虎御前」寶刀。

他自十七、八歲起就參加各種野戰，特別是抵抗從南部侵入的織田軍隊。他也屢次立下赫赫戰功：

「撤軍時，如果有半兵衛殿後，就萬無一失了。」

這個消息開始散開。他在指揮撤退時都是靜悄悄的，部署也是神機妙算，從不出錯。

他平時就把軍略當做一種藝術來思考，偶爾與人交談時也是討論軍略的事情而已。對他來說，也許除了軍事以外，其他不過是小事而已。

二十歲時，他成親了。

妻子的娘家也是美濃的大豪族。本巢郡芝原的城主安藤氏，當主安藤伊賀守守就正是半兵衛的丈人。

丈人伊賀守是名極不安分的地方豪族，能言善辯，再加上好動的性格，片刻都沉不住氣。當然，他的主意也多。

「半兵衛，咱們的主公眞讓人頭疼。他這個樣子，美濃遲早得讓信長給併吞了。」

他經常指責年輕國主龍興的荒淫暴虐，還前往稻葉山城要求拜見龍興。

「主公如此胡作非爲，恐怕美濃來日不多矣。」

他直言不諱地挑明，言辭中帶著惡毒：

「您等著看吧，鄰國的信長一定高興壞了。美濃的國守是您這位主公大人，簡直太合信長的心意了。」

伊賀守的話帶有過度挑釁的意味，龍興不由得開始憎恨他。一天，在酒席上。

「伊賀，閉上你的臭嘴！」

龍興跳起來，舉著扇子對著伊賀守的大腦袋上狠敲一記：

「退下，再也不要讓我看見你。」

下令讓他禁閉。

安藤伊賀守懷恨在心，在女婿竹中半兵衛面前不停叨念。

「確實不像話，就算是主公，也不能打丈人您啊，您還是美濃三人眾之一呢。龍興也太歹毒了。」

「不只是歹毒。我被打了或是不許上朝都沒關係，只是美濃有了這樣的君主，遲早要滅亡的。一旦被織田佔領，就會像以前的明智家一樣，美濃人都要被迫離鄉背井，四處流浪啊！」

「那就讓主公大人醒醒吧！」

「你想怎麼做？」

「我要攻下稻葉山城。只是奪城，並不是要奪國主之位。趕走主公大人，等他醒過來再把他接回來。」

「半兵衛，眞看不出來你還有這等氣概。」

伊賀守驚訝得合不攏嘴。半兵衛立刻提出要商量奪城的計畫，兩人便一道商議起來。

「嗯，這個方法行。」
「那就交給我好了。」
「好吧，就看你的了。」
伊賀守儼然變成一名大陰謀家，亢奮得滿臉泛紅。

過了沒多久，準確地說，是永祿七年的二月七日。
一大早就是個罕見的大晴天，只是冷得出奇。頂著刺骨的冷風，半兵衛騎馬出發了。按照事先的計畫，他一身輕裝打扮，靜悄悄地騎著馬，只帶十六名隨從。一行人逕直進了稻葉山城的大手門。
「我想拜見齋藤飛驒守大人。」
他進入殿中，在一間屋子裡等候。齋藤飛驒守深得龍興的歡心，看不出他的眞實年齡。此人一味地迎合龍興，安藤伊賀守挨打時，他竟在旁邊煽風點火：
「打得好！」
安藤伊賀守狼狽退出大堂時，他還在身後辱罵不休。
「半兵衛君，有何貴幹呢？」
齋藤飛驒守進門後，竹中半兵衛點點頭，低聲說了一句什麼。飛驒守自是聽不清楚。
「你再大點兒聲！」
他說著，便向跟前湊近過來，半兵衛一把抓住他的衣領。
「你，你要幹什麼？」
飛驒守剛想喊人，已經遲了。
「送你上西天！」
半兵衛的短刀已經插進他的心窩：
「我也是不得已。打仗不一定非要率領千軍萬馬上戰場才行，一把匕首就能瞬間決出勝負。」
他安靜地退到走廊上。同一時刻，半兵衛帶來的十六名侍衛已經幹掉五名龍興的貼身侍衛。
而且是光天化日之下。

誰也不曾想到，光天化日之下殿裡竟然會有人造反，眾人都驚慌失措，不知如何是好。

荒淫度日的龍興身邊本就缺少得力的勇士，更不幸的是，負責保衛稻葉山城的家老日根野備中守正巧回自己的領地厚見郡中島莊去了。除了備中守，無人能控制住殿裡的混亂局面。

半兵衛正是瞄準了這個空檔。他刺殺齋藤飛驒守後，馬上令人登上城裡的鐘樓，先是靜靜地敲，逐漸變得激烈，最後鳴響警鐘與城外的人裡應外合。

安藤在城外埋伏了兩千人馬。他們同時出動，發出震耳欲聾的呼聲湧進城門，迅速佔領城裡的各處要害。

一眨眼工夫，這座城就被奪下了。

再來看那位龍興。

最緊要的時刻，他還在殿裡和女人飲酒作樂，得知消息後，忙派倒茶的下人去打探，下人回來報告說，一萬西美濃大軍開進了城裡。

「一萬。」

自然是半兵衛放出的謠言。龍興被敵軍的人數所震懾，發現已無力回天後便逃之夭夭。半兵衛事先早已安排的追兵窮追不捨。龍興沒命地穿過美濃平原，朝著本巢郡文殊村的祐向山狼狽逃竄。

「達到目的了。」

半兵衛下令關上城門，在城下豎起一塊高高的牌子，內容寫道：

「奪城決無惡意，是為了向龍興主公進諫的非常手段。軍民大眾不用驚慌。本城暫時由竹中半兵衛掌管。」

他也轉達給美濃的諸位將領。眾人平時就擔憂龍興的胡作非為，他們也熟知半兵衛的人品。

「幹得好！」

有人反而表示讚賞，有人雖不表態，卻無一人出兵，大家都採取冷靜觀望的態度。

這場突變，幾天後傳到信長的耳中。
「半兵衛是什麼樣的人？」
他叫來熟悉美濃的家臣詢問，眾人一致稱讚不已。半兵衛是公認的謙謙君子。
「多大年紀？」
「好像是二十一歲。」
信長驚歎於此人的年輕，不過他無法理解半兵衛的為人。半兵衛出於一種義憤和狂熱趕跑龍興，在信長聽來，就像是童話故事，自然無法相信。
（肯定有野心。）
信長心想。他覺得，美濃出現了第二個道三。懷抱著這一想法，信長派出使者前去拜見竹中半兵衛，口頭請求道：
「把此城讓給我吧。」
他讓使者帶話道：
「我手上有已故的道三寫的讓國書，稻葉山城原本就是我的。半兵衛既然如此辛勞，我願意送上半個美濃國。」
（我才不上當呢。）
半兵衛聽後表情肅穆。
毫無疑問，他沒有半點接受信長提議的意思，他甚至能夠清楚地預見到，一旦他接受信長的提議之後，自己將面臨何種光景。恐怕信長得到稻葉山城後，不僅不會給他半個美濃國，還會以趕走主人的叛徒之名殺了自己。
「請恕不能接受您的提議。上總介大人似乎有什麼地方弄錯了。鄙人這麼做是出自忠義，絕無半點私心。」
他回答後便打發走尾張的使者，當天就去文殊村把龍興接回來，自己則撤回領地不破郡菩提山城中。
「此人真能鋌而走險。」
信長在尾張小牧山聽聞此事，反而很欣慰在當今的亂世，有像竹中半兵衛這樣的人物。信長好像很喜歡這種無欲無求的狂熱超人。

「我想讓此人做我的家臣。」

後來，他又派出已當上織田家部將的木下藤吉郎秀吉前往美濃菩提村，勸說多次。

藤吉郎六次造訪菩提的城館，每次都被半兵衛拒絕了。

半兵衛之所以拒絕，理由是要體現出自己對龍興的忠誠，還有就是對信長粗暴性格的一種迴避。

（那位大人待人苛刻，而且脾氣一向不好，答應後自己也就死定了。）

他一味地回絕。

其實，半兵衛的內心對織田信長這位年輕的武將還是讚賞有加的。

（美濃遲早要亡國，自己賴以棲身的大樹就要倒塌了。而信長也許會大展宏圖，最後君臨天下也說不定。與其埋沒自己的軍事才能，不如投靠信長，獲得施展身手的機會。）

他想道。木下藤吉郎看穿他的內心，不斷加以勸誘，他終於在第七次時答應了。

不過半兵衛提出的唯一條件是，自己不直接聽令於信長，而是成爲藤吉郎的參謀。

半兵衛對信長的看法不幸言中。與半兵衛同時歸順的老丈人安藤伊賀守就是如此，信長不喜歡詭計多端的伊賀守，始終未曾重用他。

伊賀守覺察後，與兩三名歸順織田家的美濃將領一道合計謀反，均以失敗告終。最後，他被沒收領地，在武儀郡的山中度過餘生。

半兵衛事件發生的半年後。

（只有半兵衛才能奪下的稻葉山城，我有沒有辦法拿下呢？）

信長在美濃國內做了充分的部署後，在這一年的七月三十日，迅速出動大軍。

藤吉郎

攻打美濃時，要屬木下藤吉郎秀吉這名尾張流浪兒出身的將校貢獻最大。

秀吉今年年滿二十八歲，比信長小兩歲。

「猴子幹得不錯。」

信長心中暗暗稱讚。

他的性格古怪，僅僅從功能上來對人進行評價。

爲了讓織田部隊更加強大、侵略他國、最後一統天下這個「目的」成爲一把鋒利的刀刃，他聚集了所有親屬和家臣的力量。

雖這麼說，信長聚集的並不單純是他們的肉體。

也不是他們的門第和血統，或他們父輩的名聲。對信長來說，這些「屬性」不具備任何意義。

他要的是功能。

他看的是實力，會做什麼、能做多少，再決定是否選拔任用，有時則加以排除，甚至驅逐或殺掉。他的人事標準可以說是殘酷。

而秀吉能夠忍受這種殘酷的人事標準。不，應該說正因爲織田家的方針和家風如此，像他這樣的無名之輩才有出人頭地的機會。門第主義的領國裡，這些幾乎是不可能的。

還不僅僅需要能力。

信長的家臣必須會幹活。信長要的不是一般的幹活，而是那種豁出命的幹法。

還有其他條件。

他喜歡有趣的部下。就算有能力，卻滿腹經綸、有謀反嫌疑的人並不合信長的心意。他會把他們看作與織田家的鋒利「目的」不合之人，將他們趕走或是殺害。

這就是信長的家風。外國紛紛傳聞道：

「上總介大人生性殘忍，對家臣十分苛刻。」

或者：

「一般人可當不了織田家的手下。」

事實上，有些被織田家看中邀請的有名牢人都轉身回絕道：

「唯有織田家不行。」

最近的半兵衛就是如此。

而木下藤吉郎秀吉早在小廝時就忍受得了信長的這種方針，不僅忍受得了，他還作爲適應信長方針的典範開始嶄露頭角。

半兵衛正是因爲看出這一點，才會向秀吉提出：

「我不願直接進到織田家，而是當你的手下。」

能夠忍受信長極其苛刻的方針當上中級將校的，已經是相當不易。信長不是個簡單憑口舌就能被唬弄的人，他能一眼看到部下的骨子裡。

（秀吉一定能夠飛黃騰達。）

半兵衛想道。發達了就能有軍權，半兵衛可以當上大軍的軍師。軍師的工作則有無窮的樂趣。

那麼秀吉如何呢？

他善於觀察人的心思，可以說是這方面的高人。

當他看到信長專注於攻打美濃之事，自己也以一名將校的身分，在力所能及的範圍內竭力配合。

甚至有時，他超越了自己的範圍。

建設攻打美濃的橋頭堡（野戰要塞）時，他主動請纓：

「讓我來。」

他冒著危險在邊境線的河中洲建城，終於完工，成爲「墨股一夜城」的美談。

信長十分欣慰，下令道：

「藤吉郎，你來負責。」

秀吉一躍當上野戰要塞的指揮官。他在此地憑著自己的才能召集了不少無名無分的武士。蜂須賀小六等人就在其中。

墨股駐屯的經歷，爲秀吉的未來鋪上一條光明大道。理由是這裡是通往美濃的最前線。

「好好防守。」

信長只交代這麼一句，秀吉做的卻不止這些。他開始展開對美濃的秘密工作。

其中包括說服美濃武士竹中半兵衛成爲自己的下屬。

半兵衛有利用價值。

秀吉開始利用他來分裂美濃人。他又蒐集了很多情報。

「猴子對美濃的政情很是熟悉啊。」

信長也認可他的成績。事實上，秀吉在織田大軍中成爲當仁不讓的美濃通，事情無論巨細信長都得和秀吉商量。

秀吉的秘密工作可不尋常。

舉個例子吧。

美濃的首府稻葉山城。

「稻葉山城畢竟是已故道三大人居住過的城池，軍糧充足。就算籠城兩三年也能撐下去。」

竹中半兵衛告訴他，秀吉聽後和半兵衛商量，如何才能分散這些軍糧。

他通過半兵衛，和已經答應與織田方面內部接應的美濃三人眾商量出一條計策。

美濃三人眾立即登上稻葉山城，勸說龍興：

「將來，織田大軍會從各個方向侵略美濃。把部隊和軍糧都集中在稻葉山城，不利於國內各地的防衛戰，應該四處分散才是上策啊。」

龍興生來愚鈍，聽後發話道「言之有理」，便立刻下令從城裡運出軍糧，將守衛部隊也分散到各地。

這個計謀成功了。

秀吉將此事報告信長。

「猴子，幹得好！」

信長拍膝而笑，又再次確認道：

「軍糧分散了，人手也減少了，絕對不假吧。」

「千眞萬確。小的向稻葉山城下派出探子，直接確認過。沒有半點紕漏。」

信長不喜歡虛浮的工作，秀吉也深知這一點。

秀吉隨即告退。

第二天天還未亮，信長下令大軍到美濃的前線指揮地小牧山城緊急集合。

天還是黑的。

前一天夜裡就開始雷雨交加，大雨傾盆而下。

（桶狹間一戰時也是下著大雨。）

同樣的大雨激起信長的鬥志。正是這場風雨，才促使信長迅速下定決心，緊急發出軍令進行突襲。

「目標是三河。」

信長佈告全軍，他首先瞞過自己人。三河在東邊。美濃的稻葉山城卻在北邊。信長出城門後在路上騎馬兜著圈，很快的拉緊了韁繩，調轉馬頭朝著北方：

「向美濃出發！」

一聲令下，他揚鞭啓程。

美濃的稻葉山城（岐阜市）距離尾張的小牧二十公里。

道路崎嶇不平，也只比鄉間的小路稍微寬敞些。

大軍有時分爲三列而行，有時只能並爲一列。他們沿著狹窄的道路向北部行進。

風雨不見停歇，部隊就像在瀑布中穿行。不時有人馬摔倒在泥濘中，甚至有人被後面的馬蹄踐踏。

「目的地是稻葉山城。」

就連雜兵也無人不知。

早在先代的信秀時期，就不停地攻打稻葉山城，數以千計的尾張士兵爲此丟了性命，這座城卻仍然屹立不倒。

信長也淋著雨。

雨水沿著頭盔的護目處流淌而下。滂沱大雨中只能依稀看見前方部隊高舉的火把。

「藤吉、藤吉。」

信長喊道。下人趕緊到前衛軍中通知秀吉。

秀吉趕回來，下了馬，握著韁繩望著馬上的信長。

「藤吉郎在此。」

「有辦法嗎？」

信長突兀地問道。他向來不說前提，有時甚至沒有主語，讓人摸不著頭腦。沒有足夠靈敏的腦袋和智慧，當不了他的家臣。

秀吉卻習以爲常。

（主公大人是問我，有沒有攻下稻葉山城的主意。他省略了用詞，直截了當就問我有沒有主意。）

秀吉當然不會疏忽，且胸有成竹。不僅是主意，他事先還做了準備。

秀吉的用心還不僅在此。如果太擅自行動，會招來信長的嫉妒。他十分清楚這一點，儘管是不是能稱之爲嫉妒。

總之，秀吉知道信長是個天才。當兩個天才相遇時，會引起嫉妒。秀吉可不想惹麻煩。

而且，如果部下過於能幹時，越是敏銳的將領越會加以謹慎而心存戒備，怕對方有朝一日搶了自己的位置。自幼就在人堆裡混的秀吉，熟諳這些人情世故。

有個例子，秀吉自己的例子。後來秀吉功成名就時，只給創業功臣竹中半兵衛少許的封地，並沒有賞賜與他的功績相應的代價。

——爲何只給半兵衛那麼少的俸祿呢？

心腹們提出疑問時，秀吉笑著答道：

「要是給半兵衛封賞個五萬石，他說不定會奪了天下。」

秀吉對參謀長黑田官兵衛（如水），也只是賞賜少許封地而已。秀吉可以說是用心良苦。

秀吉在性情無常的信長手下當差，自然是十二分用心。

就拿這個「主意」來說，他也經常向信長報告自己有這樣那樣的想法，要如何實施才好，反過來請求信長的指點。這麼一來，信長也樂意下達指示。

不過，雨中行軍的信長好像忘了此事。

「主公，遵照您以前的指示？」

「指示？」

信長頭也不回。

「有嗎？」

信長的話語一向簡短。

「是的。您吩咐我在稻葉山城下埋伏一批野武士（譯注：流浪的無主武士）。藤吉郎按照您的指示，十天前就讓那些墨股的武士裝扮成百姓、小販、化緣的和尚、山裡的土匪、乞丐、高野聖或是縴夫什麼的，分成小股掩人耳目，潛伏在美濃。」

「不錯。」

信長與其說是誇讚秀吉的才氣，不如說是佩服他在人後的勤勉。這也正合秀吉的心意，他希望自己的勤勉受到表揚，而不是才能。

「那麼，這些亂破（野武士）知道要突襲美濃的事嗎？他們要是不知道，怎麼從裡面接應呢？」

「回主公，」

秀吉有些得意地回答道：

「蜂須賀小六已經去通知他們了。」

小六原是這群野武士的頭目，被秀吉收留。他已經趕往美濃召集人手。

「他們在哪裡匯合？」

「請恕我擅作主張，地點在瑞龍寺的後山。」

瑞龍寺山是稻葉山群峰之一，他們定在後山秘密匯合。

「主公，還有一事相求。」

「何事？」

「這是我的部署，請讓我加入瑞龍寺山方向的隊伍。」

「准。」

信長愉快地應允了。

天亮了，雨也停了，風卻依然刮著。上午十一時左右，信長到達稻葉山城下，形成一個大包圍圈。

大軍共一萬兩千人。

稻葉山城由於先前的策略，守備軍被四處調離，城外的防衛戰節節敗退，盡數逃入城中。

信長通知全軍：

「這次一定要打勝仗。」

僅僅一句話。從父輩以來，曾十幾次攻打這座城均遭慘敗。這次應該是最後一次決一勝負了。

風向轉爲西風。

乘著風勢，首先進行火攻。爲了燒毀敵人防守的據點，在城下一帶放火，尤其是那些神社寺院和醒目的建築物都化爲灰燼。熊熊黑煙衝天而起，甚至蓋住整座稻葉山。大火燒到下午，稻葉山城已成一座光禿禿的城堡。

然而，到底是傲視天下的堅城，光靠力氣是攻不下來的。

信長圍著城牆在城外搭起兩三重的柵欄，防止敵軍援軍來襲，他想採用持久戰的方式，等到稻葉山城彈盡糧絕。

雙方對峙了十四天。

在此期間，秀吉詢問手下的野武士：

「沒有去大本營的近道嗎？」

要他們去打聽稻葉山周圍的地形，終於找到一名獵人。是個年輕人，名叫堀尾茂助。

人的命運眞是無法預料。住在稻葉山的這名年輕獵戶，後來成爲秀吉的家臣，幾經提拔後晉升爲豐臣家的中老職，成爲遠州濱松十二萬石的大名。

茂助指路道：

「山麓的一角有個叫達目洞的小山凹，從那裡爬上去的話能到二之丸。」

這一句話改變了稻葉山城的命運。秀吉讓茂助在前面領路，帶著新歸順自己的野武士出身的蜂須賀小六等五人，乘著夜色爬上山，潛入二之丸放火燒了糧庫，又讓自己的弟弟（秀長）率領部隊七百人抄近道趕到天守閣的石垣，打開攻城的缺口。

第二天，龍興投降，信長饒他一命，龍興從此逃亡近江。

大功告成。

信長本想搬來居住。

但是考慮到美濃戰後局勢尚不穩定，便任命守城軍負責修建，自己則撤回尾張，仍以小牧山城爲大本營指揮著美濃的戰後建設。

總之，信長佔領稻葉山城後並未遷居至此。於是各國都傳聞：

——美濃的稻葉山城尚未被攻破。

一時間難辨眞假。

（到底是怎麼回事？）

明智光秀前往尾張探聽虛實，就在這個時候。

探索

光秀悄悄潛入尾張國內調查，確認了信長奪取美濃稻葉山城這一事實。

（沒想到那個傻瓜公子還眞有一手。）

光秀雖不情願，卻不得不開始對信長刮目相看。

（如果說上次成功奇襲桶狹間僅僅是出於偶然，這次奪取稻葉山城可不簡單。）

道三傾盡畢生的才能和財力，憑藉地形的天險才砌成的天下名城，光秀也不至於相信靠偶然事件就能攻破它。可以說信長是憑藉自己的才能取得此一勝利。

（到底是如何成功的呢？）

同爲軍事家，光秀饒有興趣。如果追根究柢，那麼，信長這個像謎團一樣的人物就能清楚地揭開。

來到美濃。

這裡是光秀的故鄉。光秀從尾張領河渡的渡口乘上小舟，進入美濃領地，又一路直奔稻葉山城下而來。這個多愁善感的男人，此刻已淚流滿面。

（……「國破山河在，城春草木深」，說的就是這種感傷吧。）

光秀佇立在城下的路口，在夕陽中摘下頭上的斗笠，仰望著這座已經屬於織田家的稻葉山城。

（道三大人的榮華也已轉眼成夢。城頭上飄舞著道三引以自傲的二頭波頭紋旗的光景，恍如昨日。）

街市的名稱在淪陷後也被信長改爲「岐阜」。這座城再也不是稻葉山城，而是變成岐阜城。

（岐阜？）

對出生在美濃名族的光秀來說，沒有比以前的稻葉山城更響亮的名字了。岐阜的發音來自唐土，聽起來就像是外國的地名。

（信長一定是想通過改名來讓美濃的人心煥然一新。不過，他還眞敢起岐阜這個名字。）

光秀途中聽說了此名的由來。古代統一中國的周王朝，發祥地是陝西省的岐山。信長取了岐山中的「岐」字，定爲岐阜。當然，信長本身並不知道這個詞的典故，他委託一名禪僧澤彥的禪僧，取了幾個新地名，聽了「岐」字的起源後，讚道：

「這樣啊？原來有這個意思！」

當場就起名爲岐阜。

（信長難道要學周王朝？）

這個地名中，無疑隱喻著信長野心勃勃。當今天下，雖然英雄豪傑輩出，然而像信長這樣赤裸裸地展現一統天下野心的人，恐怕爲數不多吧。

（不過是癡心妄想罷了。只有傻瓜才光知道做夢，專心致志於其中吧。）

光秀不懷好意地這麼想。

他在岐阜城下來回徘徊。

城下的街市名以前叫做「井之口」，自從改稱岐阜以來，就連街上的光景也都變得面目全非了。

（到處都在大興土木。）

不光是爲了恢復以前的原貌，信長制定新的街道區劃（都市計畫），要建設全新的岐阜城。

光秀還聽說，信長佔領此城後立即返回尾張。如此夢寐以求的東西到手了，他卻不以爲意。

信長的行爲讓人難以猜透。

（到底什麼原因呢？）

光秀在尾張和美濃的土地上苦苦追尋著答案。

他終於找到謎底。信長佔領後，命令前田利家清理城內，又指派柴田勝家和林通勝兩位老臣負責主持城下的行程和建設工作。

看起來，光秀心想，信長準備打造一個規劃性的城下町。估計需要兩三年時間完成，所以信長便隻身回到尾張。

（無論是從岐阜這個名稱，還是從城裡的大興土木來看，信長一定打算將這裡作爲根據地，向周圍擴張勢力。）

光秀猜想，岐阜將會成爲織田家的首府。

再看看城裡，人聲鼎沸，一片熱鬧景象。從美濃和尾張各地請來數千名木工、泥水匠以及苦工，織田家的家臣們正指揮著他們各就各位。

從兩側挖出的溝的寬度就可以發現，道路比道三時寬出許多。

新建的武家住宅也井然有序地排列著，看來整個織田大軍要聚集在這座城下。

光秀四處觀望著。

最讓他吃驚的，是山麓下正在興建的宮殿。

（這裡就是信長將來的住處吧。）

光秀走上前觀看。這裡是道三居所的舊址所在，本是道三親自設計，由名匠岡部又右衛門建造，卻被戰火燒得片瓦不存。

眼前，道三舊址的這塊地已重新平整，搭好了新房子的骨架。

（世間風雲多變。）

光秀不禁感慨。

「找個人打聽打聽。」

光秀看到路邊有一群搬運石頭的工人正在休息，便走上前去禮貌地搭話。

「請問這裡的現場由誰負責？」

「呃。」

工人的三河方言促音較多，光秀聽得很吃力。

首先，工人來自三河這一點，就很讓光秀震驚。三河是比信長年幼八歲的德川家康的領國，幾年前他與信長結盟，當時世人對此同盟非常看好。

（果然堅固。）

光秀從工人身上證實了這一點。家康為了支持信長的城市建設，不惜從領國派出勞工。他們之間的同盟關係，正是推斷織田家實力的一個重要因素。

光秀重複問了好幾遍，才聽懂一個名字：岡部又右衛門。

（原來如此，岡部在負責此事。）

岡部又右衛門被道三慧眼看中，又一手提拔為城市建設的巨匠，原位於此地的道三居所正是出自他的傑作。

「那可是名匠啊！」

光秀一邊隨聲附和著苦工，一邊望著工地的場景。

（會建成什麼樣子呢？）

信長一定有自己的喜好。眼前的工地尚且看不出什麼名堂。

先前道三的建築與庭園是傳統的東山風格，可以看出城主的造詣頗深。

「要蓋成什麼樣呢？」

「這可不是我們這些人能明白的。不過聽說，負責的岡部大人也很頭疼呢！」

「哦，此話怎講？」

「說是要建成南蠻風格，少見得很。」

原來，信長要一改道三的閒情雅致，下令岡部蓋成三層樓，並大量使用黃金、朱漆和黑漆。岡部正為此事頭疼呢。

（真是不長腦子。）

光秀終於發現能讓自己輕蔑的信長缺點。

（呆瓜再怎麼變終究是個呆瓜。）

光秀忽然愉快起來。就算信長善於打仗，沒有教養這一點卻是無法彌補的。竟然要建造南蠻式的房子，眞讓人笑話。

（那個傢伙幾年前經常微服出行，跑到堺去看那些南蠻的東西。喜歡那些外表華麗的東西，說到底也只是個鄉巴佬。）

光秀向來重視教養，他打心眼裡看不起那些粗俗又沒有教養的人。信長此時就成爲他蔑視的對象。

（說穿了，不就是個暴發戶大名嗎？）

他嗤笑道。

（那個傢伙娶了道三大人的女兒，還深受道三寵愛。到頭來還是繼承不了道三大人的衣缽啊！）

此刻，光秀腦中的「道三大人的衣缽」，指的是道三深受東山文化薰陶的高雅格調和教養。而不具備此點的信長，在光秀看來，與一名蠻荒之地的國王並無二致。

光秀繼續在美濃國裡停留。這裡是生他養他的故鄉，自是再熟悉不過。親戚和舊友也不少。

他借宿在這些土豪家中，打聽一些當地的消息和美濃的局勢。

特別是他去拜訪西美濃最大的土豪之一的安藤伊賀守守就時，收穫頗豐。

安藤伊賀守此人，就是竹中半兵衛的丈人，與半兵衛一同倒戈投奔織田家。

他天生叛逆，愛打抱不平、出謀劃策，總是在當地搞出一些小麻煩。雖然投奔織田家，卻沒有得到所期待的待遇，不免滋生出新的不滿。

「這不是明智的十兵衛嗎？」

安藤伊賀守看到悄然而至的光秀不禁愕然，又唏噓不已。

「叔父大人，別來無恙乎？」

光秀多少與他有些血緣關係，用詞也更爲恭敬。

「十兵衛，我還以爲見到鬼了呢？弘治二年（一五五六）明智城陷落時，有人說你死了，也有人說你逃到京都。原來你還活著呀！」

此人慣施計謀，全身的氣力卻似乎都凝聚在喉嚨上，聲大如雷。

「你現在在做何事？」

安藤打量著光秀。只見他身上一件深黃色的無袖羽織已破爛不堪，大小腰刀的刀柄套也都磨破了，似乎過得很是窘迫。

光秀也爲自己的境遇感到無地自容。

「我現在和牢人沒什麼兩樣。在越前的朝倉家奉公，成爲一名門客。」

「這樣啊？你這麼有才能。說到才能，我的女婿竹中半兵衛雖年紀尚輕，卻已經不簡單。不過公平地說，他還比不上你明智十兵衛。」

「不敢當。」

「那麼，你這次來可是想來投靠織田家？」

「不是不是。」

光秀故意一笑置之。他的笑容裡寫著，別看我穿著打扮不怎麼樣，並不代表我這人不值錢。

「是這樣的，」

光秀解釋道：

「其實，我已經得到即將繼承將軍之位的一乘院門跡覺慶大人的信賴，不便到織田家來奉公。」

他看似不經意地道出自己目前的身分。

「哦？」

安藤立刻表現出興趣：

「再說得仔細些。你現在，和將軍家有關係嗎？」

「您遲早會知道的，現在不方便說。」

「眞是讓人著急。快別那麼說，且說來聽聽。」

要說安藤伊賀守這樣的地侍，根本無需這種八竿子打不著的情報，此人卻生性喜歡打探各種消息。

「我只能告訴您，」

光秀道：

「覺慶門跡如今已改名爲足利義秋（義昭），潛伏在鄉下。他需要的是能保護他的人。要想保護義秋大人並讓他登上將軍之位，需要忠義強大之人支援。想我十兵衛……」

光秀簡潔扼要地把自己受到未來將軍的密令，雲遊列國，四處物色適當的大名之事講了一遍。

「而我來到此地，」光秀接著又說：「是想看看織田大人作爲人選如何。不知道這裡的局勢如何？」

「糟糕得很，」安藤伊賀守接話道：「實在糟糕。我費盡周折，才拉攏西美濃的豪族投靠織田，沒想到織田這個傢伙，完事了竟然這麼對待我。」

「稻葉山城不是讓織田家給占了嗎？」

「也就是占著罷了。我要是信長，就馬上搬到稻葉山城居住，重建美濃。信長這個膽小鬼卻不敢來。」

「那是爲何？」

「膽小吧。」

「我問的不是膽小。爲何信長不立即坐鎮稻葉山城平定美濃呢？」

「因爲美濃國內還不穩定呀。」

他說得不假。西美濃已經倒戈，東美濃還在繼續抵抗信長。代表人物有鑄鐵出名的關城城主長井隼人佐、加茂郡坂祝有「猴城」之稱的山城城主多治見修理、堂洞城的岸勘解由以及加治田城的佐藤紀伊守等人，都出沒於山間野地中頑強抵抗。

「太大意的話，局勢發生逆轉也說不定。我好不容易才讓信長打贏了，這種樣子可不行。信長到底只是個蠢貨。」

（這個老頭對織田家的封賞心懷不滿。）

光秀看穿他，又不經意地問道：

「要是叔父大人是信長的話，您會怎麼做？」

「在稻葉山城備軍。」

安藤譏諷信長是個膽小鬼。

（正因如此，才讓人害怕。）

光秀的想法卻正好相反。

（論性格，信長一向用兵如電光石火，生性勇猛，桶狹間的奇襲就是最好的證據。不過他還有另外一面。在攻打美濃之前，他十二分謹慎地充分做足準備工作，冒著風雨兵臨稻葉山城下。他並沒有採取短兵交接的戰法，而是放火燒了城下使之成爲一座孤城，然後在城週邊上柵欄採用持久戰略，等待瓜熟蒂落。可以說這是一種極其保守的戰術。）

性格風風火火的信長還有如此的一面，倒是出乎光秀的意料。信長不僅能等待，還能忍耐。在桶狹間一戰中冒險獲勝的信長，反而吸取教訓，變得不再喜歡冒險和下賭了。

（類似桶狹間的勝仗，不會再有第二次了。）

似乎信長也已經有此覺悟。

（這麼看來，此人眞不簡單。）

光秀心想。安藤伊賀守之流的鄉間策士眼裡的膽小鬼信長，其實正表明此人的心機複雜和胸懷大度。證據就是，信長一面與東美濃作戰，一面開始計畫用上好幾年來建設「岐阜」城。

（難以捉摸。）

光秀想，又急忙搖了搖頭。

（沒什麼了不起的。）

他糾正自己。光秀對信長的缺點過分苛刻，自然不願意高度評價信長的優點。

「不行的，」

安藤又開口道：

「此人的前途還不足以保護將軍。」

安藤伊賀守斷言道，光秀也情緒化地隨聲附和。

留宿一晚後，第二天，他出了美濃的關原，沿北國街道向北，朝著妻子所在的越前一乘谷方向而去。

（到最後，也只有勸說越前朝倉家來保護義秋大人了。）

估計此事並不難。因爲朝倉家一向重視名譽，如能保護下一代將軍，定會感到萬分榮幸。

光秀夜以繼日地沿著北國街道北上。他單薄的衣裳已經不敵北陸山風帶來的寒意。

前往越前。

光秀加快腳步。他已經拿定主意。

這次無論如何也要說服國主朝倉義景，不僅讓他保護義秋，還要搶在信長的前頭揮師上京，討伐三好和松永等黨羽，將義秋推上將軍之位……

（憑我這三寸不爛之舌，相信義景這個懶人也會聽從的。）

要搶在信長的前面。光是這一點就讓光秀全身充滿力量。

很快，越前朝倉家的首府一乘谷就出現在眼前。

花籃

光秀走到自己的家門口。

籬笆上的木槿葉已經半枯凋落，可以望見裡面簡陋的屋子。

（阿槇在家。）

水井旁傳來流水聲，大概是阿槇在洗衣服吧。

（阿槇。）

光秀在心中默默念著，未作停留就悄悄離開了。

（該給她買一件新衣服了。）

隔著籬笆看到阿槇身上破舊的衣服，光秀心裡不是滋味。

這時，堂弟彌平次光春拎著魚簍從對面的路口走來。有段日子沒見了，他儼然已經長成小夥子。

「天啊，這是——」

彌平次光春大喊著跑上前。光秀並未停下腳步，嘴裡說道：

「我剛回來。這趟去了京都、奈良、近江、尾張和美濃，發生不少事。等回到家我再說給你聽。」

「您不先回家嗎？」

「我要先去參見主公。晚上應該能回家吧。」

「那我這就去買酒，菜是現成的。」

說著他舉了舉手中的魚簍。

「鯉魚嗎？」

「哪裡，這可是鯽魚呢。」

「肯定好吃。」

光秀疾步走開了。彌平次光春原地不動目送著光秀的背影，然後猛地一轉身朝著家中跑去。他想早點把光秀回來的消息告訴那對母女。

井旁的阿槙聽聞後，紅霞染上雙頰：

「此話當眞？」

她連問了三遍，驚慌失措的樣子讓彌平次都覺得可憐。有什麼必要慌張呢？

她馬上跑進屋重新挽了頭髮，又要重新化妝。卻又停下來。

鄰居家的楓樹枝伸進來，映入阿槙的眼簾。一枝已經枯了，另一枝紅得正豔。阿槙呆呆地坐著，望著那兩根枝條出神。

此時，光秀已經上了大堂。

他坐在客室裡等候時，有位交情甚好的御醫悄悄告訴他：

「土佐守大人生病了。」

家老朝倉土佐守一直明裡暗裡幫著光秀。最近二十幾天，他幾乎是不能進食，臥床不起。

光秀刨根問底地打聽他的病情，不禁悲從中來。朝倉家中唯一可以信賴的便是這位土佐守，這次他回來，也是想通過土佐守來做義景的工作。

（爲什麼會事事碰壁呢？）

「那麼，土佐守臥病期間，由誰在輔佐主公呢？」

「刑部大人吧。」

「呃，刑部大人嗎？」

看到光秀滿臉詫異，御醫湊到光秀耳邊忠告道：

「家裡人都說，寧願惹主公不高興，也千萬不要招惹刑部大人。您可得多加小心才是啊！」

這位御醫似乎對刑部這個謀權弄術之人沒什麼好感。

他嘴裡的「刑部大人」，正確的稱呼是鞍谷刑部大輔嗣知。應該如何說明此人在朝倉家中的地位呢？

他並不是家臣。

就連義景都對他使用敬語，儼然當作貴人相待。家裡人也敬稱嗣知爲「御所」。要知道，他的血統比越前國主朝倉家高貴得多。

原在京都經營「金閣」的足利三代將軍義滿的二兒子大納言義嗣的兒子嗣俊，因故流落越前，在今立郡鞍谷定居下來，他的後人依次是嗣時、嗣知。

國主朝倉家一向喜歡名家，便賜給鞍谷家封地並保護至今，到當主義景這一代，關係更是緊密。

義景的夫人便出自鞍谷家。

由此，嗣知當上國主的丈人，開始過問國政。自從土佐守生病退隱後，他更是以家老的身分自居。

（那個滿臉麻子的傢伙。）

光秀雖然未和他搭過話，卻曾經遠遠地看見過此人步履飄忽，當時就沒有留下什麼好印象。

（要是把國政交給這種人打理，朝倉家自身也是前途未卜啊！」

相教於起尾張新興的織田家採用的極端人才主義方式，越前朝倉家卻只怕是無法擺脫尊崇血統的舊習。

（不過這樣也好。）

光秀喜憂參半。正因爲尊崇血統，才有可能讓朝倉家擁立足利家。信長只從功能上看待人，讓他來保護足利家才眞是危險。

所以，光秀並不反感朝倉家對血統的執著。他自己也和尾張的藤吉郎之輩不同，是美濃名家出身，他也一向以此爲傲。

（不過，這個庸俗無能的國相眞讓人頭疼。）

光秀又想。輔佐國主的人一定要有能力，國相的無能會招致亡國。按照光秀的理論，無能即是最大的罪過，這種想法溯其根源，本是來自道三。

「十兵衛大人，這邊請。」

下人來爲他帶路。光秀出了走廊，略屈著腰靜靜地邁開步，這是他一貫的謙恭做法。

到了大堂。

雖是大白天，義景正在五、六名兒小姓的陪伴下喝著酒，旁邊還有兩位老臣。

（鞍谷御所不在。）

光秀安下心來。他迅速整理好衣服，利落地跪下請安。

「何事？」

義景開了口。光秀心下一驚。自己爲了朝倉家的外交四處奔走，如今中途回國，卻迎來一句：

「何事？」

就像澆了一盆冷水。當然，他也知道義景並無惡意，然而他的情緒還是爲之低落。

「要是爲了上次的義秋大人一事，我也按照你的建議給他派去護衛隊，還送了禮金。」

「是的。」

「難道又想要別的了嗎？」

「沒有。只是擔心主上的安危，急忙趕了回來。」

「太誇張了吧。」

義景笑出聲來。

「你到底想說什麼？」

「我這次去了尾張和美濃，仔細地觀察了織田家的情況。」

光秀將信長的勢力膨脹仔細地描述一遍。

「你的話還真有意思。」

義景銳利地說道，嘴角掛著冷笑：

「你上次回來時，不是才說過信長沒什麼了不起，織田家的勢力好比用青竹去敲打岩石，雖然發出的聲音不小，竹子卻是會破裂的。」

「確實如此。」

光秀一時語塞。他確實那麼說過，不過，這兩件事意思卻不同。

「信長的勢力好比青竹，總有一天會破裂的」這句話，指的是遠觀將來時對信長的預測。

他現在要說的是腳底開始起火的這一現狀。他的話並不矛盾。

「信長得了美濃後，就會到近江擁立義秋，拿著義秋的手諭揮師進京，趕跑三好、松永之輩，擁立足利將軍。就憑信長那個火燒火燎的急脾氣，一定會這麼做。這麼一來，主上您，」

光秀繼續說：

「就會晚織田家一步。越前在北，尾張在南，雖然方向相反，中間隔著近江，到京都的距離都差不多。接下來就是您和織田家賽跑，看看誰能早一步到達京都，分出勝負。」

「你的意思是要怎麼做？」

「所幸主上與北近江的淺井家交情深厚。和淺井家結盟，立即派出大軍前往近江的湖畔擁立義秋大人，到京都插上旗幟才是啊。」

「東邊的鄰國加賀（本願寺一揆團）看我不在，打過來怎麼辦？」

「那主上這時就要和越後的上杉（謙信）家結為盟友。上杉家一向同情義秋大人，想必此事不難。」

光秀又巧言勸說義景。義景明顯動了心。

他最後終於同意。

「十兵衛，就這麼定了。」

義景少有如此豪爽，他笑道：

「到了京都要喝京都酒，還要抱京都的女人。看來我有樂子了。」

光秀退了下來。

他正要走出城門時，義景派來的人跑步來阻止：

「請等等。」光秀不知道發生了什麼事情，又跟著進入指定的房間，等待義景的命令。

等了大約兩小時，眼看著天黑了，肚子也餓了，卻遲遲不見有人前來。

（究竟搞什麼名堂？）

光秀仍然正襟危坐。按照朝倉家的規矩，不給家臣上茶。口渴、饑餓讓他頭暈眼花，他卻仍然雙膝併攏，筆直地跪著。

同一時刻義景在幹什麼，等在房裡的光秀自然不會知道。後來他才聽說。

幕後發生一件極其愚蠢的事。

……

剛才光秀退下後，義景得意得好像馬上要去京都似的，起身離座跑出走廊，進了內院後，他藉著酒意大肆吹牛，還不斷地嘟囔：「到了京都一定要去找那裡的姑娘。」

這些話都傳入內院夫人耳中。夫人派人通知正在城中服裝店中的生父鞍谷刑部大輔嗣知。

嗣知立即上門找到義景，劈頭蓋臉呵斥道：

「別得意忘形了！」

嗣知的意思是，朝倉家要想在京都稱雄不過是癡人說夢。義景一旦離開這裡，加賀本願寺的一揆就會一舉攻打越前，後果將不堪設想。

「再怎麼說，」

嗣知批評道：

「身爲一國之主，豈能輕易被來歷不明的流浪漢幾句花言巧語蒙蔽？而且，這麼大的事情，竟然也不和我刑部商量一下。」

「刑部，那只不過是醉話而已。」

「醉話？」

「對啊，喝醉後的胡言亂語罷了。」

「那就立刻告訴十兵衛剛才的事都不算數。那種人，還不知道他會到城裡去說些什麼呢？說不定還會向國外造謠說越前朝倉家要出兵之類的。此事事關重大，務必馬上喊住他，曉以利害才是啊！」

於是，侍衛追上光秀，讓他「等等」。

接著，老臣朝倉左膳也追上來傳達義景的口諭：

「具體情況不是十分清楚，主上只讓我告訴您，剛才那件事不過是醉話而已。您明白了嗎？」

老臣問道。

光秀一時反應不過來，他以爲此話中含有深意，再度詢問後才恍然大悟。

（簡直就是天大的笑話。）

光秀哭笑不得。自己拚性命奔走天下的大事，到了一乘谷的大堂上，竟然變成酒後的戲言。

光秀回家。

他先到澡堂泡個澡，洗去長途跋涉的塵埃，再來到房裡接受妻子和彌平次的問候。

阿槙陸續端出飯菜，光秀卻神思恍惚。

大家看到光秀一臉嚴肅，也都大氣都不敢出。

等到光秀緩過神來，才舉杯道：

「彌平次也乾一杯吧！」

明智家一向不勝酒力，像彌平次這樣酒量大的年輕人卻是少見。

光秀一杯下肚後，臉上開始泛起紅潮。

「你聽著，彌平次。」

光秀的聲音有些哽咽：

「男人的身上有塊嵬石。」

「石頭嗎？」

「寫作嵬，形狀類似石頭。我心中的嵬石卻是懷才不遇，夜深人靜後只能悄然飲泣。」

彌平次低頭默默飲酒。雖然不知道發生什麼事，光秀心底劇烈的起伏卻傳到阿楨和彌平次的心裡。

「你們看。」

光秀試著改變屋裡的氣氛，像是突然發現什麼似的，回頭望著角落的小茶几。

那裡放著剛才的魚簍。魚簍裡放了一枝紅葉，煞是好看，反倒比放在花瓶裡更有情趣。

「這是誰想到的？阿楨還是彌平次？」

說著，光秀伸出手去取過魚簍。

「不錯的花籃嘛。」

他遞給彌平次。

「彌平次，我現在要唱首新曲子，你就隨意地跟著起舞吧！」

彌平次站起來，左臂夾著花籃，取了扇子在右手。

「我開始唱了。」

光秀低沉著嗓音開始唱。

花籃取水

邀月對影

請拿好了

別讓它漏了

別讓它漏了

可要拿穩了

是時下京都流行的歌謠，歌詞的大意是對無法實現的愛情的悔恨。花籃自然盛不了水，更談不上能看到月亮的倒影。然而，自己心裡恨的那個人，硬是要用花籃盛水，讓月亮倒映在水裡。

終究是一場空虛。

光秀把自己滿腔壯志卻無法抒懷的苦悶，寄託在這首情歌中。

跳著跳著，彌平次也感受到這股悲哀。他拚命克制自己不哭出聲來，滿臉的隱忍竟襯托得這個年輕人格外的俊美。

夕陽

光秀對朝倉家感到失望，卻沒有放棄自己的理想。

在他的反覆遊說下，朝倉家終於同意：

「雖然不出兵援助，義秋公方（原指統治者，室町時代後半葉成爲實際掌權的足利將軍家的稱號，編按）若遇險境，可來越前一乘谷避難，定當小心保護。」

對行事消極的朝倉家來說，能答應到這種程度已經是破天荒的大事了。

這些並不是光秀一個人的力量。義秋的幕僚、才華橫溢的細川藤孝從旁相助，才終於說動這個守舊的越前大國。

細川藤孝猜想，僅憑光秀之力要想說服朝倉家一定很難，於是領了義秋使者的身分來到一乘谷。藤孝雖是漂泊之身，卻有兵部大輔的官職。朝倉家自然盛情款待，洗耳恭聽。和光秀這名來自美濃的流浪漢相比，信譽當然是大不相同。

而且，細川藤孝還是個重情重義之人。

他沒有忘記在朝倉義景和眾臣面前稱讚光秀：

「十兵衛光秀大人可是位少見的人才啊！」

或是：

「請恕我直言，大人您可是收留了一位難得的仁者啊！」

又說：

「義秋公方殿下可是把十兵衛光秀大人當作左膀右臂呢。」

細川藤孝在一乘谷期間，沒有選擇其他重臣的府邸，而是一直借宿在光秀的茅草房中。

這樣一來，頗見成效。

「公方殿下的幕僚，竟然住在光秀這等人家中。」

消息一傳開，光秀在朝倉家的地位頓時提高不少。

光秀的房子破舊不堪，根本就招待不起像藤孝這樣的貴人。

光秀卻每日好酒好菜款待藤孝。菜多是彌平次光春從小溪中釣來的魚，酒則是妻子阿槙典當頭髮或是衣服換來的。

光秀有個已滿三歲的女兒，出生時光秀正在四處奔走。這次光秀回到一乘谷，看到女兒長大不少，都吃了一驚。

（還真漂亮。）

身爲父親的光秀，也不禁爲她的美暗暗讚歎。女兒雖然話語不多，一雙眼睛卻是靈動活潑，既繼承了母親的美貌，又遺傳了父親的才華。

「這個女孩兒太稀罕了。」

藤孝第一次看見她時，也不禁脫口而出。藤孝所說的稀罕不僅僅是她的可愛。而是年紀小小，便透著一股不容侵犯的高貴氣質。

「小公主，讓叔叔抱抱你吧。」

藤孝伸出雙手要求道。小女孩卻搖搖頭。

「怎麼，不願意嗎？」

「不，要抱的話，先把你的手用袖子包起來。」

女孩兒道。意思是不能直接用手抱，而是用袖子隔起來再抱。也可能只是女童無心的戲言而已，藤孝卻認定她的天性就具備高貴的品味。

「像她這麼高貴的孩子，」

藤孝感歎不已，就連父親光秀都覺得有些誇張：

「二千萬人中恐怕也就只有一人而已。十兵衛君，把她許給我的長子與一郎，你意下如何？」

當然稱不上是盟誓。身處亂世，誰也無法預料將來，然而這個女孩發出的光芒卻讓藤孝突發奇想。

「與一郎君和小女相差一歲對吧？」

「正是，比令媛小一歲。怎麼樣？」

「求之不得啊！」

這場看似戲言般的對話，卻決定了兩人的命運。女孩兒長大後嫁給幼名與一郎的細川忠興，受洗後被稱作伽羅奢，關原之戰的前一天夜裡，她在大坂玉造的細川家中引火自焚。

藤孝離去後，春天來了。

光秀在朝倉家受到的待遇已經不可同日而語。

朝倉家在外交上也不是一竅不通，他們開始意識到寄居在近江矢島的將軍繼承人義秋存在的價值。義秋本身也頗爲心細，他向各國有實力的大名派出使者，展開實務上的將軍外交。他不僅與越後的上杉輝虎（謙信）惺惺相惜，還和尾張的織田信長開始交好。

朝倉家爲了與周邊的各國勢力保持均衡，也不能無視義秋的存在。他們先後數次向義秋的住所送去大量金銀錢財，義秋才得以在矢島的臨時寓所裡挖了兩町四方長的溝壑，建造一座新館。

隨著義秋的地位逐漸明朗，光秀在朝倉家的地位也日益改善。

轉眼到了夏天。

光秀又提出請求：「我想去一趟近江的新館，順便到京都看看三好、松永那邊的情況。」

朝倉家應允了。

光秀這次是騎馬去的。

這次的出行，按照他的地位，准許帶領五名隨行人員，其中包括彌平次光春。要知道，六個人的差旅費也不是筆小數目。

（太奢侈了。）

光秀雖這麼想，不過所到之處都需要派人將消息捎回國內，確實需要這些人手。

他先到近江，從靠近草津的野洲宿拐彎後沿著野洲川畔前進，下堤壩後直奔矢島而去。

河畔一帶是近畿地區最肥沃的水田地帶，方圓百里放眼望去，都是一片綠油油的稻田。

正午時分，豔陽高照。

「彌平次，天氣可眞夠熱的。」

「可不是嘛。」

騎在光秀前面的彌平次回頭道。他的長相不同於如今的年輕人，而是像故事中描述的鎌倉時代年輕武士，儀表堂堂。

（這個年輕人不錯。）

光秀想道。彌平次給他的感覺是無條件地信賴自己，一旦遇上危險會毫不猶豫地捨身保護自己。

「我說彌平次，」

光秀踢了馬肚子一腳，驅馬趕上彌平次：

「你要多讀兵書。」

「是，我平日都在看。」

「我光秀如今雖然潦倒，但總有一天會叱吒風雲於天下。到了那時候，你就是我的大將。」

「眞盼著那天早點到來。」

「哈哈，有氣度！」

光秀贊許地看著自己的堂弟。

「您的意思是？」

「我還以爲你會謙虛呢，結果你說盼著早點實現。看來你還頗有自信的嘛。」

「我的兵法是大人您教的。彌平次深得日本最厲害的軍事家傳授，指揮十萬百萬大軍，自不在話下。」

「日本最厲害的軍事家？」

光秀忽然黯淡下來。

（日本最厲害的軍事家，別說十萬百萬大軍，眼下只帶了五名隨從走在近江的鄉村裡。）

既滑稽，又可悲。

「彌平次，所謂野心，」光秀道：「有時候也很可笑。」

「我不太明白。大人說的話，有時候我實在是聽不懂。」

說著說著，他們已經來到矢島的寓所前。

光秀獨自進門，要找細川藤孝，藤孝卻不在。

「他去哪兒了？」

光秀問道。出來接待他的是義秋的小姓一色藤長。

「真不巧，藤孝大人被派到尾張織田家去了，這兩三天應該就會回來。」

藤長答道。

矢島寓所的幕僚，都將光秀視爲復興足利家的恩人，對他也就格外客氣。他們紛紛出來和光秀打招呼，異口同聲地邀請道：

「晚上就住在這兒吧。馬上爲您準備房間，您帶來的手下人我們也會安排好的。」

面對眾人的熱情，光秀感動得差點落淚。在朝倉家，可沒有人會這麼熱忱地對待自己。

「那就恭敬不如從命了。」

光秀答應了。年輕的幕僚細川左京大夫自告奮勇地站起來爲光秀帶路。

傍晚，光秀戴上武士的烏帽子，外面穿了一件印有桔梗紋的素襖，前來參見義秋。

「十兵衛來了啊，我正想你呢。」

義秋走出來招呼著，在上座落了座。他的頭髮長長不少，表情和姿態都豁達許多。只是舉止間稍嫌輕浮，與之前並無二致。

他的口吃還是很嚴重。

光秀向義秋請安後，義秋開口道：

「哪裡，身體又有什麼要緊。如今一事接著一事，真讓人不消停啊！」

他的口氣儼然像個四處奔走的政治家。

事實上，義秋從自己所在的近江矢島村，不停向四方派出使者、送去信函，展開拉攏各方群雄的政治工作。

「我一直在催越後的上杉輝虎早日出兵，他卻遲遲下不了決心。輝虎一旦離開，甲斐的武田晴信（信玄）便會乘虛而入。再說，關東的北條氏也會生出事端來。所以我向武田和北條派出使者，警告他們上杉輝虎的地位無人可敵，不可輕舉妄動。」

「是嗎？」

「武田和北條似乎害怕得很呢。」

（恐怕沒這麼簡單吧。）

光秀心想，他繼續聽著義秋吹牛。

「只是，京都的局勢不妙啊！」

義秋的臉突然沉下來，臉上清清楚楚地寫著浮躁和憤懣。

「三好、松永黨羽勢力不容小覷啊！」

「嗯。」

光秀在越前聽到的消息是，佔領京都的三好三人眾與松永彈正少弼久秀之間出現嫌隙。

「這件事，您要怎麼做呢？」

「他們會自取滅亡。」

義秋的語氣很是堅決，光秀卻聽出來那不過是一廂情願的猜測而已。

「會自取滅亡嗎？」

「惡行終歸不會長久。」

「那也不一定吧。這趟我去了京都，在那兒親眼見聞過了。」

「是嗎？那就靠你了。」

義秋心虛地說道。

他的煩惱，與其說是現今的軍事局勢，倒不如說是正準備進京的一個人，此人來自於攝津富田（今大阪府高槻市內）。

他就是足利義榮。

盤踞在阿波（德島縣）的三好黨羽抬出的將軍候選

人。義榮爲了到京都繼承將軍之位，從阿波渡海前來，如今正在攝津富田的普門寺臨時安身，尋找進京的機會。

「義榮已經出動了。」

「聽說是。」

「那個鄉巴佬，難道真想當將軍嗎？」

就算足利義榮是個鄉巴佬，可是後面支持他的三好一黨不僅佔領京都，勢力還威懾到山城、攝津、河內一帶，形勢自然十分有利。

「不過，聽說他還在攝津的富田，並無動靜。」

從攝津富田到京都僅有二十公里。三好黨推舉的將軍候選人，遲遲未見前往二十公里開外的京都，而是守在鄉下的寺院裡聊以度日，其中究竟有什麼緣由呢？

「怎麼回事？」

義秋的表情突然雨過天晴。

「原因是，三好和松永到這個關頭突然鬧起了不和。」

（怪不得義榮被扔在攝津富田沒人管了。）

「只是……」

義秋啃著指甲。他吱吱地啃出聲：

「一疏忽的話，就會被義榮搶先，我就做不成將軍了。」

「您所言極是。」

事若至此，對光秀也是不小的打擊。從血統而言，義秋絕對是不容置疑的將軍候選人，然而他的支持者，例如越後的上杉、越前的朝倉和尾張的織田都遠在他鄉，而且彼此之間關係都不好。

「就怕後院起火啊！」

義秋道。

「所以，」

光秀這才悟出細川藤孝出使尾張的原因：

「您讓兵部大輔到尾張去催促織田上總介（信長）了是嗎？」

「不錯。」

「會怎麼樣呢？」

「上總介好像正忙著平定美濃。如果他肯領軍接我進京，趕跑三好、松永之徒，剛剛亡國的美濃一旦暴動，說不定會和近江的淺井等人聯手乘虛而入。那個尾張人正在擔心這件事。」

之後，義秋又賜酒光秀，兩人聊了一會兒後，光秀回到為自己準備的房間。

光秀忙碌得很。

第二天，他把彌平次等人留在矢島村，自己獨自上路。第三天，他悄悄潛入京都。

他仔細打聽市里傳聞，得知三好黨的強大勢力。

（這可不容易。）

光秀一向謹慎。為了確認三好、松永的勢力範圍，他又先後前往山城（京都府）、攝津（大阪府）、河內（大阪府），甚至大和，在松永的根據地奈良連住了五天後才離開，回到近江的矢島村時正好是第二十天。

細川藤孝早就回來了。他一看見光秀，就指著寓所道：

「形勢緊迫啊！」

武士、苦力都在忙碌著，他們收拾著行李，然後一件件地扛出去。

「過了湖，就能逃到若狹或是越前。」

「為何？」

光秀不解地問道。藤孝卻無暇回答他的問題：

「十兵衛君，公方殿下的安危就交給您了。我得去找船。」

說完他就跑出去了。

（世道無常啊。）

光秀站立良久，他身後是火紅的夕陽。

渡湖

風雲突變。

將軍的繼承人足利義秋等人不得不倉皇逃離湖畔的小村莊，起因於原本視作靠山的南近江大名六角氏突然叛變。

（怎麼會呢，六角。——）

光秀思緒混亂。

人心靠不住啊。六角氏身爲半個近江國的國主，也許是對京都勢力日益龐大的三好三人眾感到害怕吧。

（如果仍然繼續保護義秋大人，恐怕對己不利。弄不好要和義秋一道死在三好的刀下。）

還不僅僅是害怕。

六角叛變了。他下定決心支持三好三人眾推舉的將軍繼承人義榮後，立刻翻臉不認人，把劍鋒對準義秋。

六角的大軍已經聚集在琵琶湖南端的坂本。

禍不單行。

又傳來消息，矢島村有個由地侍組成的小集團叫做「矢島同名眾」，他們和六角氏串通一氣，商量好當天晚上襲擊義秋的寓所。

局勢刻不容緩。

需要連夜逃走。

（是這麼回事。）

光秀弄清來龍去脈後，開始行動起來。他指揮著彌平次等手下，讓他們收拾好行李搬走。

彌平次初生牛犢不怕虎，他一邊幹活，一邊對光秀道：

「大人，讓我留在館裡吧。如果敵人來殺害義秋大人，我會攔住他們，將他們殺個片甲不留。」

「你也一起走。」

對光秀而言，義秋固然重要，然而眼前這個年輕人，會成爲自己未來的手下幹將。

「哪能白白送死呢？實現理想需要漫長的時間。我們只不過在長長的坡道上絆住腳而已。彌平次，如今還不到拚命的時候。」

「遵命。」

彌平次卻還有另一個困惑，就是眼下的行李，都是義秋的寶貝家當。原本不名一文的義秋，自從接受各國大名進貢的禮品後，積攢了一大堆財寶。彌平次心生懷疑：

（難道要背著這麼多的金銀物品逃跑嗎？）

這些行李顯然會成爲負擔。

「大人，要怎麼辦？」

「統統扔掉。」

光秀擅作主張。

「我有個主意。彌平次，你把這些亮晃晃的東西裝上船運到堅田（對岸）去，扔在那裡就行了。」

「您的意思是？」

「堅田的那些人，自從源平時期以來，就出沒於琵琶湖上搶劫。」

光秀的意思是拿這些東西打發他們。

「既然決定了就趕緊行動吧，我會護著義秋大人隨後上船。」

說完，光秀就走了。

到了義秋那裡，才發現那幾名心腹幕僚早已嚇得六神無主，其中就有一色藤長、三淵藤英、飯河信堅和智光院賴慶等人。

只有細川藤孝表現得冷靜沉著，他正指揮著的下人，原是甲賀豪族和田惟政屬下的甲賀人。

「甲賀人平常就經常山上山下來回奔走，手腳利落得很。」

光秀小聲道。細川藤孝湊上前來說：

「行李太多了。」

他面露難色。

義秋有很強的物質欲。正因爲這位貴公子曾經身無分文地從寺院裡逃出來，對金銀財寶的貪念也比旁人強烈得多。

「藤孝大人，這些得扔掉才行啊！」

「哪裡呀，我們這些侍衛說話根本不管用。你的立場自由，而且殿下喜歡你。你能不能去說說看？」

「誰知道呢，我試試吧！」

光秀也沒有什麼把握，他上了台階。

「呃，十兵衛來了？」

義秋看見光秀後喜出望外，他一高興就顧不得分寸，逕直走到門口。光秀慌忙在屋簷前跪下。

「眞靈驗啊！」

義秋道：

「看來連菩薩都會保佑我。」

「敢問您的意思是？」

「每當有難時，你都會出現。莫非你就是毘沙門天（譯注：即多聞天王，傳說中的四大天王之一）再世？」

「不敢當。不過——」

光秀略略頓住：

「這次的危難可不比從奈良一乘院逃出的那次，六角的一萬大軍就候在坂本。」

「你有什麼好辦法嗎？」

「事已至此，已經沒有什麼回天妙術了。與其去想一些小花樣，不如隻身而退，用禪家常說的大無畏之心對待，除此以外別無他法。」

「當初是你把我救出奈良的，今天也全靠你了。」

「您要是聽我的，就把那些物品寶貝全扔掉。」

「扔掉？」

義秋臉露不悅。想當初，自己不名一文撿了一條性命，好不容易才有今天的身家。他搖搖頭：

「那不行。」

光秀提高音量道：

「您想想，將來整個日本國都是公方殿下（義秋）的手中之物，這些東西不過區區塵土而已。」

（這位公方未免器量也太小了吧。）

光秀眞是恨鐵不成鋼。

「那就聽你的吧。」

「那好，就交給我安排吧。」

光秀奔下台階，和細川藤孝一商量，決定將財寶一分爲二，一份給對岸的堅田海盜，另一份則分散扔在館中。

「扔在館裡的目的，」

光秀道：

「是爲了讓當地的地侍搶奪。乘著他們搶東西，爭取時間逃得越遠越好。」

逃跑的計畫定在夜裡。

一艘小船駛離野洲川的河口上了湖面時，岸邊亮起無數火把。

（矢島的地侍出來了。）

光秀的計謀應驗了。義秋將逃走一事全部委託給他後，光秀立即給矢島同名眾捎去信函，寫道：

「公方殿下已經離開，我們負責看管他留下的財寶。然而我等將在夜裡取陸路逃走，這些財寶都留給你們處置，條件是勿要追趕我們。你我都避免打仗，珍惜生命才好。」

地侍反而會吃這一套。

船到了湖中央。

「月亮快出來了。」

詩人細川藤孝道。說來也巧，這天正好是八月十五。

東邊的天空開始罩上一圈朦朧的金色，一望無垠的原野上悄悄升起一輪滿月。眼看著越升越高，照得湖面猶如白晝。

湖面有浪。和海裡的波浪不同，這片湖裡的波浪呈現三角形的樣貌湧來。只見無數個三角形波浪，都染上了金黃色。

「太美了。」

藤孝歎道，詩興大發。

「可惜是逃難之身啊。」

說話的是同船的智光院賴慶。他的意思是，眼前的風景雖好，卻要顧著逃命。

細川藤孝聽聞此言，不由得放聲大笑道：

「正因爲是逃難，才別有情趣。」

（這就是藤孝的氣魄。）

月光中，光秀對細川藤孝這位出自武門貴族的盟友，似乎有了新的認識。

藤孝豪放的一句話，使得在場眾人都安下心來，船裡的氣氛也變得冷靜。

就連義秋也煞有介事地吟道：

「善哉，善哉。」

還不甘示弱地提議道：

「每人都暢懷作一首詩歌，怎麼樣？」

「太好了。」

年輕的一色藤長敲著船舷，搖頭晃腦地當場吟了一首詩。

眾人也紛紛附和。

且不論詩歌水準如何，細川藤孝一向做事周到，他拿出隨身筆硯統統寫下來。

最後，光秀和藤孝也都作了一首。兩人的作品顯然出類拔萃。

輪到義秋時。

「我也想好了。」

義秋道。是一首漢詩。

「時間倉促，平仄押韻不一定整齊，我就獻醜了。藤孝、光秀，你們可不許笑我。」

（且聽聽看。）

光秀饒有興趣地聽著。古話說，詩中有志。男兒寄情於詩中，也許可以藉此看穿義秋這個人的肚量。

義秋開始低聲吟誦起來。

聽著聽著，光秀不由感到意外。

江湖落魄暗結愁
孤舟一夜思悠悠
聊想天公慰我生
月白蘆花淺水秋

雖說不上格調高雅，不過能信口吟出這等詩篇的，放眼京城恐怕也沒幾個人吧。

（人品雖有欠缺，腦子倒有些小聰明。）

光秀通過這首詩，在心裡悄悄地評價著義秋。如果要誇獎的話，義秋能夠客觀地看待自己，並且可以恰當地表達對自己的這種客觀評價。

（比信長要強。）

此時，他硬是把毫無牽扯的濃姬的丈夫拿出來做對比。光秀從來不曾聽過信長會作詩。

（此人想必不解風情。）

光秀眼裡的信長，只具備合理主義的思想。只要有理，恨不得能把人的腸子都掏出來撕裂，否則，就算有人在眼前活活淹死，他也會無動於衷。

「十兵衛君。」

藤孝從一旁扯了扯他的袖子，光秀這才從沉思中回過神來。

「你看那邊。」

他指著靠近岸邊的湖面。那裡有七、八艘點著篝火的船隻，正朝這邊駛來。

「敵人來了。」

義秋叫喚起來，他的聲音顫抖著。眾人都臉色大變，急忙拿起兵器。

「大家不要慌，我看像是自己人。」

光秀道。

「你怎麼知道？」

「我早已派自己的門徒明智彌平次光春前去拜訪堅田的人，想必他們是來接應我們的。」

「不愧是光秀啊！」

義秋破涕爲笑。

「那我們趕緊點亮篝火，好讓對方看得見。」

「還是謹慎爲好。」

光秀叫來和田惟政屬下的服部要介，此人出身伊賀黑田莊。

「會游泳嗎？」

光秀問道。

「不在話下。」

「那好，和我一起游過去探探虛實吧。」

光秀三兩下脫了衣服，肩背一把大刀，向眾人招呼一聲「失禮了」，便躍入水中。

他開始游起來。

服部要介尾隨其後，兩人都盡量不發出聲音地游著。

很快就來到那幾艘船的附近，他們將頭部浮出水面聽著船上的對話。

聽不太懂。

服部要介游到光秀身邊，伏在他耳邊簡短地說：

「是敵人。」

光秀詢問理由，要介回答說是伊賀人的直覺，並沒有證據。

「知道了。要介，你先待在水裡別動，我直接上船確認到底是敵是友。」

「這、這可不行。」

要介使勁地拽住光秀的胳膊。這也太冒險了。

「您會有性命之憂的。」

「伊賀人惜命。要介，正因如此，才沒有哪位伊賀人能揚名天下。」

光秀甩開他的手游了開去，不久就聽見他朗聲叫道：

「拉我上船。」

船上的人照亮著水面伸出一根竹竿。光秀抓住竹竿，將背上的大刀拔出來，哐噹一聲扔到船艙裡，撫慰眾人道：

「我絕無害人之心。」

說著他抓住船舷，翻身一躍跳進船上。

「我乃明智光秀是也。」

光秀先自報家門，又詢問道：

「你們是堅田人對吧？」

緊接著，光秀又逼問道：

「別猶豫了，下決心站到公方殿下這邊來吧。」

船上的正是堅田眾，他們都被光秀的氣勢鎮住了。

他們出船的確是爲了接應義秋，只是半路上又開始猶豫。

（是殺了義秋將他的首級進貢給三好氏，還是接應他以備日後之需呢？）

他們左思右想，拿不定主意。水中的服部要介顯然是感覺到他們的搖擺不定。

然而，堅田眾再怎麼猶豫，面對著這名全身赤裸從天而降的來使，他們也不得不做出抉擇。

頭目叫做堅田左衛門，嘴上蓄著鬍鬚。只見他放下槍向光秀施了一禮道：

「我等願意相助。」

聲音不大。

「識時務者爲俊傑。」

光秀立即命令水裡的服部要介回去報告義秋。

一行人順利地過了湖。

當天夜裡，他們在堅田上陸，卻未敢停留，而是馬不停蹄地沿著通往若狹的街道一路北上。

轉身

流浪的將軍繼承人和光秀等人，出了日本海岸來到若狹，落腳在武田義統家。

若狹的武田氏，遠祖和甲斐的武田信玄有著血緣關係，當主義統還娶了足利家的女兒爲妻，是典型的武家貴族。只是兵力薄弱，並不足以抵抗戰國的腥風血雨。

足利義秋也根本不抱什麼希望：

「若狹只是臨時的落腳之地。」

問題是被稱作北國之雄的越前朝倉氏。作爲靠山還是有希望的。

光秀和細川藤孝已經早早出發，去了首府越前一乘谷，好爲朝倉家接應義秋提前做準備。

事情頗爲順利。

「是嗎？都已經到若狹了？」

國主朝倉義景聽到這個消息，甚至有些慌亂。義景沒什麼政治才能。也沒有軍事才能。他之所以慌亂純粹是因爲他出身於傳統的老好人家庭。

（太教人不忍心了。將來要當將軍的貴人，竟然臨時落腳在鄰國若狹那種弱小的大名城中。）

「光秀，立即把人請過來。」

義景吩咐道。

然而眾人一商量，發現把住處安排在哪裡是個問題。首府一乘谷固然是保護義秋的首選之地，只是此地位於狹窄細長的山谷中，缺少足夠寬敞的土地和房屋。

「就安排在敦賀吧。」

眾人決定。敦賀有別於一乘谷，一面靠海，萬一發生緊急情況時可以從海路逃脫。這裡也是陸上交通的樞紐，方便義秋向各國派出使節或是接見各方的來人。

而且，敦賀的金崎城建在臨海的山崖上，地勢險要，兩三萬的人馬是奈何不了這裡的。

「敦賀不錯。」

光秀和藤孝都表示同意後，朝倉家決定，九月初便安排儀仗隊前往若狹，光明正大地把義秋接過來。

儀仗隊的先頭人馬由明智十兵衛光秀率領。這一年，他虛歲三十九歲。

要論年齡，已經不年輕。雖然光秀也暗自著急自己一事無成，辜負了青春歲月，然而他英姿颯爽、眉清目秀，再加上滿懷壯志，看上去竟和洛陽的有志書生有幾分相似。

光秀領兵的架勢卻遠遠超出書生。他率領著二百名騎兵和步兵，高舉著象徵美濃土岐一族的桔梗大旗，一行人浩浩蕩蕩開往若狹。

不過，這裡多少有些虛張聲勢。光秀帶領的隊伍中，只有彌平次等十幾人是他的直屬部下，其他則是從光秀的靠山、朝倉家老朝倉土佐守那裡借來的人馬。

（光秀在朝倉家受到如此豐厚的待遇。）

光秀的虛榮心在作怪。

對足利義秋，或是對朋友細川藤孝，光秀都想擺出架勢。

光秀趾高氣揚地進入若狹，從武田家手中接出義秋，穿過敦賀灣的海岸線進入金崎城中。

之後光秀的工作，便是負責聯絡義秋和朝倉家之間的事宜。

在敦賀金崎城安頓下來的第二天，足利義秋便沉不住氣了。

「光秀，朝倉家會答應爲我出兵京都嗎？」

他打探道。

「要怎麼說呢。光秀雖然在極力勸說，然而朝倉家的家風一向不思進取，好比井底之蛙，唯恐風吹日曬，只求萬事平穩。過幾天，一乘谷的主公（義景）會親自來請您吃飯，到時候，您可以直接向他提起此事。」

「我會說說看的。」

義秋道。他就像個迫不及待要推銷的小販，即便提議他別開口，他還是會說的。

幾天後，朝倉義景特意翻過木之芽峠的險路來到敦賀，上金崎城向義秋請安。

朝倉義景在城裡的賞月殿中大辦酒宴，還從一乘谷帶來二十名美女向義秋大獻殷勤。

朝倉義景嗜酒如命，而且喝醉後醉態可掬。

他喜歡醉後起舞。

「你們，擊鼓吹笛。」

他開始一陣狂舞，到後來，連他自己都不知道置身何處。

他還不時地舉著杯來到義秋跟前。

「喝了這一杯吧。」

不停地勸酒。碰上這種人，義秋也無法與他交流有關國家大事之類的問題。

義秋終於忍無可忍：

「義景，我有話要說。讓舞女全都下去，停止奏樂。」

他聲音透著不悅。

朝倉的主公反而嚇了一跳。他還以爲什麼地方伺候得不好，更來勁了：

「上酒上酒！你們這些女人，傻站著幹什麼，趕緊倒酒。你，趕緊倒酒。」

義秋也無可奈何，只好把光秀喚到跟前，小聲問道：

「此人的醉態是真的還是裝出來的？」

光秀不好意思地垂下頭道：

「不是裝的，他本性如此。此人只有這一點從來不裝。」

如果義景是假裝喝醉，藉此不讓義秋提出要求，那麼朝倉義景也不是等閒之輩。可惜的是，這確實是他的本性。

「是嗎？本性嗎？」

義秋深感失望。

第二天，朝倉義景臉上還帶著宿酒的青白色，回到一乘谷。

「本性嗎？」

義秋後來又笑了好幾次，他已經看穿朝倉義景這個人的底細。

傍晚，他召集身邊的群臣，性急地提議道：

「朝倉義景的樣子你們都看到了。我們究竟要在朝倉屬下的敦賀藏到什麼時候？這恐怕對我們沒什麼好處。」

而且這場集會中，由於光秀是朝倉家的家臣，被排除在外。

「本來，朝倉義景這個人就靠不住。我一開始就看出來了。」

細川藤孝開了口：

「問題不在朝倉。越前的那一面是加賀（本願寺領土），加賀的那邊又是越後，越後有個上杉輝虎（謙信）。」

藤孝分析得頭頭是道。

越後的上杉氏無論兵力上還是人品上都靠得住，只是他正與甲斐的武田氏在川中島屢次交戰，根本沒有餘力上洛。輝虎自己也說過好幾次，要不殲滅武田，要不兩家議和，總之一等事態平息，他就會擁戴義秋上洛。

一旦上杉氏上洛的話，越前朝倉氏也會跟進，所以一定得讓上杉家當前鋒才行。

「時機尚不成熟，需要耐心等候。敦賀金崎城地勢險要，沒有比這裡更適合等待的地方了。」

「上杉和武田的仗要打到什麼時候？我看是打不完了。難道讓我在這裡坐著看甲越之間的爭鬥嗎？恐怕那時候，義榮（三好、松永擁立的將軍候選人）早就當上將軍了。」

「只是……」

細川藤孝無言以對。

（不是只能如此嗎？除了等，還是等，這個身單力薄的將軍候選人，難道還有別的出路嗎？）

藤孝心想。實際上，眼前這位和尚出身的貴人義秋，雖說是自己親手扶持至今，卻處處舉止輕率浮躁，藤孝也開始覺得厭煩。然而他還是決心扛起義秋這個沉重的擔子。只因爲自己是幕僚。他心裡清楚，除此外已經別無出路。

眾人討論了一天，也未得出結論。

接下來幾天，眾人都聚集在金崎城裡商議此事，而光秀始終未能加入。

「絕沒有要疏遠你的意思。」

藤孝辯解道。這個議題難免有人會說朝倉的壞話。他解釋道，如果光秀在場，不僅光秀自己覺得彆扭，其他人也無法暢所欲言。

「我明白。」

光秀故意擠出笑容，表示自己毫不介意，心裡卻很鬱悶。到底是被排斥在外。

（都怪朝倉義景優柔寡斷、舉棋不定，才讓我陷入這種尷尬的境地。）

光秀並沒有坐視不理。他奔波於敦賀和一乘谷之間，催促著朝倉義景和他的老臣趕緊舉兵上洛。

每次，朝倉家的態度都是：

「真是癡人說夢。小小的越前朝倉家，能打得過掌控畿內（近畿）的三好、松永一眾嗎？恐怕還沒到京都，在近江就被殺得個片甲不留了。」

不過，朝倉家也留了活話：

「要是上杉來領頭還差不多。」

如果日本最強大的兵團上杉氏領頭的話，那麼眾大小名便會紛紛加入他的陣營，大家齊心協力上京的話，便有必勝的把握。

（上杉現在可動彈不了。武田信玄拖住了他的後腿，就算要動，也是十年、二十年以後的事了，還不知道要等到猴年馬月呢。）

由此可以斷定，朝倉家近期絕對不可能出兵。那麼依靠朝倉氏的足利義秋，也就不可能當上將軍。義秋當不了將軍，那麼寄希望於義秋身上的光秀，也就不會迎來施展自己宏圖大志的機會。

（歲月不饒人啊，明年我就四十歲了。）

奔走在一乘谷和敦賀之間的山道上，光秀開始焦躁起來。

光秀將妻子阿槇和彌平次光秀叫到一乘谷家中的房中說：

「我有個決定要告訴你們。」

他又讓彌平次確定外面無人後，才開始緩緩地敘說。

同時也可以整理自己的情緒。

「朝倉家是沒指望了。」

光秀首先講述理由，自己如果一直依靠在朝倉家的門下，將永無出頭之日。

說完後，光秀一陣沉默。年輕的彌平次光春有些沉不住氣了，他試探地向光秀建議道：

「尾張的上總介（信長）大人，如今已經控制東海道，還智取美濃，年紀輕輕就已名震四方了。」

「你喜歡信長這個人嗎？」

「喜歡啊。也可能是因爲他年輕，只要一聽到尾張、織田和信長這幾個字，眼前都能看見曙光。」

「我可告訴你，」

光秀的表情陰鬱：

「我討厭信長這個人，要讓我喜歡他還早著呢。我是織田家夫人的表兄，也就是說和織田家是姻親關係。只要我投靠過去，一定不愁拿不到上好的俸祿。與此相反，我總是刻意迴避織田家至今，是因爲我和信長並不是一路人。」

光秀又接著說：

「彌平次，你剛才不是說信長名震四方嗎？然而在我光秀看來，卻沒什麼了不起的。如果現在給我光秀三千人馬，信長根本就不是我的對手。」

說到這裡，他的聲音忽地低沉下來。

他的表情也益發陰鬱了，似乎要竭力掩飾心中的某種反抗情緒。

「我打算，」

他掙扎著說：

「爲信長做事。和朝倉義景相比，信長顯然是英雄好漢。古話說，良禽擇良枝而棲，織田家雖然未必是什麼良枝，然而與朝倉家相比，卻足以成長爲頂天立地的參天巨樹。」

停頓片刻後，光秀又道：

「這就是我的決定。」

他這一番話發自肺腑。

（眞是難爲他了。）

彌平次光春對光秀的苦楚感到同情，卻不由自主地感到另一種歡欣雀躍。信長給他的印象，總是無形中能給年輕人帶來朝氣，對將來充滿期待。

「大人，您的決心下得太好了！」

他不禁脫口而出，接著，他又問道：

「您想到什麼計策了嗎？」

他的聲音透著壓抑不住的興奮。

「辦法多得是。可以給濃姬夫人寫信，也可以通過美濃的熟人豬子兵助。不過我不打算用這些辦法。」

「您的意思是？」

「以上的辦法會降低我的身價。我要立刻當上獨當一面的大將，否則難成大器，不立大功的話則無法傲視天下。」

「只是，立刻要當上大將可不容易吧。」

「我自有把握。」

光秀對此充滿自信。他知道，信長在挑選人才上有著過人的眼力，就像饑餓的人渴望食物一般。

「所以——」

光秀道。

足利義秋的靠山改爲織田家。雖然，織田家目前還不能立刻上洛，不過按照目前的勢力成長速度，一定能趕在上杉氏有所動作之前實現上洛的計畫。

如今，足利義秋的幕僚中強烈反對投靠織田的，只有光秀一人。如果光秀突然倒向信長一邊，想必義秋的幕僚，包括義秋本人在內，都會迅速向織田家傾斜。

爲了做好織田家的工作，光秀以足利義秋推薦的將領名義前往織田家。

推薦人就是足利義秋本人。

「信長將來會立將軍而號令天下。如果我做爲將軍繼承人派出的大將名義前去，他一定不會虧待我。相反的，我要讓他格外小心的伺候。」

光秀下定決心，心裡也有了個底。

剩下的，就是說服義秋同意了。但是，卻不能讓義秋覺得自己有野心。

他尋找著機會。

（下冊待續）

國家圖書館出版品預行編目（CIP）資料

盜國物語 ：天下布武織田信長 / 司馬遼太郎作；
馬靜譯 . -- 初版 . -- 臺北市：遠流 , 2017.06
冊； 公分 . --（日本館 · 潮；J0270-J0271）
ISBN 978-957-32-7985-3（上冊：平裝）. --
ISBN 978-957-32-7986-0（下冊：平裝）. --

861.57 106005477

日本館 · 潮 J0270

盜國物語：天下布武織田信長（上）

作　　者——司馬遼太郎
譯　　者——馬靜
出版二部總監——黃靜宜
企劃主編——曾慧雪
特約編輯——陳錦輝
行銷企劃——葉玫玉、叢昌瑜

發行人——王榮文
出版發行——遠流出版事業股份有限公司
104005 臺北市中山北路一段 11 號 13 樓
郵撥／ 0189456-1
電話／（02）2571-0297 傳眞／（02）2571-0197
著作權顧問——蕭雄淋律師
2017 年 6 月 1 日 初版一刷
2023 年 9 月 1 日 初版四刷
售價新臺幣 350 元（缺頁或破損的書，請寄回更換）

ISBN 978-957-32-7985-3
遠流博識網 http://www.ylib.com E-mail: ylib@ylib.com